达洛维夫人

[英] 弗吉尼亚·伍尔夫 著
姜向明 译

陕西师范大学出版总社

图书代号：WX19N1191

图书在版编目（CIP）数据

达洛维夫人／（英）弗吉尼亚・伍尔夫著；姜向明译．— 西安：陕西师范大学出版总社有限公司，2019.9
ISBN 978-7-5695-0998-4

Ⅰ.①达… Ⅱ.①弗… ②姜… Ⅲ.①长篇小说 — 英国 — 现代 Ⅳ.① I561.45

中国版本图书馆CIP数据核字（2019）第151906号

达洛维夫人
DALUOWEI FUREN

［英］弗吉尼亚・伍尔夫 著　姜向明 译

出 版 人	刘东风
责任编辑	焦　凌
特约编辑	简　雅　林小慧
责任校对	彭　燕
装帧设计	金　泉
出版发行	陕西师范大学出版总社
	（西安市长安南路199号　邮编710062）
网　　址	http://www.snupg.com
印　　刷	山东临沂新华印刷物流集团有限责任公司
开　　本	880mm×1240mm　1/32
印　　张	7
插　　页	4
字　　数	157千
版　　次	2019年9月第1版
印　　次	2019年9月第1次印刷
书　　号	ISBN 978-7-5695-0998-4
定　　价	48.00元

读者购书、书店添货或发现印装有问题，请与营销部联系、调换。
电　话：(029) 85307864　85303629　　传　真：(029) 85303879

译者序

深刻而绝望的诗意

弗吉尼亚·伍尔夫（1882—1941），英国女作家，现代派及意识流文学的先锋，著名的文艺团体"布鲁姆茨伯里派"的核心人物。《达洛维夫人》《去灯塔》和《海浪》等作品都是其名作。此次"悦经典"之伍尔夫作品系列收入两种，除《达洛维夫人》之外，还有被后世视为女权主义著作范本的《一间自己的房间》。

伍尔夫不算漫长的一生经历了维多利亚时代的衰亡、大英帝国的没落和两次世界大战，在思想上深受弗洛伊德心理学、女权主义以及同性恋运动的影响，这些经历和思想在她的作品中都留下了很深的印记。

伍尔夫出生在一个书香世家，从小喜爱阅读，而她父亲庞大的藏书库正好满足了她那无底洞般的求知欲。在伍尔夫十三岁时，她挚爱的母亲突然离世，此后父亲也变得郁郁寡欢、脾气暴躁，这些导致了伍尔夫一生中的第一次精神崩溃。在治疗期间，她得到了一位女性的悉心照顾，并爱上了这位与自己同性别的人。在《达洛维夫人》一书中有对这种同性恋关系的极为细腻绝妙的描写。而父亲性格的大变也直接导致了她对传统社会的父权的深刻反思，这些都反映在了《一间自己的房间》这本理论性名著中。仅从书名来看，我们就不难看出作者的用意——一个从事文艺创作的女性必须拥有"一间自己的房间"——这精妙地写出了女性要有自己独立的思考空间这样一种女权主义思想。

父亲去世后，伍尔夫经历了第二次精神崩溃，之后全家搬迁至布鲁姆茨伯里区居住，并在那里与朋友们渐渐开始了每周四夜晚的固定聚会，这就是后来著名的布鲁姆茨伯里文艺圈。在这个圈子里，有当时知名的画家、文学家、哲学家、评论家，等等，其中还有后来成为伍尔夫丈夫的作家伦纳德·伍尔夫。这些思想前卫、风流倜傥的才子佳人们聚在一起无所不谈，话题里也包含了许多露骨的性内容，甚至还举行了一系列可谓惊世骇俗的活动，在社会上产生了重大影响。1912年，弗吉尼亚·史蒂芬（伍尔夫的婚前名）与伦纳德·伍尔夫成婚。婚后不久，伦纳德就发现妻子极度厌恶房事，更令他苦恼的是，弗吉尼亚还患有严重的精神疾病，反复出现自杀倾向。不知道可不可以说伦纳德是一个伟大的男人，他默默地承受了这一切，一次又一次地把她从绝望的边缘、死神的手里拉了回来，成为弗吉尼亚生活上的真正依靠。而且，他还是弗吉尼亚的文学知己，对妻子的每一部作品他都会拿出自己诚恳的意见和她一起讨论。后来，夫妇俩还在自家的地下室里成立了自己的出版社,并出版了伍尔夫的所有作品。1913年,伍尔夫完成了第一部长篇小说《远航》,这部作品与其后的意识流小说全然不同,完全采用传统的写作手法,行文流畅明晰,而且伍尔夫的许多思想在这本书里已有所反映。

从1922到1924年,伍尔夫花了两年时间创作了她的杰作《达洛维夫人》。不论是从技法还是从思想性来说,这本书都达到了堪称完美的境地,在意识流小说中建立了不可动摇的崇高地位。首先是这本书的精妙结构,故事情节设置在同一地点的同一天——伦敦市区,主人公克拉丽莎·达洛维夫人举行宴会的一天。时间以伦敦的标志性建筑大本钟的嘹亮钟声为标志。与这种简洁明了的结构形成鲜明对比的是,一个个充满鲜明个性的人物,一大段一大段迂回曲折的心理描写,在不同层面上展开的丰富情节,这些特色使这本书就像"万花筒"一样,让人阅尽人间百态。从这个意义上说,这本书跟很多名著一样,值得反复阅读,而且常读常新。

主人公达洛维夫人是个养尊处优,在现实生活中如鱼得水的女人,本书最基本也是最核心的情节就是她举办宴会,而宴会本身就代表了她在社会上的地位和取得的成功,然而这又是一个在内心深处不满现实、渴望高尚,与生活现实矛盾重重的女人。她的旧情人彼德·沃尔什从印度归来,这是一个我行我素,几乎不食人间烟火的高度理想化的男人,而他对世俗化的达洛维夫人的种种嘲讽更加剧了主人公内心对现实的不满。另外一个重要人物是战争的幸存者沃伦·史密斯,他得了严重的战争后遗症——弹震症(shell shock),完全处于疯狂与谵妄的状态,在达洛维夫人的宴会正热热闹闹地举行时,他自杀了。他的死意味深长,表面上看是一战残酷的持续效应，却也折射出当时知识分子对欧洲文明的幻灭感，是写实，也是象征。作者本人的生活中，死亡的阴影也是无处不在，以至于她最终在1941年选择了自沉于家附近的乌斯河中。

本书的语言最为人称道，一个个曲折生致的长句，如一条条深邃美丽的长河，读来时而让人兴奋，时而又让人心生敬畏，这正是伍尔夫意识流的魅力所在。

1928年，伍尔夫分别在剑桥大学的纽纳姆学院和哥顿学院做了两次演讲，演讲的题目是《女性与小说》，在此基础上，伍尔夫于1929年出版了一本文集《一间自己的房间》。这是一本理论杰作，在这本书里，伍尔夫用风趣幽默的语言、清晰流畅的论述，强有力地阐明了自己的观点和思想。她在本书中阐述了女性在社会中长期处于劣势地位，遭受着种种的不公与偏见，提出了女性要有自己独立的生活与思想空间，要强调女性与男性之间的差异，要发挥出女性的最大优势，来完成属于自己的宏伟事业。正是这样鲜明的观点，使这本书向来被视为女权主义的代表作品。论述当中，伍尔夫化身为一个名叫玛丽的女人，在一个晴朗的十月上午坐在河岸出神发呆。玛丽神思所及，河，河岸上的灌木丛，河面划船的大学生及河中倒影，牛津或剑桥大学校园里的草皮，与学院及图书馆相关的那些文稿与学者，所谓信仰与理性的金本位基石，浇了奶油的鳎鱼，带土豆片、调味汁和凉拌菜的烤山鹑……包容内容之广，开拓了一个全新的写作领域。不是论文，也不是散文，表面的杂沓无序却有一股内在的诗意。

当初接到《达洛维夫人》的翻译约稿，我既开心又惶恐。开心的是能够有机会翻译如此著名的一位大作家的作品，惶恐的是伍尔夫的文章素来以晦涩难懂、复杂精深著称。出版方要求尽量用通俗流畅的语言翻出当代人能够读懂、理解与欣赏的伍尔夫来。历经了半年咬文嚼字的生活，终于完成，却如同掉了一层皮。感谢陕西师范大学出版总社与上海雅众文化传播有限公司能够邀请我参与翻译"悦经典"丛书的系列作品，能够重新演绎"作家中的作家，经典中的经典"。译作疏漏之处，还请读者们批评指正。如今又勉力写就了这样一篇不成样子的译序，只能是贻笑大方了。

达洛维夫人说她要自己去买花。

对露西来说，这可不是一件容易的活儿：门上的铰链要拆掉，好把门卸下来；朗波梅尔公司的人会过来。随即，克拉丽莎·达洛维突然感叹起来，这是怎样的一个早晨啊——这个早晨清爽得仿佛是特意为海边嬉戏的孩子们准备的。

多么新鲜！多么刺激！这样的感觉似乎总能让她回想起过去。她此刻仿佛就能听见，在铰链微弱的嘎吱声里，她猛然推开一扇落地窗，就此投入伯尔顿[1]的大自然里。多么清爽，多么安稳，那时候的清晨，当然要比此时更为宁静，如海浪的起伏，如浪花的轻吻，寒凉、清冽，甚至有点肃穆的味道（对她这个当时

---

[1] 伯尔顿：达洛维夫人婚前在乡下的庄园名。

才十八岁的姑娘家来说）。那时的她站在打开的窗户前，感觉好像有什么不祥之事即将发生。她看着花，看着烟雾缭绕的树，看着飞起又飞落的白嘴鸦。她站在那儿，痴痴地看着，直到彼德·沃尔什说："在菜园子里沉思呢？"——是这么说的吗？——"与花椰菜比，我更喜欢人。"——是这么说的吗？他一定是在那天早上吃早饭时说的这些，当时她已走到外面的露台上——这个彼德·沃尔什。他很快就要从印度回来了，是六月还是七月呢，她记不清了，因为他的信写得实在是乏味。他说的话却能够让人记住，还有他的眼睛、他的小刀、他的微笑、他的火暴脾气，还有……成千上万桩往事都已忘得干干净净——真是不可思议！——却偏偏记住了卷心菜之类的只言片语。

她在路边挺了挺胸，等着德特纳尔公司的货车驶过。一个迷人的女子，斯克罗普·帕维斯这么认为（他了解她，就像他们是同住在威斯敏斯特的隔壁邻居）。她身上有种小鸟的气质，像一只蓝绿的鲣鸟，轻盈、活跃，尽管她已五十出头，而且因疾病缠身而面色苍白。她停在那里，压根没瞧见他。她挺直身子，准备过马路。

由于一直居住在威斯敏斯特——多少年来着？有二十多年了吧——即便是在车来人往中或夜半醒来时，克拉丽莎都会确信人们会感觉到一种特别的宁静与肃穆，一种难以形容的停滞感，在大本钟敲响之前的焦虑感（不过，人们说那也许是因为她的心脏受到了流感的影响）。听哪！钟声隆隆。先是提示音，音色悦耳，再是报时声，势如破竹。沉重的钟声在空中环绕，直至消逝。我们多傻呀，她寻思着，穿过了维多利亚大街。只有天知道，为什么人们如此热爱生活，如此看待她，甚至要虚构她，不懈地美化她，然后又粉碎她，从而创造出每时每刻的新鲜感来。即使是邋遢透顶的女人，坐在门前台阶上那些最悲伤绝望的人们（酗酒使他们穷困潦倒）也一样；也正是因为这个原因，就连议会制定的清规戒律也奈何不得他们：人们都热爱生活。对此，她深信不疑。在人们的眼中，在人们或轻盈或沉重或艰难的步伐中，在咆哮与喧嚣中，在马车、汽车、大巴、货车和身前背后挂着广告牌摇摇晃晃蹒跚而行的人中，在铜管乐队中，在管风琴中，在欢庆声中，在叮当声中，在头顶上一架飞机发出的奇特而尖利的呼啸声中，有着她热爱的一切：生活、伦敦，还有六月的这一刻。

已是六月中旬，战争结束了，只有像福克斯克罗夫特夫人那样的人还依然故我，她昨晚在大使馆里还是一副伤心欲绝的样子，因为她的宝贝儿子阵亡了，现在那座古老的庄园势必要落入她侄子之手了；还有贝克斯伯罗女士，人们说在她主持那场义卖开幕时，她手里还拽着那张宣告她爱子约翰战死的电报。不过战争毕竟结束了，感谢上帝——终于结束了。已经是六月了。国王与王后还好好地待在王宫里。尽管还是大清早，飞奔的赛马那欢快的嘚嘚声已是随处可闻，还有板球拍的叩击声。洛兹板球场、爱斯科特赛马场、拉内拉赫马球场，以及所有的游乐场所，都被笼罩在灰蓝的晨雾织出的一张柔网中。随着白昼的推进，晨雾将会散尽，草坪与球场上将会出现腾跃的赛马，它们的前蹄才刚着地就又迫不及待地跳起来。还有飞奔着的小伙子，欢笑着的姑娘们，她们穿着透明的薄衫，在通宵的舞会之后，此时也照样牵出怪模怪样的小毛狗出来溜达。即使现在，在这一个大清早，严谨刻板的老贵妇们也乘上了自己的汽车，飞驰着去完成她们那神秘的使命。店主们在忙乱地布置橱窗,将一枚枚钻石、人造宝石,还有海绿色的可爱的旧胸针放置在十八世纪式样的底座上,用来吸引美国佬(不过克拉丽莎必须节约,不能随便为伊丽莎白买这买那),可克拉丽莎自己也怀着可笑的热情,打心眼里喜欢这些珠宝。她属于这种生活,因为她的祖先曾是乔治王朝时期的大臣,而且,她要把自己打扮得光彩照人,在这个特别的晚上举行她的派对。可奇怪的是,一走进公园,她就置身于一片静谧中。薄雾迷离,远处传来低沉的嗡嗡声,快乐的鸭子在水中缓缓地游弋,大喉袋的鸟儿摇摇摆摆。那个背朝着政府大楼走过来的人会是谁呢,只见他手里提着一只印有皇家徽章的配送箱,真是再合适不过了,除了休·惠特布莱德还会是谁呢,她的老朋友休——令人赞赏的休!

"早上好呀,克拉丽莎!"休打趣地说道,因为他俩自小就认识了,"你上哪儿去呢?"

"我喜欢在伦敦逛,"达洛维夫人说,"比在乡下溜达真的有意思多了。"

他们刚到伦敦——不幸的是——他们是来看医生的。别人家是带着女儿来看电影的、看歌剧的,而惠特布莱德一家却是来"看医生"的。克拉丽莎不知道去疗养院探望过伊芙林·惠特布莱德多少次了。难道伊芙林又病了吗?伊芙林的身体一直不太好,休用一本正经的神气说,他穿着时髦,有男子汉派头,相当英俊潇洒,身体锻炼得很结实(他的衣着几乎总是过于花哨,不过实在也是理所应当,因为他是在宫廷里打杂的嘛),他的老婆身体总是有点不舒服,作为一个老朋友,克拉丽莎·达洛维非常理解,不会去要求他进一步说明病情。啊,对了,她当然理解啰,多烦人呀，一边还在想着自己的帽子，感觉很不好意思，也很尴尬。大清早戴这样的帽子不合适，对吗？因为休老是让她感觉，他那匆匆忙忙的态度，那相当夸张的举起帽子的动作，让她不由自主地感觉自己还只是个十八岁的姑娘，他今晚当然也会来她的派对，伊芙林坚决要他来的，不过可能要晚一些，他得先去宫廷宴会接杰米家的一个小子——和休在一起，克拉丽莎总感到有点小家子气，像个女学生似的；不过她依赖他，因为从小就认识他，但她确实认为他是个行为独特的好人，尽管理查德几乎要被他逼疯了。至于彼德·沃尔什嘛，到目前为止他从来也没有原谅过她，因为她喜欢休。

她能够回想起在伯尔顿的一幕幕生活场景——暴跳如雷的彼德，当然啰，休无论如何都不是他的对手，但也不是彼德认为的那种积极的笨蛋，休不完全是一个木头人。有次，休的老母亲让他放弃打猎什么的，陪她去趟巴思[1]，他二话没说就一口答应了。他真的是个无私的人，至于别人说的，比如彼德说的，休是个没心没肺、没头没脑的废物，只知道一个英国绅士应有的礼仪与教养，那只是她那亲爱的彼德在心情不佳时的胡诌而已。休有时会让人无法忍受，有时简直不可理喻，不过，在这样一个清晨，要是有他陪在身边散步，那就太美了。

（六月使每一株树上都冒出了绿叶。皮姆利科区的母亲们在给婴儿喂奶。各种消息正从舰队街[2]源源不断地传往海军部。阿灵顿街和皮卡迪里街似乎把公园里的空气都烤热了，滚烫的树叶被

---

1 巴思：英格兰西南部的一座市镇，在布里斯托尔港的东南面，以其乔治王朝的建筑和温泉著名。

2 舰队街：伦敦的街名，是新闻出版界集中之地。

高高地托起,光彩夺目。克拉丽莎喜爱这热浪所代表的神圣生命力。去欢歌热舞,去策马扬鞭,她喜爱这样的热力。)

就好像他们已分开了几百年,她和彼德。她从没给他写过信,而他的信又写得枯燥乏味,但刹那间一切仿佛都回来了。如果他此时与我在一起,他会说些什么呢?——往日的时光,往日的生活,平静地将他送回到她身边,而且没有了往日的苦涩,那也许就是关心别人而得到的报酬吧。在这个美丽的清晨,在圣詹姆斯公园里,一切都回来了——真的都回来了。可是彼德——不管这是个多么美丽的一天,不管树木和花草有多么清新,不管穿着粉裙的小姑娘是多么可爱——彼德根本就不会去注意这些事情。如果她要求,他就会戴上眼镜,对周围看上一眼。但使他感兴趣的是世界的状态,瓦格纳、蒲伯[1]的诗歌,永恒的人性,还有克拉丽莎自身的缺陷。他曾经多么严厉地叱责过她!他们曾经吵得多凶呀!她会嫁一个首相,站到人生阶梯的最高一级,而他把她称为地道的家庭主妇(她为此在闺房里哭得一塌糊涂),她身上有家庭主妇的所有气质,他说过。

于是,站在圣詹姆斯公园里的她感觉依旧在和他争论,依旧想要证明当时自己没有嫁给他是对的——是绝对正确的选择。因为婚姻就是一纸契约,对两个整天生活在同一屋檐下的人来说,必须要有那么一点点独立的空间。理查德给了她这个空间,她也给了理查德(比方说,他今天早上在哪儿呢?在某个委员会吧,她从来不刨根问底)。可如果换成彼德,那就会是一切都必须彼此分享,一切都必须讲得明明白白,这实在让人受不了。后来发

---

[1] 亚历山大·蒲伯(1688—1744):英国著名的古典派诗人。

生了小花园里喷泉旁的一幕,她只得与他分手了,要不然他俩会毁了自己,彼此都会受到伤害,她确信。尽管她为此伤心痛苦了好几年,好像有一支飞箭刺着她的心房。后来,有人在音乐会上告诉她,他娶了一个在去印度的船上遇见的女子,她又感到多么恐怖!她永远也不会忘记这些往事!冷酷、无情、假正经,他对她如是评价。她永远都理解不了他的爱。但那些印度女人也许能理解吧——那些傻乎乎的、漂亮的、肤浅的女人。而她是在浪费自己的同情心,因为他很幸福,他向她保证——幸福无比,尽管他们谈论过的事他一件没做成,他的整个一生就是一场失败。想到这个就让她觉得来气。

她走到公园门口,在那儿站了一会儿,看着皮卡迪里街上往来穿梭的巴士。

如今她不会去这样那样地评论世界上的任何人。她感觉很年轻,同时又感觉有说不出的苍老。她如一把解剖一切的刀,但同时她又是个局外人,一个旁观者。她看着一辆辆出租车,有了一种永恒的疏离感,她仿佛越走越远,孤身一人,一直走到遥远的海边。她老是有那样的感觉,哪怕只活一天都是非常非常危险的事。她并不觉得自己聪明,或者出类拔萃。靠丹尼斯小姐教给她的那点可怜的知识,她是怎么活下来的,她想不通。她什么也不懂,不懂语言,也不懂历史。如今,她几乎什么书都不看,除了躺在床上看回忆录。然而生活对她来说,还是有着绝对的吸引力,这一切,包括来往的出租车。她不会去评论彼德,也不会评论自己,说自己是这样那样的一个人。

她唯一的天赋,是仅凭直觉就几乎能看透一个人,她这样想着,继续往前走。如果你让她和某个人待在同一个房间里,她的背就会像猫一般拱起来，或者会喵喵地叫起来。[1]德文郡的府邸，巴斯的府邸，瓷片上画着鹦鹉的府邸，她曾经看见过它们灯火辉煌的样子。她还记得西尔薇亚、弗莱德、萨利·西顿——她们一大帮子人，彻夜欢舞。她看着运货马车缓缓地朝着市场方向驶去，她驾车穿过公园回家。她记得有一次把一先令扔进了公园里的蛇湖。不过大家都记得，她喜爱的是在她眼前的此时此刻，此情此景，比如出租车里的那位胖女士。那么，这有什么关系吗，她问自己，一边向着邦德街走去，这有什么关系呢，反正她最后注定是要离开人世的。没有了她，这一切都还会继续下去，她对此会有什么不满吗？抑或，相信死亡会了结一切烦恼，不也是一种安慰吗？不过，毕竟是在伦敦的街头，看尽了潮起潮落，跑遍了这里那里，她活了下来，彼德活了下来，活在彼此的心里。她相信，自己属于家乡的树木；属于家乡的房屋，尽管那幢房子已荒草丛生、丑陋荒芜；她也属于那些素未谋面的陌生人。她如一层薄雾，横陈在对她最为了解的人们中，他们将她高高托起，宛如树木将迷雾托起一般，她曾见过如此景象。可那层薄雾不断地伸展，直至那迢递之地，直至她的生活，她的自我。可在她看着哈查兹书店的橱窗时，她又在做着怎样的梦呢？她想要挽留住什么呢？在她读者那本摊开的书时，脑海里浮现出的是怎样一幅乡间晨曦的景象呢：

  别再害怕烈日的烤灼

---

[1] 前者表示她讨厌此人，后者表示喜欢。

也不要怕严冬的肆虐。[1]

这世界刚经历过的那些事情令他们每一个人，令每一个男人和女人，都泪如雨下。但他们有着泪水与悲痛，勇气与坚韧，绝对的正义感，如斯多葛教徒一般的忍耐力。想一想，比如说，她最为钦佩的那个女人，那个主持义卖的贝克斯伯罗女士。

橱窗里有《乔罗克斯的远足与欢宴》[2]，有《肥皂海绵》[3]，有阿斯奎斯夫人[4]的《回忆录》和《尼日利亚狩猎记》，这些书全都摊开着。那里的书永远都琳琅满目，但似乎没有一本适合带给疗养院里的伊芙林·惠特布莱德看。没有任何东西会让她感兴趣，会在克拉丽莎进去的时候，让这个干瘪得不可言状的小女人看上去有一丝兴奋，哪怕只是稍纵即逝的一刹那，在她们如往常一样坐下来没完没了地谈论妇科病之前。她多么希望如此呀——在她走进去时别人的脸上露出快乐的神情，克拉丽莎一边想着一边掉头向邦德街折回去，她觉得心烦意乱，因为做什么事情都要寻找无关的理由真的很傻。她更愿意自己能成为像理查德那样的人，他们做事只为了事情本身。然而，她一边等待过马路一边想，她做事往往没那么单纯，往往不是为了事情本身，而是为了使别人产生这样那样的想法。她知道那样做纯属荒谬（此时警察举起了手臂），因为根本没有人会信。哦，如果她的生活能够从头再来的

---

1 参见莎士比亚戏剧《辛白林》第四幕第二场。
2 英国作家罗伯特·瑟提斯（1805—1864）所著的一部小说。
3 也是瑟提斯所著的小说，原名为《海绵先生历险记》，书中主人公的名字叫"肥皂海绵"。
4 玛戈特·阿斯奎斯夫人（1864—1945）：英国作家。

话——她想着,一边踏上了横道线——就连她的容貌也会大为改观吧!

也许,她原本会像贝克斯伯罗女士一般黝黑,如皱皮一般的肌肤,还有双美丽的眼睛。也许,她会像贝克斯伯罗女士一样,举止庄重沉稳,一副人高马大的样子,像男人一样对政治感兴趣,在乡下有幢府邸,很尊贵,也很诚恳。然而,她有的只是一副豆芽般的细长身材,一张滑稽可笑的小脸,如小鸟般的尖嘴。诚然,她保养得很不错,手和脚都很好看,穿得也好,尽管她在衣着上的花费并不大。可如今,她寄居的这具肉身(她停下脚步,看着一幅荷兰画)常常显得无足轻重——甚至像根本不存在似的。她有种古怪异样的感觉,感觉自己成了个隐形人,没人看得见她,没人认识她。再也不会有结婚生子这种事情了,剩下的唯有随着滚滚人潮奇怪而庄严地往前迈步,迈步走入邦德街。剩下的唯有达洛维夫人自己,甚至连克拉丽莎都不存在了,只剩下理查德·达洛维夫人。

邦德街令她着迷,在这个季节,这个清晨的邦德街。街上彩旗飘扬,一家家店铺,不张扬、不炫耀。她父亲五十年来一直买西服的那家商店里放着一卷斜纹呢,珠宝店里有几粒珍珠,鱼摊冰块上有一条三文鱼。

"就这些。"她看着卖鱼的摊子,自语道。"就这些。"她在手套店的橱窗前停留了片刻,再次说道。战前,你可以在那里买到几近完美的手套。她的威廉大叔以前常这么说,通过鞋子和手套你就能看出一个姑娘是否是淑女。在战争中的某天早上,大叔突然去世了。他曾说过:"我已经活够了。"手套与鞋子,她尤其喜欢手套。但她的亲生女儿,她的伊丽莎白,却对这两样全无兴趣。

全无兴趣,她一边想着,一边沿邦德街向一家花店走去。她每次举办派对,他们都会为她把花留好。而伊丽莎白最关心的是她的小狗,真的。今天早上,整幢房子都闻得到一股柏油味。不过,可怜的小狗灰灰总比基尔曼小姐要好一点。犬热症、柏油,以及所有的不适,也总比枯坐在闷热的卧室里抱着本祈祷书要好!随便什么都比那好,她想这么说。可这也许只是人生的一个阶段,就像理查德说过的,每个姑娘都会经历这样一个阶段。也许是因为坠入了爱河。可为什么恋爱的对象偏偏是基尔曼小姐呢?当然,基尔曼小姐以前曾遭受过虐待,所以我们必须对她多加体谅,而且理查德说过她是个很有能力的人,有着不折不扣的历史学家的头脑。总之,她俩已到了形影不离的程度,而伊丽莎白,她的亲生女儿,还去参加了圣餐礼呢。克拉丽莎应该如何穿着打扮,应该以何种态度来面对那些前来领圣餐的人们,这些她都满不在乎,她的阅历告诉她痴迷于宗教会使人的性情变得冷淡(痴迷于任何事业都会如此),他们的感觉会变得迟钝。就拿基尔曼小姐来说吧,她愿意为俄罗斯人奉献一切,愿意为奥地利人忍饥挨饿,可在日常生活中她又绝对是个让人受不了的角色,她迟钝乏味,总是穿着她那件防水布的绿大衣。她年复一年穿着那件大衣,她浑身冒汗,只要她在房间里待上五分钟,你就准保会感受到她的崇高、你的渺小;感受到她是多么贫穷,你是多么富有;感受到她在没有一张垫子或床铺或地毯或随便什么的贫民窟里是怎么生活的。她的整个灵魂因浸泡在悲惨世界里而遭到了腐蚀,在战争期间她被学校免职了——这个可怜巴巴的、满心委屈的、不幸的女人啊!其实,人家讨厌的不是她这个人,而是她的那些个想法，它们汇聚在一起，无疑会成为一种巨大的威胁，但威胁并非来自基尔曼小姐本人，而是她的思想。她的思想如人们在黑夜里与之搏斗的鬼魂，如骑在我们头上吮吸掉我们一半鲜血的鬼魂，如蛮不讲理的统治者、暴君。不容置疑的是，如果我们重新掷一回骰子，如果黑色取代白色成为一切的主宰，她就会爱上基尔曼小姐的！可这个世界的现实并非如此。并非如此。

可是，这个残忍的魔鬼，在她的体内肆意翻腾，激怒了她！她听见了树枝折断的声音，感觉到沉重的马蹄声踩踏在枝繁叶茂的密林深处，这座灵魂的密林。从来也不会完全满足，或者有充分的安全感，因为这个残忍的恶魔随时随地都会搅动起你的憎恨，而它，尤其是因为她的疾病，拥有巨大的力量使她感觉身陷囹圄，脊背生疼。它使她的肉体痛苦，使得在优美、友谊、健康和爱情中感受到的快乐和她那个快乐的家庭发生了动摇、颤抖、扭曲，就好像确实有个魔鬼在挖墙脚，就好像整个华丽的装饰只不过是自恋而已！这股厌恶之情！

废话，废话！她冲自己大喊，一边推开了马贝利花店的旋转门。

她走进去，轻轻松松、人高马大、身子笔挺，圆脸的皮姆小姐立马跑上前招呼她。皮姆小姐的双手总是红彤彤的，就好像和鲜花一起浸过冷水一样。

店里有这些花：飞燕草；甜豌豆；一束束的紫丁香；康乃馨，大把大把的康乃馨；还有玫瑰；还有鸢尾花。啊，是的——她在这个人间乐园里尽情地吮吸着甜美的芬芳，她站在那里和皮姆小姐说话，皮姆小姐在帮她挑花，她想道，皮姆小姐真是个好人，多年前她就一直这么和善。可今年她看上去老多了，她的头在鸢尾花和玫瑰花之间转来转去，她半闭着眼对着一簇簇的紫丁香点头，用力地嗅着。尽管大街上喧嚣嘈杂，店里却弥漫着怡人的花香，还有那优雅的凉爽。接着，她睁开眼，玫瑰看上去多清爽呀，就像在洗衣店柳条筐里放着的蕾丝亚麻毛巾。红色的康乃馨又浓烈又整洁，高傲地昂着头。甜豌豆在花瓶里伸展着枝丫。淡淡的紫色，雪花般的洁白，暗雅——宛如一个炎炎夏日后的黄昏，穿着薄衣的姑娘们出来采摘甜豌豆和玫瑰花，天空几乎是靛蓝色的，飞燕草、康乃馨、水百合都在盛开着。傍晚六七点之间的时刻，每一朵鲜花——玫瑰、康乃馨、鸢尾花、紫丁香——都鲜艳夺目，雪白、淡紫、艳红、橙黄。每一朵鲜花都仿佛在燃烧自己，在薄雾般的花床里温柔地、纯洁地燃烧着。她是多么喜欢穿梭在鲜花间的灰白的蛾子呀，它飞过了香水草，飞过了晚香玉！

她跟在皮姆小姐后面从一个花罐走到另一个花罐，选着鲜花。全是废话，废话。她自言自语着，感觉越来越温柔，就好像这份美丽，这片芬芳，这样的色彩，再加上皮姆小姐喜欢她，信任她，这股温柔的暖流将她浑身裹住，它战胜了憎恨，战胜了那个魔鬼，战胜了一切！它将她轻轻托起，越托越高，直到——砰！外面的街上突然传来一声枪响！

"天哪，这些汽车。"皮姆小姐说着，忙走到窗口张望，然后又走回来，带着表示歉意的微笑，手上捧满了甘美的豌豆花，就好像那些汽车，那些爆掉的轮胎，都是**她**的[1]过错。

---

[1] 此处黑体词在原文中为首字母大写，下文同。——编注

剧烈的爆胎声，令达洛维夫人大吃一惊，令皮姆小姐奔到了窗边并对此深感歉疚，来自一辆正停在马贝利花店橱窗对面的人行道边的轿车。当然啰，路人们停下了脚步，驻足观看，刚好看见淡灰色的车厢内露出一张要人的脸，一个男人随即拉上了窗帘，于是什么也看不见了，除了车厢内的一方灰暗。

然而，各种流言蜚语即刻传播了起来。那流言从邦德街中心一路传到了牛津街，又一路传到了阿特金森香水店。无形又无声的流言在传播着，如一团云雾在快速流动，如高山上的迷雾。这突如其来的庄严而宁静的一片云确确实实地罩住了一秒钟前还在那里困惑不已的人们的脸。可现在，神秘的翅膀拂过了他们的脸颊，他们听见了权威的声音。一股宗教的情绪蔓延开来，令她瞠目结舌。可是，没有人知道他们看见的那张脸究竟是谁的。是威尔士王子吗，是王后吗，是首相大人吗？是谁的脸呢？没人知道。

艾德加·杰·华特基斯，手臂上缠着一圈铅管，高声说道，当然是以幽默的口吻："是朽相大人的叉子。"[1]

塞普提默斯·沃伦·史密斯，被人流挡住了去路，听见了他说的这句话。

塞普提默斯 沃伦·史密斯，三十左右，脸色苍白，鹰钩鼻，穿着棕色的皮鞋，寒碜的大衣，淡褐色的眼睛里流露出一种忧虑的神色，陌生人要是见了他的这种眼神也会生出一份忧虑来的。世界已经举起了皮鞭，它会落向何方呢？

一切都已停滞下来。汽车引擎的扑扑声如不规则的脉搏在上

---

[1] 伦敦土音，是首相大人的车子。

下震响。阳光变得异常炽热，这时那辆汽车停在了马贝利花店橱窗的外面。坐在双层大巴顶层的老妇人们打开了遮阳伞，这里一把绿伞，那里一把红伞，啪的一声轻轻地打开了。达洛维夫人，手上抱满了甜豌豆，跑到窗口张望着，她那张粉红的小脸好奇地抬了起来。大家全都看着那辆汽车。塞普提默斯看着，骑自行车的小伙子们从车上跳了下来，车辆越积越多。那辆轿车就停在那儿，拉着窗帘，帘子上的图案很是奇特，像是一棵树，塞普提默斯这么觉得。这一幕将周围的一切渐渐聚集起来呈现在他眼前，就好像某种恐怖马上就要浮出水面，即将爆炸，即将燃烧，这景象把他吓坏了。世界在动摇着，在颤抖着，眼看就要变成一座燃烧的地狱。是我挡住了别人的路吗，他想道。别人不都在看着他，对他指指戳戳的吗？难道他不是像被钉在了人行道上一样，故意地僵立在那里吗？可他为什么要故意呢？

"我们走吧，塞普提默斯。"他妻子说。她是个小女人，菜色的尖脸蛋上长着一对大眼睛——一个意大利姑娘。

可卢克蕾西娅自己也忍不住看着那辆轿车，和它窗帘上隐约如树木般的图案。坐在车上的是女王吗——是女王出来买东西吗？

那个司机，刚才一直在那里打开、转动，又关上什么东西，此时坐回了驾驶室。

"走吧。"卢克蕾西娅说。

可她的丈夫，他们已经结婚四五年了，诧异地跳了起来，生气地说道："好吧！"好像她碍了他什么事似的。

人们一定注意到了，人们一定看见了他俩。人们，她想，盯着那辆汽车瞅的人们——英国人,他们的孩子,他们的骏马,他们的服装,她还是比较欣赏的。可他们现在只是"人们",因为塞普提默斯说过,"我会自杀的",这句话真难听。如果被别人听见了咋办?她看着人群。救命,救命!她想向肉铺的小伙计和女人们呼救。救命!就在去年秋天,她和塞普提默斯还穿着一样的斗篷站在堤岸上,塞普提默斯只顾着看报纸,一句话也不说,她从他的手里把报纸抢了过去,当着一个路过的老头的面哈哈大笑起来!可人们通常会掩饰失败。她必须把他带走,带到某个公园里去。

"现在我们好过马路了。"她说。

她有权挽着他的胳膊,尽管已经没什么感觉了。他会把干瘦的手臂给她,而她如此单纯,如此热情,才二十四岁,在英国无亲无友,为了他,离开了意大利。

拉着窗帘的轿车,以一副隐藏着什么秘密的姿态向着皮卡迪里驶去。一路上依然受到人们的关注,依然以同样尊贵的、令人景仰的气质引得街道两旁路人脸上的表情起了变化,虽说没有人知道这景仰的对象究竟是女王、王子还是首相。刚才只有三个人看见了那张脸,不过只有那么短暂的一刹那。现在,甚至对那人的性别都起了争议。不过,坐在车上的是个伟人这一点是不容置疑的。伟人正经过此地,藏而不露,向着邦德街而去,离普通人只有一臂之遥。也许在人们的生命里,这是第一次也是最后一次,与英国的权威人物,与这个国家的不朽象征近在咫尺。这个人物只有在好奇的考古学家对岁月的废墟进行一一筛选之后才会浮出水面,而到那时伦敦也会变成一条芳草萋萋的道路。在这个星期三的早晨,匆匆走在这条人行道上的所有人都会变作一堆白骨，在尸骨的尘土中间或许会掺杂着几枚婚戒，在难以计数的烂牙里掺杂着几粒金牙。轿车里的那张脸只有等到那个时候才会水落石出。

也许是女王，达洛维夫人想道，一边拿着她的花走出了马贝利花店，是女王在车内。她站在阳光下的花店旁，看着那辆拉着窗帘的轿车从她身边开过，脸上一时露出了颇为庄重的神色。女王是要去哪家医院，女王是要去为哪场义卖剪彩，克拉丽莎想。

才这个时辰，交通已经拥挤成这副模样了。洛兹板球场、爱斯科特赛马场、赫林根马球场，今天有什么赛事吗？她想，因为已经开始封路了。坐在巴士顶层两侧的英国中产阶级人士，手里拿着包裹和阳伞，是啊，甚至在这种天气也有人依然穿着皮草，她想，无论你能想象出什么东西，都不会比这更荒诞、更怪异的了。女王本人也被拦下来了，女王本人也无法通过。克拉丽莎被堵在布鲁克街的一侧，约翰·巴克赫斯特爵士，就是那个老法官，被堵在另一侧，中间正隔着那辆车（约翰爵士多年参与立法，他喜欢衣着入时的女士）。那个司机，微微地斜了一下身子，对警察说着什么，抑或是在给警察看什么东西，警察对他行了个礼，抬起胳膊，甩了甩头，把大巴诱导到路边，让那辆轿车通过。它缓缓地、悄无声息地开走了。

克拉丽莎猜到了，她当然知道了。她看见了那位男司机手里的那个白色的、圆形的、具有魔力的东西，是一张上面刻有名字的圆牌——是女王的、威尔士王子的，还是首相大人的呢？——它，靠着它自身的光彩，照亮了前进的路途（克拉丽莎看着那辆车渐行渐远，终于消逝不见了）。今晚它将在白金汉宫里，在枝形大烛台中间,在闪耀的明星中间,在佩戴着橡叶勋章的硬挺的胸膛之间,在休·惠特布莱德和他的同僚之间,在英国的绅士们中间,闪闪放光。克拉丽莎也一样,也要举办派对。她微微挺了挺身,她将以这种姿势站在楼梯口迎接宾客。

车子开走了,但在邦德街两边的手套、帽子和成衣店里激起了一阵微弱的涟漪。所有的脑袋都朝向同一个方向——窗口,大约维持了三十秒。正在选手套的——长度是到肘部还是肘部以上呢,颜色是要柠檬黄还是浅灰呢?——女士们停了下来。一句话刚说完,什么事情已经发生了。这种事情要是独自发生,就会是微不足道的小事,没有一种数学仪器,哪怕是能将震动传到中国去的仪器,能够记录下它造成的颤抖。然而要是事情汇聚到一起就相当可怕了,它们能够激发起情感的起伏。因为在每一家帽店里,在每一家成衣店里,彼此陌生的人们互相瞅瞅,想到了死去的人,想到了旗帜,想到了大英帝国。在一条小巷里的酒吧间,一个来自殖民地的人侮辱了温莎王室[1],导致了争论,打破了啤酒瓶,大闹了一场,吵闹声异样地回响在街对面的姑娘们的耳朵里,她们在那里购买婚礼用的饰有纯白蕾丝的白内衣。因为那辆远去的轿车造成的表面上的激动渐渐消逝了,但某种更深层次的东西却又被搅动了起来。

那辆车灵巧地穿过皮卡迪里,拐进了圣詹姆斯街。身材魁梧的男人,体格彪悍的男人,穿着燕尾服、白衬衣,头发往后梳的时髦男士,为了什么难以分辨的理由,都站在布鲁克斯酒店的凸窗前,双手摆在燕尾服的后面,望着窗外,本能地觉察

---

[1] 1917年以来对英王室的称呼,温莎是王室的姓氏。

到有大人物正经过这里，不朽的伟人用白色的光芒罩住了他们，如刚才罩住克拉丽莎·达洛维一样。他们立刻站得更挺直了，手也挪动了位置，仿佛准备好了要为君王效劳。如果需要，他们会像那些先烈一般，甘愿献身。酒店后面的石膏半身像，放着几本《闲谈者》杂志和几只苏打水瓶的小桌子，都似乎在表示赞许，似乎代表着英国的五谷丰登和庄园府邸，似乎在反射那车轮的细微声响，如回音廊的墙壁反射出一个声音，又通过整个教堂的力量，使之宽广洪亮。披着围巾的莫尔·普拉特拿着鲜花站在人行道上，祝福那可爱的小青年万事如意（车内一定是威尔士王子），要不是看见警察在盯着她，动摇了她这个爱尔兰老妇人的忠诚，她就会把那一束玫瑰——相当于一罐啤酒的钱——扔到圣詹姆斯街上，仅仅是出于轻松的心情和对贫穷的蔑视。圣詹姆斯宫的岗哨敬了个礼，亚历山德拉王后[1]的警察表示赞许。

与此同时，一小群人聚集在白金汉宫的大门外。无精打采的，然而又是自信满满的人们，他们全都是穷人，他们都等在那里，看着国旗飘扬的宫殿[2]，看着维多利亚女王的雕像，站在基座上，裙裾飞扬，赞叹着在她旁边的一波波流水，还有她的天竺葵。他们在商业街来往的车流中，时而挑出这一辆，时而挑出那一辆，向开车出游的老百姓徒劳地表达着敬意，在这辆那辆车经过时，再把它们的敬意回收起来以便保鲜。他们一想到有王室成员在看着他们，就始终听任胡思乱想在他们的血管里汇聚，刺激

---

[1] 亚历山德拉王后（1844—1925）：英国国王爱德华七世之妻。
[2] 白金汉宫上飘着国旗，表示国王在宫内。

他们的大腿神经。女王在鞠躬,王子在敬礼,他们想到了天堂般的生活神圣地降临在国王们的头上,想到了侍从武官和屈膝礼,想到了女王幼时的玩偶馆,想到了玛丽公主[1]嫁给了一个英国人,而王子——啊!王子!他们说,他像极了老爱德华国王,不过要比老国王瘦多了。王子住在圣詹姆斯宫,不过他今天早上可能会过来问候他母亲。

手里抱着孩子的萨拉·布莱切利这样说,两只脚一上一下地晃悠着,就好像是在皮姆利科自家的火炉围栏旁,可她的眼睛始终盯着商业街方向;而艾米莉·寇茨则在望着皇宫的窗户,想着侍女,不计其数的侍女,卧室,不计其数的卧室。一个牵着条阿伯丁猎狗的老绅士也加入进来,无业游民们也加入进来,人群越发壮大。矮小的鲍利先生,他在阿尔巴尼区有几处房产,他那深邃饱满的生命之泉已被蜡封了,但也可以被突然地、不合适地、感情用事地、诸如此类地解封——穷女人等着看女王经过——穷女人,可爱的小孩子,孤儿们,寡母们,战争——啧,啧——泪水竟然涌上了他的眼睛。一阵和煦的微风穿过稀疏的树林欢欢喜喜地吹向市场街,吹过英雄们的青铜像,吹得鲍利先生心中的英国国旗飘扬了起来。在那辆轿车转向市场街时,他举起了帽子,看见车子靠近他时,他把帽子举得老高。他直挺挺地站着,皮姆利科的穷母亲们挤到了他的身旁。轿车开过来了。

寇茨太太突然抬头仰望天空。飞机的轰鸣声不祥地钻入人们的耳窝。一架飞机正飞在树林的上空,尾巴后面吐出一条白烟,

---

[1] 玛丽公主(1897—1965):乔治五世之女,嫁给了第六代赫利伍德伯爵。

它旋转翻腾，竟然是在写着什么！飞机在空中写字！每个人都抬起了头。

飞机猛然俯冲，随即又直上云霄，接着是翻筋斗斜飞，速度超快，忽而下降，忽而上升。无论它怎么飞，无论它往哪儿飞，尾巴后面总拖着一股波浪般的白色浓烟，白烟不住地翻腾，在空中形成了一个个字母。可是那是些什么字母呢？是字母 A 和 C 吗？是一个 E，接着是一个 L 吗？这些字母只是稍作停留，立刻就会变幻、溶化，最后消逝在空中。飞机向着更远的地方疾飞，又在另一片干净的天空里，写出了一个 K，一个 E，还有一个也许是 Y 吧？

"Glaxo。"寇茨太太凝望天空，以一种紧张、敬畏的语气说道，而她那个雪白粉嫩的小宝宝，乖乖地躺在她的怀里，也在仰头望天。

"Kreemo。"布莱切利太太嘟哝道，如一个梦游人。鲍利先生镇定自若地举着帽子，抬头望着天空。商业街上的每一个人都停下了脚步，望着天空。在他们举头仰望之时，整个世界变得一片宁静。一群海鸥掠过天空，先由一只海鸥领队，接着换成另一只。在这份美妙的静谧与祥和之中，在苍茫的天空下，在纯净的氛围里，钟声敲响了十一下，渐次消逝在那群海鸥中。

飞机随心所欲地掉头、疾飞、俯冲，如此迅捷，如此洒脱，如一个溜冰高手——

"那是个 E。"布莱切利太太说——或许像个舞蹈家——

"那是 toffee[1]。"鲍利先生嘟哝道——（那辆轿车开进了大门，

---

[1] 太妃糖，鲍利先生认为飞机是在为太妃糖做广告。

没有一个人在看它）飞机不再释放烟雾，它匆匆地飞向远处。烟雾消散而去，融汇在一大团一大团的白云之中。

飞机不见了，消失在云团后面。万籁俱寂。依附着字母 E、G 或 L 的云朵自由地飘荡，好像是注定要从西方飘到东方，去完成一项极其重要的使命。虽然那是个不可昭告世人的机密，但它确实是一项——一项最为重大的使命。接着，突然之间，飞机再次冲破云层，如一列火车冲出隧道，轰鸣声钻入商业街上的、格林公园里的、皮卡迪里街上的、摄政街和摄政公园里的每个人的耳朵里。一团烟雾尾随其后，它忽而俯冲，忽而高飞，写下一个又一个字母——但它写的是什么字呢？

卢克蕾西娅·沃伦·史密斯，坐在摄政公园林荫大道上的一把长椅上，挨着她丈夫坐着，抬头望天。

"看，看哪，塞普提默斯！"她喊道。因为霍姆斯大夫告诉过她，要让她丈夫（他其实也没得什么重病，只不过有点郁郁寡欢）别只关心自己，要对外界事物也感兴趣。

塞普提默斯抬头看，想道，他们原来是在向我发信号呀。并不是以实际的文字，就算是，他也看不懂那种语言。不过信号非常清楚，这么美丽，这么极致的美，泪水涌入了他的眼睛。当他看着烟雾写成的文字渐次模糊，融化在空中，在无尽的善意和含笑的仁慈中，将一个接一个超乎想象的美丽形象赐予他，向他发出信号，将他们的意图告诉他，他们就是要让他无偿地、永恒地只看到这份美，这份源源不断的美！泪水顺着他的脸颊滑落。

那个词是"太妃糖"，他们是在给太妃糖做广告，一个保姆告诉蕾西娅[1]说。她们一起拼了起来：t—o—f—

"K—R—"保姆说，塞普提默斯听见她在他的耳旁念叨着"凯依、阿尔"，声音低沉、柔和，如优美的风琴声；但她的声音里也有一种如蚱蜢般的粗嘎，它美妙地刺激着他的背脊，将一波波的声浪传入他的大脑，震响着，破碎了。确实是一种神奇的发现——在某种气候条件下，人的声音（做人必须讲科学，科学高于一切）可以促进树木的生长！蕾西娅开心地把手重重地压在他的膝头，因而，他被压得动弹不得。要不然他看见兴奋的榆树上下飞舞着，上下飞舞着它那每一根闪亮的枝条，颜色忽浅忽深，从蓝色到浪谷的绿色，如马头上的鬃毛，如女士们头上的羽饰，它们在那里起起落落，如此骄傲，如此壮丽，他会发狂的。但是他不能发狂呀，他要闭上眼睛，他不想再看了。

可它们在呼唤着他，树叶是有生命的，树木也是有生命的。通过成千上万条纤维，树叶和他坐在椅子上的身体取得了联系，上下扇动着他的身体。树枝向前伸展，他也呼应着做出同样的姿态。麻雀在参差不齐的喷泉间鼓起翅膀上下翻飞，构成了画面的一部分。白色与蓝色的构图上，夹杂着一根根黑色的枝条。声音与冥想和谐共处，它们之间的距离与声音一样意味深长。一个孩子哭了起来，远处刚巧响起一阵号角之声，这一切合在一起，意味着一种新宗教的诞生——

"塞普提默斯！"蕾西娅说。他猛然惊醒。别人一定注意到他了。

"我到喷泉那边去下就来。"她说。

---

[1] 卢克蕾西娅的昵称。

因为她受不了了。霍姆斯大夫也许会说这没啥大不了的。可她倒宁愿他已经死掉了!她不能这样坐在他的身旁,而他却在专注地瞪着什么,根本不看她,他这副样子使一切都变得可怕了。天空与树木;嬉戏着的孩子,拉着推车,吹着口哨,跌着跤——一切都显得可怕。他不会自杀的,而她又无法对人倾诉。"塞普提默斯向来工作太辛苦了"——她对自己的母亲也只能说这么多。爱使人孤独,她想道。她无人倾诉,现在甚至都不能对塞普提默斯说了,回过头去,她看见他穿着那件寒碜的大衣一个人坐在位子上,弓着背,瞪着眼。一个说自己想自杀的男人是个懦夫,可塞普提默斯曾经打过仗,他曾经是个勇敢的人,但现在的他已不是过去的那个塞普提默斯了。她戴上花边衣领,她戴上崭新的帽子,可他全不在意。没有她,他照样很快乐。然而没有了他,她却怎么也高兴不起来!千真万确!他是个自私的家伙。男人都这样。因为他根本就没病。霍姆斯大夫说了他没事的。她把手摊开在面前。看呀!她的婚戒滑下去了——她瘦得不成样子了。是她在受苦受难呀——可她却没有一个人可以倾诉。

意大利在千里迢迢的远方,那里有乳白色的房子,她的姐妹们在那白色的房间里编帽子。每天傍晚大街上都有涌动的人潮,人们在散步,在放声大笑,不像这里的人总是死气沉沉的,蜷缩在浴椅[1]里,看着花盆里稀稀拉拉的几朵丑陋的花!

"你们该去看看米兰的花园。"她大声说。可是对谁说呢?

一个人也没有。她的话语消逝了,如火箭升空而去。它的

---

1 一种专供病人使用的带篷罩的轮椅,多用于温泉疗养地。

火花，冲入了夜空，被夜色掩埋。夜幕降临，笼罩住房屋和高塔的轮廓。苍茫的山坡渐趋朦胧，最后沉入了黑暗。可是，尽管一切都消逝了，但它们毕竟都存在于夜色之中。色彩退场了，连窗户都看不见了，但它们的存在却显得更为沉重，具有了光天化日里无法传达的意义——各种事物的忧愁与焦虑都汇聚在黑暗中，在黑暗中抱作一团。晨曦带来的宽慰被一扫而尽，直到曙光再次将墙壁刷得灰白，照亮了每一扇玻璃窗，拨开了田野里的迷雾，现出在悠闲地吃草的棕红色奶牛。一切都重新上好了彩妆，呈现在人们的眼睛里，一切重新呈现出生命的色彩。我孑然一身，我多么孤单！卢克蕾西娅在摄政公园里的喷泉旁感叹起来（同时注视着那个印度人和他的十字架），也许就像是午夜时分，当一切的分界线全都消失不见，这个国家倒退回远古时的形象，仿佛罗马人登陆时看见的景象，天地一片混沌，山岳没有名字，河流蜿蜒着不知流向何方——她心中的黑暗就是这个模样。突然之间，就像不知从哪里漂来了一块岩石，她就站上去，诉说着自己是塞普提默斯的妻子，多年前在米兰成婚，是他的妻子，但她永远，永远也不会告诉别人他发了疯！在她转身之际，岩石倾倒了，她跌了下去，越跌越深。因为他离开了，她想——离开了，就像他所扬言的，去自杀了——去扑倒在车轮之下！可是没有，他还在那儿呢，还是一个人坐在位子上，穿着他那件寒碜的大衣，跷着二郎腿，瞪着眼，大声地自言自语。

不可以砍伐树木。上帝是存在的（他在信封的背面注意到了那样的启示）。要改变世界。不可以因憎恨而相互杀戮。让大家都了解这个（他把这句记了下来）。他等着。他听着。一只麻雀停在对面的栏杆上,叽叽喳喳地叫着"塞普提默斯,塞普提默斯",连着叫了四五遍后,飞走了,然后又拉长了调子,用希腊语唱起清新又动人的歌,唱着人间没有罪恶。又一只麻雀参加进来,它们一起用希腊语拉长了调子唱起了动人的歌,唱到在那逝者游走的彼岸,在那生命的草原里,绿树成荫,唱到人间没有死亡。

他的手在这里,死神在这里。有什么白色的东西正在对面的栏杆后面聚拢起来。可他不敢看。埃文斯在栏杆后面!

"你在说什么呢?"蕾西娅坐回到他的旁边,突然发问。

又被打断了!她老是打断我的思路。

远离人群——他们必须远离人群,他说(跳了起来),马上去那边,那边的树下面有几把椅子,公园里的长坡道如一条浸满颜料的绵延绿布,飘在上空的蓝色和粉红的烟雾形成了一张天篷。远处不规则的房屋组成的壁垒在烟雾中一片朦胧,来往的车辆在环行道上嗡嗡作响,在右侧,暗褐色的动物把长长的脖子伸出了动物园的围栏,吼着,吠着。他们坐在那里,坐在一棵树下。

"看呀。"她恳求道,一边指着拿着板球门柱的一小队男孩子。其中一个孩子在拖着步子,踮起脚尖转呀转的,就好像是在音乐厅里扮演小丑。

"看呀。"她央求道,因为霍姆斯大夫说了要让他意识到客观事物的存在,去听听音乐啦,打打板球啦——这项运动很适合,霍姆斯大夫说,是很好的户外活动,非常适合她的丈夫。

"看呀。"她重复道。

幽灵在吩咐他看,此时这个声音在和他交流,他是人类中最伟大的成员。塞普提默斯,刚刚经历过出生入死,他是来拯救人间的天主,他像条被单似的躺着,像条只有太阳能够摧折的雪毯,永不磨损,永远受难。替罪羊,永恒的受害者。可他不想扮演这种角色,他呻吟着,摇了摇手,要把那永恒的苦难、永恒的孤独甩掉。

"看呀。"她重复道,因为他不该在户外对自己大声说话的。

"哦,看哪。"她恳求他。可那儿有什么可看的呢?有几头羊。那就是全部。

去摄政公园地铁站——人们能告诉她去摄政公园地铁站怎么走吗?——梅齐·约翰逊想要知道。她两天前刚从爱丁堡过来。

"不是这条路——那边的那条!"蕾西娅大声说,挥手叫她走开,生怕让她看见塞普提默斯。

这一对人显得很古怪,梅齐·约翰逊想。一切都显得很怪。她第一次来伦敦,是到利登霍尔街她叔叔那里干活的。这天早上,她走过摄政公园,坐在椅子上的这一对男女让她吓了一大跳。那个年轻女子看上去像外国人,那个男人怪怪的。因此即使到了她老态龙钟的时候,也依旧会在记忆中翻腾出这一幕,依旧会记得在五十年前一个夏日的美丽清晨,她是怎样穿过摄政公园的。因为她只有十九岁,好不容易终于来到了伦敦。那时多么奇怪呀,她问路的这一对人,那姑娘受惊一般地直摇头,而那个男的——他显得极其怪异,也许是吵架了,也许是决定分手了。她知道,一定是发生了什么事。而且,现在所有的人(因为她走回到了林荫大道),石池子,整齐的花,老头和老太太——大多是坐在轮椅上的病人——所有这一切,在她这个爱丁堡人的眼里,都显得十分怪异。而梅齐·约翰逊,当她加入到这些缓缓地走着、茫然地看着、微风吻着他们的人流时——松鼠栖在树上舔毛，麻雀在喷泉边觅食，狗儿在栏杆边欢闹，相互嬉戏追逐着。当柔柔的暖风沐浴在他们的身上，他们那呆板、漠然的眼神里又多了一种他们对生活的理解，就是怪异与平静——梅齐·约翰逊觉得她非得大喊一声不可：哦！（因为椅子上的那个小伙子让她大吃了一惊，她知道，一定是发生了什么事。）

恐怖！恐怖！她想要大喊大叫。（她离开了自己的家人，他们警告过她会发生些什么的。）

为什么她不留在家乡呢？她拧着铁栏杆上的圆把手，喊道。

那姑娘，丹普斯特太太想道（她经常在摄政公园里吃午饭，还时常用面包屑喂松鼠），还什么都不懂。在她看来，真的，一个人还是强壮些，懒散些，对自己的期望别太高比较好。她女儿珀西喝酒上瘾。是啊，还是有个儿子比较好，丹普斯特太太想。她曾经有过一段艰难的生活，看见这样的一个女孩子，禁不住要笑。你会嫁人的，因为你很漂亮，丹普斯特太太想。结婚后，她想，你就会明白了。哦，那些厨师，诸如此类，每个男人都有自己的习惯。可如果我事先就知道了，我是否还会那样选择呢，丹普斯特太太想，她不禁想要对梅齐·约翰逊低语几句。让自己这张沟壑纵横的、皮肉松弛的老脸上也能感受到一个怜悯的亲吻。因为人一辈子都不容易，丹普斯特太太想。她还有什么没有奉献出来呢？玫瑰，身材，还有她的腿（她把臃肿的双腿藏到裙子底下）。

玫瑰，她讽刺地想道。一派胡言，天哪。真的说来，吃喝的事，做爱的事，好日子和坏日子，生活不仅仅是玫瑰色的，更有甚者，让我告诉你，凯莉·丹普斯特并不愿意和肯特镇[1]上的别的任何女人交换命运！不过，她乞求怜悯。怜悯，为了那失落的玫瑰。她向站在风信子花坛旁的梅齐·约翰逊呼唤着的，就是怜悯。

啊，瞧那架飞机！丹普斯特太太不是老想着要去国外见见世面吗？她有个侄儿，是个云游四方的传教士。那飞机飞快地冲向云霄。她总是由马尔盖特[2]出海，但从来不会去看不见陆地的远方，不过她受不了怕水的女人。那飞机迅疾地俯冲过来——她的心提到了嗓子眼——又重上云霄。一定是个可爱的小伙子在驾驶飞机，丹普斯特太太断定，飞机消失在天际。它高高地飞过了格林尼治[3]，飞过了所有的船桅，飞过了一座座灰色的教堂，飞过了圣保罗大教堂和别的教堂，直飞到伦敦的另一头。那里有辽阔的田野，深棕色的树林，爱冒险的画眉在那里大胆地蹦来跳去，眼睛飞快地一扫，叼起了一只蜗牛，往石头上猛敲，一下，两下，三下。

飞机越飞越远了，直至除了一个亮点外什么都看不见了。一份渴望，一份关注，一个象征（班特利先生这么认为，他正在格林尼治全力以赴平整一块草皮），人类灵魂的象征。班特利先生坚定地相信，一边清扫着雪松的四周，通过思想的方法，通过爱因斯坦、推理能力、数学、孟德尔法则[4]，人类可以超越肉体，超

---

[1] 伦敦西北部一城镇。

[2] 伦敦东部一城市，是著名的海滨度假地。

[3] 伦敦东南一城镇，为格林尼治天文台旧址所在地。

[4] 孟德尔（1822—1884）：奥地利植物学家、遗传学的创始人。通过对豌豆杂交所做的实验，发现了母体特征的遗传是通过母体细胞的基因之组合来实现的这一规律，即孟德尔法则。

越自己的居所——飞机继续向远处疾飞而去。

之后，一个衣衫褴褛、相貌平平的男子拿着一只皮包站在圣保罗大教堂的台阶上，踌躇不前，因为不知道进去会得到怎样的欢迎、怎样的安慰。有多少上面飘扬着旗帜的坟墓，它们是胜利的标志，但不是战胜了军队的标志，而是战胜了想要追求真理的精神，他想道。正是这种麻烦的精神造成了我现在没有立足之地的局面，而且，教堂提供的是伙伴，他想，邀请你成为这个团体的一员。伟人们属于这个团体，烈士们为它献身。为什么不进去呢，他想，把这只里面塞满传单的皮包放到圣坛和十字架之前，它们象征的是超越了追求、探索和文字的堆积之后的升华，从而成为一种彻底的精神食粮，成为虚无缥缈的、如幽灵般的存在——为什么不进去呢，他想道。正在他犹豫不决之时，那架飞机飞过了卢德门圆形广场的上空。

多么奇怪，多么宁静。除了车流声外，四围一片岑寂。飞机仿佛无人驾驶一般，全凭它自己的意愿疾飞。眼下，它正斜斜地飞着，又笔直地冲上云霄，如处于一种陶醉的状态中。为了纯粹的狂喜，后面喷出一条盘旋的白烟，写出了一个 T、一个 O 和一个 F。

"他们在看什么呀？"克拉丽莎·达洛维问为她开门的女佣。

这幢房子的客厅如地窖一般凉爽。达洛维夫人把手罩在眼睛上面，在女佣露西关上房门时，她听见了露西的裙子窸窣作响，她感觉自己像个远离了尘嚣的修女，感觉到面纱亲切地裹住了自己的脸庞，感觉到往日的虔诚得到了报偿。厨娘在厨房里吹口哨。她听见打字机的咔嗒声。这就是她的生活，她在客厅桌子前垂下头来，沉醉在这份感动里，感觉到获得了祝福，得到了净化。她拿起记录着电话留言的便笺纸，自言自语道，这样的时刻就是生命之树上发出的新芽，是在黑暗中绽放的花朵，她想（仿佛是一朵可爱的玫瑰，只为了愉悦她的眼睛而绽放）。她一刻也没有信仰过上帝，但正因如此，她拿起便笺纸，想着，她就更必须在日常生活中对用人们，是的，对狗儿和金丝雀，对高于一切的她的丈夫理查德心怀感恩。他就是她生活的基础——必须感恩那些快乐的声音，那些绿色的灯光，甚至要感恩那个吹口哨的厨娘，因为沃克太太是个爱尔兰人，整天都喜欢吹口哨——她想道，必须报答这些悄悄储存下来的美妙时刻。她拿起便笺纸，露西站在她旁边，想要向她解释：

"太太，达洛维先生……"

克拉丽莎读着便笺纸上的电话内容，"布鲁顿女士想知道，达洛维先生今天是否可以和她一起共进午餐。"

"太太，达洛维先生让我告诉您，他出去吃午饭了。"

"天！"克拉丽莎说，露西分享了达洛维夫人想要让她感受到的失望（但并没有和她分享痛苦）。露西感受到了她们之间的默契，领会了达洛维夫人的意思，想到了上流社会的人们是如何相爱的。她冷静地为自己的未来画好了蓝图，她毕恭毕敬地接过达洛维夫人手里的阳伞，就好像那是女神从战场上凯旋后丢下的一件神圣武器，将它放到伞架上。

"别再害怕了。"克拉丽莎说。别再害怕炽热的太阳，因为布鲁顿女士只邀请理查德而不邀请她这事所带来的震惊，使她置身于其中的这个时刻也战栗了起来，宛如河岸边的一棵小草因船桨的惊扰而摇曳不定。于是她慌张起来，颤抖起来。

米利森特·布鲁顿没有邀请她，据说她的午餐会办得有声有色，很有意思。庸俗的嫉妒心并不能挑拨她和理查德之间的感情。但她害怕匆匆的时光，就像刻在冷漠石板上的日晷，她从布鲁顿女士的脸上看出了生命的枯萎。年复一年，她的生命被越切越薄。余下的时光已如此可怜，已无法再像青葱岁月时那样去尽情拓展，去吸取那生命的色彩、风味和韵律。想当初无论她走进哪个房间，那里都会因她而蓬荜生辉。当她站在客厅门口稍作踌躇，她都会感觉到一种别致的悬念。就像一个潜水者在纵身跳下悬崖前所感受到的一般，大海在他的下面时明时暗，海浪眼看着就要汹涌而来，但结果却只是轻柔地拨开水面，银色的细浪翻卷着掀起海藻，再将其覆盖、淹没。

她将便笺纸放回到客厅桌上，然后手扶着栏杆，缓缓地朝楼上走去，仿佛刚刚辞别了一场派对，在那里不时有这个那个朋友使她感受到自己的音容笑貌。仿佛她关上门走了出来，独自站在门外，独自面对那恐怖的夜，或者更确切地说来，是面对着这个实实在在的六月晨曦。她知道，她也感觉到，对某些人来说，这样的晨光恰如玫瑰花瓣那柔和的光华。她在楼梯平台上开着的窗户边停下了脚步，外面传来帘子的啪啪声、狗的吠叫声。进来吧，她想道，就让白昼的侵轧、喧嚣和欣欣向荣之声统统进来吧。她突然间感觉到自己萎缩了，衰老了，乳房也瘪掉了，感觉到自己来到了室外，飘到了窗外，脱离了自己的身体，脱离了这个已经不中用的大脑。这些感受都是因为布鲁顿女士没有邀请她，据说她的午餐会办得有滋有味的。

像个引身而退的修女，又像是个在宝塔上探险的孩子，她走上楼去，在窗前停留片刻，然后走进了卫生间。地上铺着绿地毡，有一只龙头在滴水。生活的核心是一片空虚，是阁楼上的一个房间。女人必须脱下她们那华贵的衣饰。到了正午时分，她们就必须脱下睡袍。她把发针插到针垫上，将她那饰有羽毛的黄帽子放在床上。床单很干净，床角处的白色阔条纹镶边绷得笔挺。她的床会越变越窄。蜡烛已烧掉了一半，她曾躺在床上入迷地读过马尔博男爵的《回忆录》[1]。她曾在深夜里读着关于莫斯科大撤退的描述。因为议会的会议总是开到很晚，理查德考虑到她的病体，坚持说她的睡眠不应该受到干扰。而其实，她更愿意在夜里看讲述莫斯科大撤退的书。他知道的。于是她的卧室被安排在阁楼上，一张窄窄的床。躺在那里看书，因为她的睡眠质量不好，她无法驱散那种生完孩子后还依然保留着的处女感，那感觉如床单般包裹着她。少女时代的她很可爱，可突然也会出现那样的时刻——比如那次在克里弗登树林下的河上——当时，由于这种冷漠的性情突然来袭，她让他失望了。接下来的一次发生在康斯坦丁堡，再后来发作的次数就越来越多了。她明白自己的缺陷在哪里。不是美貌，不是心灵。是某种渗透她全身的本质的东西，是一股冲破了表层的暖流，使男女间或女性间的冷漠关系激起了涟漪。她能够隐约地感触到这一点。她憎恨它，天知道这样的踌躇不安是从哪里得来的，她感到，或许是天性使然（她的天性向来都很明智）。然而她有时也会禁不住被女性的魅力征服，那魅力不是来自少女，而是来自于坦然相告的女人，她们常常对她倾诉，倾诉她们的困厄，她们的愚笨。不管是出于同情，还是被她们的美貌吸引，还是由于自己比她们年长，还是某种偶然的因素——如一阵淡淡的

---

[1] 马尔博男爵（1782—1854）是法国将军，他的《回忆录》描写的是拿破仑时代。

清香，或隔壁飘来的小提琴声（在某些时刻，音乐的力量是那么不可思议），她当时毫无疑问地体会到了男人们的感觉。这样的感觉虽然只在一时，但已足够。这是不期而至的启示，如脸上泛起的一阵红晕，你想要加以遏制，然而它已扩散开，你拿它束手无策，只得赶紧躲到偏僻的角落里，在那里暗自颤抖，感觉这个世界在向你逼近，这个世界因为某种奇异的意义、某种狂喜的压力而不断膨胀，挣破了稀薄的表皮喷涌而出，用超凡的抚慰能力，缝合了裂缝与剧痛！然后，就在那一刻，她看见了一幕幻景，在一朵藏红花中燃烧着的一根火柴，一种内在的意义几乎就要显露出来。可是，靠近中的世界撤退了，那份坚强也随之疲软了下去。结束了——这个时刻到此为止了。同这样的时刻（也包括同女人们在一起的时刻）形成对比（她放下了帽子）的是，这张床、这本马尔博男爵的书、这根烧得剩下半支的蜡烛。睁着眼睛躺在床上，地板在嘎吱作响。灯火通明的屋子突然间暗下来，如果她抬起头来，就能听见理查德小心翼翼地轻轻转动门把手时发出的咔嗒声。接着，他脱掉鞋子悄悄地溜上楼，有时还会失手把热水袋掉在地上，随即就是一通咒骂！那时她会笑得合不拢嘴！

可是，这个爱的问题（她想着，一边把外衣摆好），这个关于爱上了女人的问题。就说萨利·西顿吧，她以前和萨利·西顿的那种关系。不管怎么说，难道不也是爱吗？

坐在地板上——那是萨利给她的第一印象——双手抱膝坐在地板上，抽着烟。会是发生在哪儿呢？在曼宁家吗？在金洛克·琼斯家吗？一定是在某次派对上（在哪里的派对呢，她记不得了），因为她清楚地记得，她问过那个当时陪着萨利本人的男子：" 那人是谁呀？"那男子也告诉了她，还说萨利的父母关系不和（她当时多么诧异——为人父母的竟然也会干架！）。不过，她的视线整晚都不曾离开过萨利。那是她最为爱慕的超凡脱俗的美，黝黑的肤色，大大的眼睛，她总是羡慕那种气质，因为她自己身上没有——那种放纵的气质，就好像什么都能说，什么都能做。这样的气质在外国人身上很常见，但在英国女人身上却很稀罕。萨利总是说她血管里流着法国人的血，她有一个祖先曾经侍奉过玛丽·安托瓦内特[1]，后来被砍了头，留下了一枚红宝石戒指。也许就在那年夏天，萨利来伯尔顿小住，有天晚饭后，她突然风风火火地闯进来，身上分文没有，着实把可怜的海伦娜姑妈搞得火冒三丈，以至于从此再也没有原谅她。原来是她家发生了一场争吵。于是那天晚上她就跑到克拉丽莎家来了，身上真的是一文没有——连路费都是当掉了一枚胸针换来的。她是在一怒之下离家出走的。那天晚上，她们整整聊了一个通宵。正是萨利使克拉丽莎头一次感悟到，伯尔顿的生活是多么闭塞。她对性一无所知——对社会问题也一窍不通。她有次看见一个老头摔死在农田里——也看见过刚产下小牛犊的母牛。可是，海伦娜姑妈从不喜欢谈论任何事情（萨利把威廉·莫里斯[2]的书借给她时，还不得不用牛皮纸把封面包起来）。她们俩坐在顶楼上她的闺房里，一谈就是好几个钟头，她们谈论生活，谈论该如何去改造这个世界。她们想要建立一个废除私有制的社会，还确实写过一封关于

---

[1] 玛丽·安托瓦内特（1755—1793）：法王路易十六之妻，一代艳后。在法国大革命期间被送上断头台。

[2] 威廉·莫里斯（1834—1896）：英国作家、画家，代表作有《世俗的天堂》《乌有乡的消息》等。

这个想法的信，尽管没有寄出去。当然，这主意最初是萨利想出来的——不过，不多会儿她就和萨利一样兴奋起来——在早餐前还躺在床上读柏拉图，读莫里斯，甚至连着个把小时读雪莱的诗歌呢。

萨利的力量是惊人的，她有天赋，有个性。比如，她对待鲜花的方式就很独特。在伯尔顿，人们总是在桌子底下摆一整排难看的小花瓶。萨利跑出去，采来了蜀葵、大丽花——各种鲜花，人们从未看见过这些花被摆在一起——剪下花朵，放在一只只水杯里，让它们漂浮在水面上。人们在日落时分进来用餐时，都会为那别致的效果而惊叹不已。（当然，海伦娜姑妈认为那样对待鲜花实在是缺德。）还有次，她洗澡忘了拿海绵，就光着身子跑过走廊去取。从此，那个一本正经的老女佣艾伦·阿特金斯逢人就嘀嘀咕咕——"要是给哪位先生看见了该怎么得了？"她的行为着实令人咋舌。克拉丽莎的父亲则嫌她不修边幅。

回想起来，令人诧异的是，她对萨利的感情既纯洁又诚恳。这和她对男人的感情迥然不同。这种感情完全是无私的，而且，还有一种只存在于女性间的，尤其是刚成年的女性间的特质。在她这边，这感情是保护性的。它发自一种类似于同盟军般的感觉，一种终将有什么会来拆散她们的预感（她们谈起婚姻来，总说得像是一场灾祸），导致了这种骑士精神，这种想要保护对方的感情，这样的感情在她身上要比萨利强烈许多。因为在那些日子里，萨利无论做什么都全然不计后果。出于虚荣心，萨利会干下最出格的事，围着露台的女儿墙骑自行车，抽雪茄烟。荒唐，那时的她——实在是荒唐。可是，她的魅力也是毋庸置疑的，至少对克拉丽莎来说是的。所以她至今还记得自己手里拿着热水罐，站在位于顶楼的闺房里，大声地喃喃自语："她和我在同一屋檐下……她和我在同一屋檐下啊！"

不，现在这些话对她来说已毫无意义了。往昔的感情，她甚至连一点余韵都捕捉不住。但她还能记得她曾激动得浑身冰凉，在迷醉的状态下梳妆打扮（此刻，往日的感觉似乎又回来了，她拔下发针，放在梳妆台上，开始梳头）。在粉红的暮色中，有几只白嘴鸦飞上飞下，她穿戴好后走下楼去，穿过客厅时，她感到"如果此刻就能奔赴黄泉，那么此刻就是最幸福的时刻了"。那就是她的感觉——奥赛罗式的感觉，她感受到了，她相信自己的感受和莎士比亚笔下奥赛罗的感受一般强烈，这都是因为，她穿了一袭白衣走下楼去，要去和萨利·西顿一起吃顿晚饭呢！

萨利穿了件粉红的薄纱衫——怎么可能？总之，她看上去，光彩熠熠，生气勃勃，就像飞进来的一只小鸟或气球，暂时歇息在一根荆棘上。但在一个人恋爱时（如果这不算爱，那算什么呢），最难理解的莫过于他人的全然漠视。海伦娜姑妈一吃完晚饭就走开了，爸爸在看报纸。彼德·沃尔什也许当时在场，也许还有老小姐卡明斯。约瑟夫·布莱科普夫一定也在场，因为他每年夏天都来，可怜的老头，一住就是好几个礼拜，表面上是来和她一起读德语的，但其实是来弹钢琴，是来荒腔走调地演唱勃拉姆斯的歌曲的。

这一切与萨利比起来都不过是背景。她站在壁炉边，用她那使每一句话听上去都像爱抚一般的甜美嗓音，和克拉丽莎的父亲闲聊着，克拉丽莎的父亲不由自主地被她吸引住了（他永远都不会忘记，他曾借给她一本书，结果却发现那本书在露台上被雨淋得透湿）。此时她突然说道："闷在屋子里多无聊呀！"于是大家都来到外面露台上，这里看看，那里瞧瞧。彼德·沃尔什和约瑟夫·布莱科普夫继续谈论着瓦格纳。克拉丽莎和萨利稍稍落在后面。她们经过一个鲜花盛开的石瓮，紧接着，她这一辈子里最为美妙的时刻就来到了。萨利停下了脚步，摘了一朵花，亲吻了她的唇。整个世界也许就此坍塌了！其他人都消失不见了，只剩下她和萨利。她感觉好像是收到了一份厚礼，一份包好的厚礼，要她保管好，不可以拆开来看——一粒钻石，某种无价之宝，包得好好的，在她们散步时（走过来走过去，走过来走过去），她把包装打开，或者是它的光辉射了出来，使她获得了启示，多么虔诚的感觉！——那时，老约瑟夫和彼德来到了她们面前。

"发什么呆呢？"彼德说。

感觉就像在黑暗中撞上了花岗岩的石墙！太讨厌了，太恐怖了！

不是为了她自己。她只是感觉萨利已经受到了伤害，受到了虐待。她感到他的敌意，他的嫉妒，他想要破坏她们间友谊的决心。她看见了这一切，就像在一道闪电下看见了眼前的风景——而萨利（克拉丽莎还从没这么佩服过她）却像没事似的，依旧我行我素。她大笑，让老约瑟夫告诉她天上星星的名字[1]，那恰好是他很乐意认真去做的事。克拉丽莎站在那里，她听着。她知道了那些星星的名字。

"哦，这个恐怖的家伙！"她自言自语，仿佛她向来都知道总

---

[1] 上文中彼德说的发呆原文为 stargazing，其字面意义为仰望星星，萨利在此调皮地利用了这个词的双关意。

有什么会来打搅她，会来破坏她的幸福时刻。

然而，她后来毕竟欠了彼德多少情呀。只要一想到他，她就会想起他们老是为了些琐事拌嘴——也许，是因为她太想得到他的好评了。他送给她两句评价："伤感。""有教养。"她每天的生活就从这两句评价开始，就好像他时刻都在保护着她。一本伤感的书，一种伤感的生活态度。"伤感"，老是喜欢回忆过去，也许她确实是一个伤感的人。等他回来后，她不知道，他又会怎么想呢？

他会说她变老了吗？还是在他回来后，她会看出他心里在想她变老了呢？事实如此。自从生病以来，她的头发几乎全白了。

她将胸针放在桌子上，突然起了一阵抽搐，就好像，在她沉思时，冰冷的爪子趁机将她俘获了。她还没有老呢。她才刚刚步入五十二岁的行列。还有无数个月份依然摆在她面前。六月、七月、八月！每个月都几乎还保持着完整性。就像要抓住逝去的时光，克拉丽莎（走到梳妆台边上）的整个身心都沉入了这一时刻的正中央，使它停留在那儿——六月清晨的这个时刻，此外的每一个清晨都重重地压在它上面。她看着镜子、梳妆台，看着所有的新酒瓶，然后又将目光集中在自己身上（她看着镜子），看着一张优雅的、粉红色的、女人的脸，这个女人今晚要举办一场派对！那是克拉丽莎·达洛维的脸，是她自己的脸。

她曾成千上万次看过自己的脸，每次都看见同样细微的、收敛的表情！她看着镜子，噘起了嘴唇。这使得她的脸型尖了起来。那是她自己——尖尖的脸，如飞镖，棱角分明。那是她自己，在某种努力下，在某种要求她展露自我的呼唤下，她将脸上的零碎集中了起来，只有她知道那是多么不同，多么矛盾，多么沉着。这个世界成了一个中心，一枚钻石。一个坐在梳妆台前给大家提供了聚会场所的女人，对于一些麻木的生命来说，这无疑是一种光辉，也许还是一个孤独者所追求的避风港。她帮助了年轻人，他们对她心怀感激。她总想要保持一贯的形象，从来不会把她身上的其他方面显露出来——吹毛求疵、爱嫉妒、爱虚荣、爱猜疑，就比如布鲁顿女士不请她吃午饭这件事，她想（终于开始梳头了），这件事实在是卑鄙无耻！算了，她的衣服在哪儿呢？

她的晚礼服挂在衣橱里。克拉丽莎把手探入柔软的衣料中，轻轻地抽出那件绿色的连衣裙，把它拿到了窗前。裙子被撕破了。在大使馆的宴会上，有人踩到了这条裙子，她感觉裙腰的褶子处都要松开来了。在灯光下，绿颜色会闪闪发亮，现在却在日光下发暗了。她自己来补吧。女佣们要干的事够多了。她今晚要穿这条裙子。她要拿上丝线、剪刀，还有什么来着，当然，还有针箍，去楼下的客厅，因为她还要写信，还要照料一切，使一切大致上能做到井井有条。

多奇怪，她在楼梯平台上停住脚步，想着，要把自己装扮成如钻石一般单纯的人，多奇怪，女主人对这一重大的时刻，对自己家的特性有如此的了解！微弱的声音沿着楼梯袅袅上升，有拖把的簌簌声，有轻叩声，有敲击声，有大门打开时的响声，有地下室里重复着一个口信的声音，有托盘上银器的叮当声，那是为晚餐会准备的干净的银餐具。一切都是为了派对。

（而露西，拿着托盘走进了客厅，将巨大的烛台放到壁炉架上，把银制的首饰盒摆在中间，把水晶海豚转了个向，朝着时钟。他们会来，他们会站在这儿，他们会用她也能模仿的装腔作势的调子说话,这些女士、先生们。在所有人中,她的女主人是最可爱的一个——她是这些银器、亚麻织物、瓷器的女主人,因为太阳、餐具、拆下来的门、朗波梅尔公司的人都给了她一种成就感。此时露西一边将裁纸刀放在刻花桌子上,看哪!看哪!露西那时这对面包房里的一个老朋友说,凯特汉姆的面包房就是露西的第一份活,一边紧盯着玻璃窗。露西是安吉拉女士,是服侍玛丽公主的,克拉丽莎那时这样说过。此时达洛维夫人走了进来。)

"哦,露西,"她说,"这些银餐具实在太漂亮了!"

"还有,"她动了动水晶海豚使其站稳了,说道,"昨晚上的戏你觉得怎样?""哦,戏还没演完,他们就不得不走了!"露西说,"他们十点钟必须要回去的!"她说,"所以他们不知道结局如何。"她又说。"真是太不走运了。"达洛维夫人说道(因为她的仆人可以留得晚一些,如果他们问她的话)。"真是太不应该了。"她说。她拿起沙发中央看上去光秃秃的旧垫子,塞到露西的手里,轻轻推了她一把,大声说道:

"把它拿走!去送给沃尔克太太,说我问她好!把它拿走!"她大声说。

露西在客厅门口停下脚步,拿着坐垫,脸涨得有点红红的,胆怯地说,让我补这条裙子不好吗?

可是,达洛维夫人说,露西手头要干的活已经太多了,不补裙子也已经够她忙活的了。

"不过,谢谢你,露西,哦,谢谢你。"达洛维夫人说。谢谢你,谢谢你,她不停地说这句(坐在沙发上,裙子铺在她的膝头,还有剪刀和丝线),谢谢你,谢谢你,她不停地说,主要是为了她的仆人们帮助她做成了自己,做成了她想要成为的那个人,做成了一个温和善良的人而表示谢意。她的仆人都喜欢她。好了,看看这条裙子吧——破口在哪里来着?此时她把丝线穿进了针眼。这是萨利·帕克很喜欢的一条裙子,几乎是她做的最后一条,因为现在萨利已经退休了,她住在伊令[1],只要我一有空,克拉丽莎想(但她再也不会有什么空了),我就要去伊令看她。因为她是个人物,克拉丽莎想,一个真正的艺术家。她想到了萨利身上一些古怪的地方,但她做的裙子从来也没有什么古怪。你可以穿着它去哈特菲尔德,也可以去白金汉宫。她在哈特菲尔德穿过这条裙子,在白金汉宫也穿过。

宁静的氛围降临在她的四周,平和、满足。她轻巧地穿针引线,将柔滑的丝线拉到头,把绿褶子并拢在一起,非常轻柔地,将它们缝在腰带上。于是,在一个夏日里,波浪聚拢、散开、破碎;合拢后,又破碎。整个世界都似乎在越来越深沉地说着"只能如此了",直到在阳光下躺在沙滩上的人们也在心里嘀咕起来:**只能如此了**。别再害怕,心里说。别再害怕,心里说,把沉重的负担交给大海,它会为所有的悲哀而叹息,也会复苏,重新开始,合拢,再破碎。只有肉体在倾听蜜蜂嗡嗡地飞过,大浪拍岸,犬吠,遥远的犬吠,不绝于耳。

"天哪,前门的铃声响起来了!"克拉丽莎喊,停下了手里的针线活。她站起来,侧耳倾听。

"达洛维夫人会见我的。"一个老头在门厅里说。"哦,是的,她会见**我**的。"他重复道,一边极为和善地轻轻推开了露西,匆匆

---

[1] 英格兰东南部一城市。

地奔上楼梯。"是的，是的，是的。"他低声嘀咕着上楼，"她会见我。在印度一待就是五年，克拉丽莎一定会见我的。"

"谁会——怎么会——"达洛维夫人听着楼梯上的脚步声，心里想（在她为晚上的派对繁忙地做着准备的早上十一点钟就来打搅她，实在是太过分了）。她听见那人把手放在了门上。她好像要把那条裙子藏起来，就像一个处女要保卫贞操，要保护隐私。此时黄铜的球把手转动起来。门打开了，一个男子走进来——她一时都想不起来他叫什么名字了！看见他，她有多惊讶呀，多开心呀，多腼腆呀，彼德·沃尔什就这么从天而降看她来了，她真的是被吓破了胆！（她还没来得及看他的信呢。）

"你好吗？"彼德·沃尔什说，他真的在发抖呢。他握住她的双手，亲吻她的双手。她变老了，他不由得感慨，坐了下来。我应该对她变老了这件事，他想道，只字不提。她正看着我呢，他想，一阵突如其来的尴尬将他俘虏，尽管他已经吻过她的手了。他把手放进口袋，掏出一把小折刀，稍稍打开了一点。

他一点没变，克拉丽莎想，还是那种古怪的神情，还穿着格子西服。他的脸显得有点歪，比以前干瘦了一点，也许，不过他看上去气色棒极了，而且一点也没变。

"又能见到你，真太好了！"她欢呼道。他已经掏出了折刀。他就是喜欢那样，她想道。

他昨晚上刚到这里的，他说，还不得不马上去一趟乡下。一切都好吗？大家伙都好吗——理查德好吗？伊丽莎白好吗？

"这是怎么一回事呀？"他把小刀斜着指向绿裙子，问道。

他穿得很体面，克拉丽莎想，不过，他总爱批评**我**。

她正在补这条裙子，像平时一样补她的裙子，他思忖。我在印度的时候,她整天都坐在这里,补她的裙子;玩一会儿,去参加派对;跑去议会,再跑回来,诸如此类。他想到如此种种,他越来越烦躁,越来越激动。他认为,对有些女人来说,这个世界上没有比结婚更糟糕的事了,参与政治,嫁给一个保守党的老公,就比如可亲可敬的理查德。原来如此,原来如此,他思量着,他啪的一声合上折刀。

"理查德很好,他正在委员会里开会呢。"克拉丽莎说。

她张开剪刀,问他是否介意让她把补裙子的活干完,因为她家今晚要举办派对。

"我不会强求你来参加的,"她说,"我亲爱的彼德!"

不过听她这么叫他还是很享受的——我亲爱的彼德!真的,所有的一切都是一种享受——银餐具,椅子,一切都那么奢华!

为什么她不叫我参加派对呢?他想。

如今,当然啰,克拉丽莎想,他变得多有魅力啊!简直魅力难挡啊!我记得当初,要下定决心有多么困难——当初我怎么会下定决心——不嫁给他的呢?她搞不懂,那个恶劣的夏天。

"可你今天早上会来这儿,实在太不可思议了!"她的手放在裙子上,一只压着另一只,高声说。

"你还记得吗,"她说,"在伯尔顿时,百叶窗总是敲得啪啪响的?"

"是啊。"他说,他还记得独自和她的父亲一起吃早饭时的那种尴尬。她父亲已经去世了,他也没有写信慰问过克拉丽莎。不过,他向来和老帕里合不来,那个脾气暴躁、优柔寡断的老头,克拉丽莎的父亲,贾斯丁·帕里。

"我常希望自己能和你父亲交上朋友。"他说。

"可他从来不喜欢任何一个想要……任何一个我的朋友。"克拉丽莎说。她本应该管住自己的嘴,她这么说会提醒彼德,他曾想要娶她呢。

我当然想的,彼德心想,这事几乎让我的心都碎了。他沉浸在自己的悲伤中,那悲伤如站在露台上仰望着初升的月亮,在落日余晖中散发着晶莹的幽光。从那以后,我再没有那么痛苦过,他想。他感觉好像真的坐到了露台上,朝着克拉丽莎稍稍挪近了些,伸出手去,举起来,又放下。在他们头顶上高悬着的,是一轮明月。她仿佛也坐在露台上,在月光下,坐在他旁边。

"现在伯尔顿归赫伯特所有了,"她说,"我再也不去了。"

然后,正如月光下的露台上会发生的情形一样,一个人因为厌倦而开始感到羞愧,而另一个人还是静静地坐着。他如此安静,忧伤地望着月亮,不想说话,只是动动腿,清清喉咙,注意到一只桌腿上的铸铁涡卷,碰碰一片树叶,但什么也不说——彼德·沃尔什现在就是如此状态。为什么要像这样回到从前呢?他想。是什么让他再次回想起那一段往事的呢?为什么还要让他受苦呢,她不是已经如此残忍地折磨过他了吗?为什么?

"你还记得那面湖吗?"她用生硬的口吻问,在俘获她心灵的激情的重压下,她的喉部肌肉发僵了,在说"湖"这个词时,连嘴唇也打起战来。因为她既是一个孩子,站在父母中间,把面包扔给鸭子吃;同时又是一个成年女子,来到站在湖边的父母亲身边,双手紧紧拥抱住生活,在她靠近他们时,生活在她的手中越变越高大,直到成为一个完整的生活,一个充实的生活,她把自己的生活放下来,交到父母亲的手上,说:"这就是我的生活!就是这个!"她创造出来的是什么样的生活呢?真的,是什么样的生活呢？不过是今天早上，坐在彼德的旁边，缝缝补补的生活罢了。

她瞧着彼德·沃尔什，她的目光，穿越了所有往日的时光与感情，迟疑地落到他身上。含泪的目光在他身上停驻，然后又升起来，飘走了，如原本栖息于一根树枝的小鸟，又振翅飞走了。她毫不掩饰地擦了擦眼。

"是的。"彼德说。"是的，是的，是的。"他反复说，就好像她已迫近某个一定会伤害到他的表面。闭嘴！闭嘴！他想要大喊。因为他还不是老头子，他的生命还没有走到尽头。无论怎么说，都还没有。他才五十刚出头。我该告诉她吗，他寻思着，还是不该呢？他愿意把肺腑之言都向她倾吐。可她太冷淡了，缝缝补补的，拿着大剪子。他的戴西此时如果站在克拉丽莎旁边，一定会显得极为平庸。她会认为我是个失败者，按他们的标准，我确实是个失败者——按达洛维家的标准。哦，是的，他对此没有半点怀疑，与这一切相比，他是个失败者——雕花的桌子，带装饰的裁纸刀，海豚和烛台，椅套和珍贵的英国淡彩老版画——他是个失败者！我讨厌这全盘的矫揉造作，他想，是理查德的错，不是克拉丽莎的，更别说她嫁给了他。（此时露西跑进房间，手上拿着银具，很多很多银具，但她看上去很可爱，很苗条，很优雅，他看着她弯腰放下银餐具。）这一切一直这么持续着！一周又一周，克拉丽莎的生活，而我——他思索着，此时，一切似乎都突然地降临在了他的身上——旅行，骑马，争吵，探险，桥牌会，情事，工作，工作，工作！而且他堂而皇之地掏出了刀子——他的那把牛角柄的老刀，克拉丽莎打赌他这三十年来一直用这把刀——把它紧紧地攥在手心里。

他这习惯多么与众不同呀，克拉丽莎想，总是把玩着刀子。也总让人感觉浮躁、空虚，他只是个喋喋不休的傻瓜，跟他过去一样。但我也一样呀，她想，随即拿起了针线，她呼唤着，就像一个因卫兵睡着了而失去保护的女王（他的造访使她很是惊讶——也令她颇为沮丧），所以任何人都可以信步走来，来瞧一瞧这个在缠绕的荆蔓下躺着的女人。不过，她要呼唤她取得的所有成就和喜爱的事情来帮助她——她的丈夫，伊丽莎白，她的自我。简而言之，现在的彼德根本就不了解她的自我，让所有的一切都来帮忙，来帮助她击退眼前的敌人吧。

"那么，你最近做些什么呢？"她问。在战斗开始前，战马趴在地上，摇晃着脑袋，腹部的纤毛在阳光下闪亮，脖颈歪斜。于是，彼德·沃尔什和克拉丽莎肩并肩坐在蓝色的沙发上，彼此较劲。一股力量在彼德的体内翻腾、汹涌。他把来自四面八方的各种事情集中起来，有对他的赞美，也有他在牛津的职业。而他的婚姻，还有他是如何恋爱的，以及最后是怎么达到目的的，所有这些她都一无所知。

"千百万桩事情！"他高呼。此时，积聚起来的力量在横冲直撞，立刻使他感觉到恐惧与极度的兴奋，就好像被人们扛在肩头匆匆前行。他什么也看不见了，只能举起双手放在前额上。

克拉丽莎坐得笔直，屏住气。

"我恋爱了。"他说，但不是对她说的，而是对一个在黑暗中长大成人的女人说的，因此你触摸不到她，只能将你的花环放在黑黢黢的草地上。

"我恋爱了，"他再次说道，这次是用相当冷淡的语气对克拉丽莎·达洛维说的，"爱上了一个印度姑娘。"他已献好了花环。

随便克拉丽莎怎么想好了。

"恋爱!"她说。他这种年纪的人,还戴着个小领结,居然也会被那个魔鬼吞掉!瞧,他的脖子上没一点肉,他的双手红彤彤的,更何况他还比我大六个月呢!她的目光转回到自己身上,但心里仍然觉得——他是在恋爱。他是的,她感觉到——他是在恋爱。

但是,那百折不挠的自以为是总是把反对它的大军踩倒在地,如一条河流般滔滔不绝地说着:前进,前进,前进!尽管它也知道,也许我们本来就没什么目标,但它仍然前进,前进。这种百折不挠的自以为是使得她脸颊泛红,使她看上去很年轻,很健康。她的眼睛很亮,身子微微颤抖地坐在那儿,那条裙子放在膝头,她用针把绿丝线拉到头后停下来。他在恋爱!但恋爱的对象不是她。当然,是某个更年轻的女人。

"那么,她是谁呢?"她问。

现在必须把这尊雕像[1]从高处搬下来,放在他们中间了。

"不幸的是,她是个有夫之妇,"他说,"她丈夫是印度军队里的少校。"

他就这么荒谬地将她摆在克拉丽莎面前,脸上露出了古怪、嘲讽又甜美的微笑。

(不管怎么说,他确实是在恋爱,克拉丽莎想。)

"她有,"他实事求是地继续说道,"两个小孩,一男一女,我回来是为了找律师谈戴西离婚的事情。"

就这么回事!他想。你想怎样就怎样好了,克拉丽莎!就这

---

[1] 指彼德所爱的印度女子。

么回事！在克拉丽莎揣摩他们的时候，他觉得他那个印度陆军少校的妻子（他的戴西）和她的两个小孩在分分秒秒间变得越发可爱了，仿佛他在用光打着盘子里的一只灰色小球，在他们那海盐风味浓烈的亲密关系中——他们那细腻的亲密关系——生长出一棵可爱的树（因为从某种角度说，没人像克拉丽莎那般理解他、同情他）。

那女人讨好他，欺骗了他，克拉丽莎想。她三刀就能刻出这个女人的形象，这个印度陆军少校的老婆。多浪费！多愚蠢！彼德的一辈子老是像这样上当受骗，开始是被牛津开除，后来是娶了个在去印度的船上搭识的女人，现在又是什么印度陆军少校的老婆——谢天谢地，她当初幸亏没嫁给他！不过，他是在恋爱！她的老朋友，她亲爱的彼德，是在恋爱。

"可你打算怎么办呢？"她问他。哦，林肯律师协会的胡珀和格雷特利律师事务所的律师们，他们会帮他搞定的，他说。此时，他竟然用那把折刀修起指甲来了。

看在老天的分上，别再弄你的刀子啦！在抑制不住的恼怒中，她暗自高呼，那是他愚蠢的反传统，他的弱点！他对别人的感觉简直无知无觉，她为此生他的气，老是生他的气。而现在，都到了他那把年纪，真荒唐！

我都知道的，彼德想，我知道我在面对着什么。他想着，一边将手指在刀刃上滑过，克拉丽莎、达洛维，还有他们所有人。但我会让克拉丽莎看到——接着，完全出乎他的意料，一股在天空里游荡着的控制不住的力量突然向他袭来，他不禁流下了眼泪。他哭了，纵情地哭着，他坐在沙发上，泪水滚下他的脸颊。

于是，克拉丽莎倾身向前，握住他的手，把他拉向她，吻他——实际上在她能够压下在她胸中闪烁着银光的羽毛舞动之前，就已经感觉到了他的脸贴着她的脸——她胸中的羽毛如在热带飓风下翻滚的蒲苇，此时飓风渐渐平息，她抓着他的手，拍着他的膝，等到她坐回去时，她感觉和他在一起极为平和轻松。突然之间她想道，如果当初嫁给了他，这样的快乐就会每天都陪伴我呢！

对她来说，一切都结束了。床单绷紧了，床很窄。她独自上了高塔，任由别人在阳光下采摘黑莓。门已关上，在坠落的灰泥和零乱的鸟巢中，景色显得如此遥远，声音显得如此单薄、阴沉（有次在利思山上也这么觉得，她记得），理查德，理查德！她高喊，如一个在夜里惊醒的人，在黑暗中伸出手去寻求帮助。理查德正和布鲁顿女士共进午餐呢，她又想到这事了。他撇下了我，我永远都是孤零零的一个人，她想着，双手环绕着抱住了膝盖。

彼德·沃尔什站了起来，走到窗前，背对着她，左右挥舞着一条印花大手绢。他看上去心灵手巧，冷漠孤独，枯瘦的肩胛将大衣微微拱起，猛烈地抽着鼻子。把我带走吧，克拉丽莎冲动地想，就好像他即刻就要启程去做伟大的航行。接着，下一秒，就好像一出非常激动人心的五幕剧，现在画上了句号，就好像她一辈子都活在那出戏里，她私奔，她和彼德同居，但现在，一切都收场了。

现在，到了该行动的时候，就像一个女人收拾起她的东西，她的大衣，她的手套，她的望远镜，起身走出戏院，来到外面的大街上。她从沙发上站起来，走到彼德旁边。

这实在太奇怪了，他想，她怎么会至今仍拥有这份力量？她这么窸窸窣窣地跑过来，这么横穿过这间房间，她依然拥有那种力量，可以使月亮，他讨厌自己这么想，升起在夏夜里伯尔顿的露台上。

"告诉我，"他说道，一边抓住她的肩头，"你幸福吗，克拉丽莎？理查德他……"

房门开了。

"这是我的伊丽莎白。"克拉丽莎说，满怀深情的，有点夸张的，也许。

"您好呀。"伊丽莎白走上前来打招呼。

大本钟的半点报时以超凡的气势在他们中间响起，好像是个年轻人，强壮、冷漠、草率，在左右开弓地挥舞着哑铃。

"哈罗，伊丽莎白！"彼德高声说，一面把手绢塞进了口袋，飞快地向她走过去，说了声"再见，克拉丽莎"，看也没看她，便飞快地离开了房间，跑下楼去，打开了过道上的门。

"彼德！彼德！"克拉丽莎喊着追到了楼梯口。"我今晚的派对！记得我今晚的派对呀！"她喊着，不得不提高嗓门来对抗室外的喧嚣，但终于还是被车流及所有的钟声所淹没，在彼德·沃尔什的关门声中，她那句"记得我今晚的派对呀！"听上去十分细微脆弱，十分遥远。

记得我的派对，记得我的派对，彼德·沃尔什说着走到了大街上，他那有节奏的自言自语与大本钟有力的半点报时声十分合拍。（沉重的声浪一波波地消逝在空中。）哦，这些个派对，他兀自寻思，克拉丽莎的派对。她为什么要办这些派对，他想。他并不是要责备她，也不是要责备这个正迎面走来的，燕尾服的纽扣眼里插着一朵康乃馨的镜像。世界上只有一个人可能像他那样,沉浸在恋爱中。他就在这儿,这个幸运儿,就是他自己,这个反射在维多利亚大街汽车制造商的厚玻璃橱窗上的他的镜像。印度的一切都呈现在他身后:平原,山脉,霍乱的流行,面积是爱尔兰两倍的一个地区。他独自做出的那些决定——他,彼德·沃尔什,他现在真的是生命里头一遭,恋爱了。克拉丽莎的心变硬了,他想,而且还有点感情用事。他怀疑,看着那些了不起的万能汽车——用多少加仑汽油可以跑多少英里。他对机械还略知一二,在他生活的那个地区,他还发明过一种犁具,还从英国订购了一辆手推车,但那些苦力们不愿意用这些玩意,克拉丽莎对这些一无所知。

她说话的方式,"这是我的伊丽莎白!"——令他讨厌。为什么不简简单单地说"这是伊丽莎白"呢?这样说太虚伪了。而且,伊丽莎白也不喜欢她这么说。(洪亮的钟声依然带着余音,回响在他的耳畔,半点钟,还早呢,刚刚十一点半。)因为他了解年轻人,他喜欢年轻人。克拉丽莎身上总有些冷冰冰的地方,他想。她总是这样,即使在少女时,也有些腼腆,人到中年后更是成了一种习惯,随后一切都完了,一切都完了,他想,一边相当厌倦地注视着橱窗玻璃的深处,心想在那个时辰去拜会她是否惹她生气了。想到他刚才的行为像个傻瓜,他突然觉得羞愧难当:痛哭流涕,感情激动,把什么都告诉了她,就像过去一样,完全一样。

一朵云遮住了太阳,寂静降临在伦敦,也降临在人们的心里。不要再努力。时光轻抚着桅杆。我们就停在那儿,我们就站在那儿。就这么僵直地站着,只有习惯的骨架支撑着我们的躯体。这里什么也没有,彼德·沃尔什自言自语道,感情已被掏空,我们都是不折不扣的空心人。克拉丽莎拒绝了我,他想。他站在那儿想着,克拉丽莎拒绝了我。

啊,圣玛格利特教堂的钟声在感叹着,就像一个女主人在钟声响起的一刻走进了客厅,却发现她的客人们早已在那儿了。我没有迟到。不,现在是十一点半整,她说。然而,尽管她完全正确,她的声音,作为女主人一本正经的声音,却不愿彰显出她的个性。过去的一些伤痛使她隐藏起个性,还有对现时的一些顾虑。现在是十一点半,钟声在诉说着,圣玛格利特的钟声悄悄飘入心灵深处,掩埋在一圈又一圈的声波中,如一个有生命的存在,想要倾诉衷肠,想要排遣自我,想要在欢乐的战栗中获得安宁——就像克拉丽莎自己,彼德·沃尔什想,穿着一袭白衣,在钟声响起的那一刻走下了楼梯,这是克拉丽莎自己,他想,怀着深深的感情,异常清晰却又困惑不解地,想起了她,就像这钟声在多年前已经飘进了这个房间,他们曾坐在这里,享受着亲密无间的时刻,从此时到彼时,直至离别的一刻,如采蜜而归的蜂儿,满载着时时刻刻的记忆。可那是在哪个房间呢?在哪个时刻呢?钟声敲响时,他的内心又为何会感觉如此幸福呢?接着,圣玛格利特的钟声渐次零落,他想道,**她**一直病恹恹的,那钟声代表着虚弱与痛苦。她的心脏不好,他想起来。最后一记钟声猝然响起,如此嘹亮,仿佛是在风华正茂的生命中突然宣告了死神的降临,克拉丽莎在她站立之处倒下了,就在她的客厅里。不!不!他喊道。她没有死!我也不老,他喊着,大步走上了白厅街,仿佛他的未来在那儿召唤着他,如此强劲、永不停歇的未来。

他一点也不老,也不固执,也不乏味。至于别人对他的闲言碎语——达洛维呀,惠特布莱德呀,以及他们那种人,他都不在乎——一点也不在乎(尽管有时候,他也确实不得不考虑一下,理查德是否能帮他找份工作)。他大步向前,放眼张望,瞪着坎布里奇公爵[1]的雕像。他曾被牛津开除——确实如此。他曾是个社会主义的信仰者,从某种意义上说是个失败者——确实如此。然而,他觉得,文明的未来就掌握在那样的年轻人手上,像三十年前他那样的年轻人。他们喜爱抽象的法则,他们要的书籍会从伦敦出发,长途跋涉送达他们所在的喜马拉雅之巅,他们研究科学,研究哲学。未来掌握在那样的年轻人手上,他觉得。

背后传来一阵窸窣,如林中树叶的沙沙,伴随着一阵瑟瑟,一阵有规律的嘚嘚声赶上了他,如鼓点般打乱了他的思绪,使他不由自主地跟上那节奏,亦步亦趋地走上了白厅街。穿着制服的一队男孩,扛着枪,眼望前方,大步行进着,行进着。他们的手臂僵直,脸上的表情如刻在雕像底座上的铭文,歌颂着尽职、感恩、忠诚,和热爱英格兰的精神。

彼德·沃尔什觉得,同他们保持一致的步伐是一种极好的锻炼。可他们看上去并不强壮。他们大多骨瘦如柴,十五六岁的样子,也许等到将来,他们都会站在摆着一碗碗米饭、一块块肥皂的柜台后面。现在,他们的手中拿着从芬斯伯里[2]的大街上取来的花圈去往一座空坟,脸上的表情就和这花圈一般严肃,既没有感官享乐的愉悦,也没有日常琐事的烦恼。他们都已宣誓过。来往

---

[1] 坎布里奇公爵(1774—1850):英王乔治三世的儿子阿道弗斯·弗雷德里克。

[2] 芬斯伯里:伦敦的一个区名,在泰晤士河的南岸。

的车辆都在表示敬意,货车停下来为他们让路。

他们行进在白厅街上,彼德·沃尔什觉得自己跟不上他们了。确实如此,他们步伐坚定、不断向前,超过了他,超过了每个人,仿佛是同一个意志在指挥着他们的四肢统一行动。而生命,多彩的生命,喧嚣的生命,已被埋葬在由纪念碑和花圈构成的台阶之下,虽说纪律已经将它麻醉为一具僵尸,但它依旧在地底下瞪着双眼。人们必须尊重它,尽管你也许会嘲笑它,但你必须尊重它,他想。他们走过去了,彼德·沃尔什想着,在人行道边上停下了脚步。还有所有那些至高无上的雕像,纳尔逊[1]、戈登[2]、哈夫洛克[3],这些伟大战士那壮观的黑色肖像矗立在他们的头上,就好像他们也曾做出了同样的自我牺牲(彼德·沃尔什觉得,他也曾做过伟大的自我牺牲),被同样的诱惑所蹂躏,终于练就石像般的冷漠目光。可是,彼德·沃尔什自己一点也不想要这样的目光,尽管他尊重别人的这种目光。他尊重男孩们眼中的这种目光。他们还不了解尘世的烦恼,他想。孩子们继续向着滨河大道前进,渐渐消失在他的视线中——他们对我所经历过的一切一无所知,他想道,穿过街道,站在戈登的雕像下,他小时候非常崇拜戈登。戈登孤单地站在那里,抬着一条腿,交叉着双臂——可怜的戈登,他想。

正因为还没人知道他已经到了伦敦,除了克拉丽莎,再加上经过海上旅行之后,陆地在他看来仍然像是一座岛屿,他独自一

---

[1] 纳尔逊(1758—1805):英国海军上将,曾屡次击败拿破仑的舰队。

[2] 戈登(1833—1885):英国将军,曾为侵略中国的英军首领。

[3] 亨利·哈夫洛克(1795—1857):英国爵士、将军。

人,在十一点半的时候站在特拉法尔加广场[1]上,精力充沛而又默默无闻,一种全然的陌生感浮上了他的心头。这是怎么回事?我在哪儿?究竟为了什么,人们要做那件事呢?他想道,离婚就如月光般虚无。他的心情顿时低落得如一片沼泽,有三股强烈的情绪同时将他击倒:领悟,大慈大悲,最后,是一种无法抑制的、极致的快感,如另两种情绪的衍生物。就好像他人之手在他的脑子里拉动了一根绳索,移开了百叶窗,而他虽与这些全然无关,却依旧站在那无尽的大道的入口,只要他愿意,他也可以前去漫游一番。他已有多年没有感觉这么年轻过了。

他逃脱了!彻底自由了——就像是挣脱了习惯的束缚,心灵如一束不羁的火焰,向四面八方尽情蔓延,眼看就要冲破牢笼而去。我已经多年没有感觉这么年轻了!彼德想,摆脱了过去的那个自我(当然,只有那么一个小时左右),感觉像个冲到了室外的小孩,一边跑一边看着,他那个老保姆弄错了方向,在另一边的窗口胡乱挥手呢。他穿过特拉法尔加广场朝干草市场方向走去,这时走来一个年轻女子,她长得真是标致,他想。在她经过戈登雕像时,彼德·沃尔什觉得(他这人真是个多情种),她似乎褪下了层层面纱,终于成了他心目中始终向往的那个女人:年轻,而又端庄;快乐,而又稳重;肤色黝黑,而又娇艳动人。

他挺直身子,偷偷地摸了摸他那把折刀,开始尾随着这个女人,多么刺激,似乎就连她的背影也在向他发光,这份光明将他俩联系在一起,这份光明只为他而来,就好像车流的杂乱喧嚣通过一双空空如也的手,在轻轻地呼唤着他的名字,不是叫他彼

---

[1] 伦敦市中心著名的广场,其名字是为了纪念纳尔逊将军在特拉法尔加海战中击败了拿破仑舰队。

德,而是他在私底下为自己取的小名。"你",她说,戴着白手套,抖了抖肩,只说了一个"你"字。接着,在她走过考克斯珀街上的登特商店时,清风拂动起她那件薄薄的长披风,焕发出一种包容众生的仁慈,一腔幽怨的柔情,仿佛一双即将张开的臂膀,去拥抱疲惫的人们……

但她还是个未婚女子,她还年轻,很年轻,彼德想。在她穿过特拉法尔加广场时,他看见她戴着的那朵红色康乃馨,此时又再次在他眼中燃烧起来,使她的嘴唇显得格外红润。但她等在街边。她身上有种尊严感。她不像克拉丽莎那般世故,也不像克拉丽莎那般富有。她继续走着,他思忖着,她是否是个体面女子呢?聪慧,生着一片蜥蜴般挥洒自如的舌头,他想着(因为人们总要幻想,总要给自己找一点小小的乐趣),她有一种冷静的、潜藏的智慧,一种反应敏捷的智慧,而不是夸夸其谈的智慧。

她继续走着,穿过了大街,他尾随着她。他丝毫也不想引起她的窘迫。然而,如果她停下来,他就会说:"来吃客冰淇淋吧。"而她也会简单明了地答复他:"好的呀。"

但是,街上的行人隔在了他们中间,挡住了他,也遮住了她。他紧追上去,她的表情变了。她的脸颊上泛着红晕,眼睛里闪烁着嘲弄。他成了个冒险的登徒子,他想道,一个脾性鲁莽、身手敏捷、胆大妄为的家伙,简直可说是个浪漫的海盗(他昨晚刚从印度回来嘛),他才不管什么该死的繁文缛节,还有那商店橱窗里的黄色晨衣、烟斗、钓鱼竿之类,还有什么绅士风度啦、晚宴啦,还有那些在背心下面穿着白色紧身裤的干净老头。他是个海盗。她继续往前走,穿过皮卡迪里,走上了摄政街,依旧走在他前面,她的披风、手套和肩膀与橱窗里的流苏、花边和羽毛围巾相映成趣,构成了一道华丽而奇幻的风景,它从商店里飘落到外面的街道上,渐次褪色,犹如向晚时分在黑暗的树篱上摇曳着的灯火。

她开心地笑着,穿过了牛津街和波特兰大街,拐进了一条小巷,就在此时,就在此刻,伟大的时刻降临了!她放慢了脚步,打开包,朝他的方向看了一眼,但没有正眼瞧他,这是一个告别的眼神,它总结了整个形势,随后又得意扬扬地将其丢弃,永远丢弃。她把钥匙插入锁眼,打开了门,就此消失了!克拉丽莎的声音响起来:记得我的派对,记得我的派对。这句话鸣响在他的耳畔。眼前的这幢房子是那种庸俗的红房子,花篮垂挂在窗外,隐隐地透露出一股淫邪之气。他的浪漫之旅就此结束。

好吧,我已经得到了乐趣,我得到过了,他想,一边抬头望着白天竺葵的花篮在风中摇摆。它被彻底粉碎了——他的乐趣,因为那多半是编造出来的,他自己也很清楚的。它是幻想,与那姑娘的这场邂逅;是编造,就像人们喜欢把生活编造得更美好,他想——给自己编造出一份浪漫,编造出一个美人,编造出一份精美的乐趣,诸如此类。可它也很怪异,而且相当真实。人们从来也无法把它拿出来与人分享——因为它被彻底粉碎了。

他转身,走上大街,想要找个地方坐一坐,直到该去林肯律师协会——胡珀和格雷特利律师事务所——的时候。他该去哪里呢?无所谓。那么,就走上街去,就朝摄政公园走吧。他的皮靴在地面上橐橐地敲击出"无所谓"三个字,因为时辰还早,还早得很哩。

这也是个美好的早晨。如遒劲有力的心跳,大街上涌动着欣欣向荣的生命力。不要再摸索了，不要再犹豫了。就在那一刻，就在那儿，一辆汽车呼啸而来，猛然拐弯，准确地、准时地、悄悄地，停在了一个门口。一个姑娘，穿着长筒丝袜，戴着羽饰，娉娉婷婷地，但对他也没什么特别的魅力（因为他已有过自己的艳遇），走下车来。可敬的管家，中国种的小黄狗，铺着菱形的黑白地砖、飘动着白色百叶的大厅，彼德透过打开的房门看见了这一切，他对此十分赞赏。毕竟，伦敦以它独特的方式取得了辉煌的成绩：社交季节，城市文明。他出生于一个可敬的驻印度的英国家庭，他家至少有三代曾管理过那片大陆的事务（多奇怪呀，他想，我竟会有那样的感情，尽管我如此讨厌印度，讨厌帝国，也讨厌军队）。有时候哪怕是这样的一种文明，也会像他的私人物品一般令他觉得亲切，为英国感到骄傲，为管家，为小黄狗，为安全有保障的姑娘。真够荒谬的，但确实是事实，他想。所有的医生们、生意人们、女强人们都在忙着自己的事情，他们遵守时间，小心谨慎，精力充沛，他觉得他们都值得钦佩，都是些好人，你可以把自己的生命托付给他们，他们可以成为和你探讨生活艺术的良师益友，可以和你风雨同舟。这里那里的场景，真的令人非常满意。现在，他要在树荫下坐下来，抽支香烟。

　　这儿是摄政公园。不错，他小时候在摄政公园里散过步——多奇怪，他想，童年的情景总会回到我的脑海里——也许是因为见到了克拉丽莎的缘故，因为女人比男人更容易沉湎于过去，他寻思。她们喜欢把自己和地点联系在一起，还有她们的父亲——女人总是为自己的父亲感到骄傲。伯尔顿是个好地方，一个非常好的地方，但我永远也无法和她的老头子搞好关系，他想。有天晚上我和克拉丽莎吵得简直不可开交——为了什么事吵了起来，到底为了啥，他记不起来了。想必是关于政治吧。

是的，他还记得摄政公园：那条笔直的、悠长的人行道，人们在那里买气球的位于左侧的小房子，在某个地方还有座刻着铭文的傻乎乎的雕塑。他在寻找一张空凳子。他不愿意有人上前来问他时间（他感觉有点昏昏欲睡），来打搅他。一位白发苍苍的老保姆，带着个睡在童车里的小宝宝——那是他能找到的最佳位置了，他在老保姆坐着的那张长椅的另一头坐下来。

她是个长相古怪的姑娘，他想，他突然想起伊丽莎白走进房间站在她母亲旁边的那一幕。她个子高大，几乎已是个成熟女人了，不能算严格意义上的美女，但也相当漂亮了，她肯定还未满十八岁。她或许和克拉丽莎处得不好。"这是我的伊丽莎白"——那种说法——为什么不简单地说"这是伊丽莎白"呢？——是为了向人家证明，她们母女关系没什么不好，就像大多数母亲的做法一样。她过分相信自己的魅力了，他想，她太自负了。

味道醇厚的雪茄烟被他舒舒服服地吸进了喉咙，然后又一圈圈地吐出来，刹那间放肆地迎着空气而上，蓝色的，圆形的——我要试一下，今晚要单独和伊丽莎白谈一谈，彼德心里盘算着——然后摇晃着变成沙漏形，渐渐消失。它们的形状多奇怪呀，他想。他突然闭上眼睛，奋力举起手来，把粗壮的雪茄烟蒂扔掉了。一把大刷子柔和地拂过他的大脑，将摇曳的树枝、孩子的声音、沉重的脚步、过往的路人、辚辚的车流声，将所有的一切统统扫入他的脑海。他不断下沉、下沉，沉入了羽毛般柔软的梦乡中，沉入了酣甜之乡。

白发的保姆继续织着毛衣，彼德·沃尔什坐在她旁边暖烘烘的位子上，打起了呼噜。她穿着灰色的连衣裙，两只手不停地忙活，但又悄无声息，似乎是睡眠的捍卫者，是黄昏时在天空与树枝交相辉映的森林里飞舞着的幽灵。他好似一个孤独的旅人，出没于小径，惊扰了蕨草，踩坏了大毒芹。他抬头张望，突然看见了道路尽头一个硕大的身影。

也许他确信自己是个无神论者，对于一时的激动兴奋总会诧异不已。在我们的身体之外，只存在着一种心情，他想，一种渴望，渴望得到安慰与解脱，渴望在那些羸弱的、丑陋的、怯懦的男女那侏儒般的可怜肉身之外还存在着些什么。但如果他能幻想出她来，那她就会以某种形态存在，他思索着，走下了小道，仰望着天空与树枝，迅即将这些幻化成女人的身姿。他惊愕地发现她们变得多么严肃。微风吹动着，她们显得多么庄重，在枝叶隐隐的颤动中，散布着仁慈、理解与宽容，然后，她们在突然间飞向高空，将她们虔诚的外表与想要寻欢作乐的狂野内心混合在了一起。

如此景象，犹如给孤独的旅人献上了一只盛满水果的大羊角盘，或如在绿色海浪里嬉戏的海妖一般在他的耳边低语，又如一束束玫瑰在他的脸上轻拂，或像渔夫冲破巨浪想要去抱住的苍白面孔一般浮出了水面。

如此景象，不断地浮现，徘徊在身边，并将它们的脸庞置于真实事物之前。它总是占据着旅人的心，夺走他对大地的依恋，夺走他回归的愿望，给他以全面的平和作为补偿，就好像（他走下林间小径，如是想着）对生活的全部渴望都只是单纯的事，成千上万桩事情合成了一件事，而这个人形，这个由天空和树枝组成的人形，已经从汹涌的海面上升起（他年纪大了，都五十多岁了），正如一个也许由海浪变幻而来的形体，从她那高贵的双手中撒下同情、理解与赦免。那么，他兀自思量：愿我再也不用回到那灯火辉煌的世界，再也不用回到起居室，再也不用写完我的书，再也不用倾倒烟斗里的烟灰，再也不用按铃让特纳太太来收拾房间。我情愿笔直走上前，走到这个伟大的人形面前，而她会甩一甩头，把我放在她的飘带上，让我与所有的一切都灰飞烟灭呢。

如此景象。孤独的旅人很快就要越过森林了，在那儿，一个年迈的女人来到门口，她的目光浑浊，也许是在期待他的归来，她举起手，身上的白围裙飘扬着。她仿佛（如此脆弱的一个人，却又那么震撼人心）是在沙漠里寻找她失散的儿子，寻觅一个被摧残的骑士，她仿佛是个在世界大战中战死沙场的儿子的母亲。于是，当孤独的旅人沿着乡间小道而下，女人们站在那里织绒线，男人们在菜园子里锄地，这个黄昏似乎透出不祥之兆。静止的人们，如同某种威严的命运——他们了解那样的命运，他们无畏地等待着它——即将如风卷残云般将他们抛入彻底的虚无。

在室内的日用品中，食橱、桌子、窗台上的天竺葵，突然出现了女房东的身影，她弯腰拿掉了桌布，在灯光下她的身影显得极其柔和，成了一个可爱的化身，仅仅因为想起了冰冷的人际关系，才阻止了我们去拥抱她。她拿走了橘子酱，把它放进了食橱。

"今晚没别的事了吗，先生？"

可孤独的旅人究竟要对谁做出回答呢？

于是，老保姆在摄政公园里织毛线，小宝宝在一旁熟睡。于是,彼德·沃尔什在打鼾。

他在突然间醒了过来,自言自语道:"灵魂的死亡。"

"主啊,主!"他大声地自言自语,伸着懒腰睁开了眼睛。"灵魂的死亡。"这句话与他刚才梦见的某片风景、某间房间和某段过去联系在了一起。一切变得更为清晰了,他刚才梦见的某片风景、某间房间和某段过去。

那是在九十年代初,那年夏天在伯尔顿,当时他正热恋着克拉丽莎。当时那里人丁兴旺,人们围桌而坐,喝茶、聊天、玩笑,房间里沐浴着黄色的灯光,香烟把房间里的每个角落都弄得烟雾缭绕。他们谈论着一个娶了家中女仆的男人,是一个住在隔壁的乡绅,他忘记那人叫什么名字了。乡绅娶了自家的女仆,并带她来伯尔顿拜访——那是次糟糕的拜访。那女仆把自己打扮得花枝招展的,实在可笑,"像只花鹦鹉",克拉丽莎曾模仿她的口气这么说过,而那个女人还老是说个没完。她唧唧呱呱,说个不停。克拉丽莎模仿她说话的样子。然后有个人问——是萨利·西顿——如果他知道她在婚前已有过一个孩子,那这事是否会影响他们的感情呢?(在当时,在男女混杂的场合说出这种话,实属胆大妄。)他此时仿佛又看见了当年的克拉丽莎,她的脸涨得通红,恨不得有个地洞钻下去,她说道:"哦,我再也不能和她说话了!"于是,坐在茶桌边的所有人都似乎局促不安起来。那气氛真是尴尬极了。

他没有因为她介意这件事而责怪她,因为在那个时代像她那样被养育长大的姑娘基本上啥也不懂,但她的态度还是惹恼了他:害羞而又严肃,傲慢而又无趣,还有些呆板。"灵魂的死亡。"他刚才本能地说出了这句,像平日里一样,他把这个时刻贴上一张标签——灵魂的死亡。

每个人都慌里慌张。在她说话时,每个人都似乎在点头,然后又各说各的了。他能看到那时的萨利·西顿,像个喜欢恶作剧的小孩,身子前倾,脸红扑扑的,想要讲话,但又不敢,克拉丽莎真的把大家吓怔住了。(她是克拉丽莎最要好的朋友,总是在克拉丽莎家玩,但她们俩是完全不同的两个人。萨利·西顿是个迷人的女子,漂亮,黑肤,那时候大家对她的评价是胆大妄为,他常给她雪茄,她就在卧室里抽。她不是和谁订了婚,就是和家人闹了别扭,老帕里对她和彼德两个都不喜欢,这正是使自己和萨利间建立起了友谊的主要原因。)然后,克拉丽莎依然带着一副所有人都冒犯了她的神气,站了起来,找了个借口,一个人走掉了。她打开门,那条毛茸茸的大牧羊犬跑了进来。她一下子抱住了它,欣喜若狂。彼德感觉她好像是在对他说话——一切都是冲着他的,他知道——"我知道你认为我刚刚对那个女人的态度很荒谬,可你看看我是个多么有爱心的人呀,看看我有多喜欢我的罗布呀!"

他们总是有种奇特的沟通能力,不需要语言的沟通。她凭本能就知道他在批评她。接着她就会目的明确地做些什么来为自己辩护,比如与这条狗淘气——但这从来也骗不了他,他总是能看穿克拉丽莎。当然,他并不说穿这一点,只是闷闷不乐地坐在那里。他们之间的争执往往就是以这种方式开场的。

她关上门。他立刻变得极度沮丧。一切都似乎纯属浪费——继续爱着,继续吵着,继续装着。他独自溜达在外屋和马厩间,看着马匹。(这地方很有些寒酸,帕里家从来也没富有过,但他家总有马夫和马童——克拉丽莎爱骑马——还有一个老车夫——他叫什么来着?——和一个老保姆,老穆迪,老古迪,别人好像都叫她这种名字,来找她的人会被带到一间小房间,那里挂着许多相片,还有许多鸟笼。)

这是个糟糕透顶的夜晚!他变得越来越沮丧,不仅仅因为那件事,而是因为一切。他无法面对克拉丽莎,无法向她解释,无法说出口来。那里总是有很多人——而她会表现得一如既往,就像什么也没发生一般。这是她身上恶魔般的部分——这种冷酷,这种呆板,埋藏在她的内心深处。今天早晨和她说话时他又再次感觉到了,她的心是那么深不可测。不过,上帝知道他爱她。她有一种挑拨人们神经的奇特力量,是的,她可以把你的神经挑拨成琴弦。

那天他很晚才进去吃晚饭,因为想让别人注意到他,他坐在老小姐帕里边上——就是海伦娜姑妈——帕里先生的姐姐,她应该是餐前祷告的主持人。她披着白色的羊绒围巾坐在那儿,脑袋对着窗户——一个令人畏惧的老太太,不过对他很和善,因为他曾给过她一些稀有的花卉,她是个了不起的植物学家,时常穿着厚重的靴子,一只黑色的标本箱扛在肩头,出外去观赏植物。彼德在她身旁坐下,开不了口。一切似乎都在他身旁飞逝而去,而他只能坐在那儿,吃着饭。接着,饭吃到一半的时候,他才头一回朝克拉丽莎那里瞄了一眼。她正在和坐在她右边的一个小伙子说话。他突然来了一种预感。"她会嫁给这个男人的。"他自言自语。他那时甚至连此人的名字都还不知道呢。

在那天下午,就在那天下午,达洛维来了。克拉丽莎管他叫"威克姆",一切就是这样开始的。某个人把他带了过来,而克拉丽莎搞错了他的名字。她用威克姆这个名字把他介绍给了大家。

最后他纠正说:"我的名字是达洛维!"——那是他第一次见到理查德——他是个漂亮的小伙子,有点笨手笨脚的,坐在一把躺椅上,脱口而出道:"我的名字是达洛维!"萨利抓住这件事不放,以后就一直管他叫"我的名字是达洛维"。

他那时候充满了各种各样的预感。这件事——就是她会嫁给达洛维这件事——在那时真的使他头昏眼花、招架不住。在她对待达洛维的态度里有一种——他该怎么说呢?——有一种轻松的感觉,一种母爱的柔情。他们在谈论着政治。整个晚饭过程中,彼德都在聚精会神地想要听出他们在谈论些什么。

他记得,后来他站在客厅里老小姐帕里的位子旁边。克拉丽莎走过去,举止高雅,像个正宗的女主人,想要把他介绍给某人——她说话的口气就好像他们从来也不认识一样,这实在让他光火。然而即使在那个时候,他也依然爱慕着她。他爱慕她的勇敢,她的社交本能,他爱慕她什么都能搞定的能力。"你像个正宗的女主人。"他对她说,她听得浑身抽筋。不过他想达到的正是这种效果。看到她跟达洛维在一起,他就千方百计想要伤害她。于是她离开了他。他有了那么一种感觉,他们都联合起来偷偷地反对他——他们在他的背后,有说有笑的。他站在那里,站在帕里小姐的位子旁边,仿佛是个木雕的人形,谈论着野花。他从没有,从没有受过这种地狱般的折磨!他一定是连要假装在听帕里小姐说话都忘记了,最后他清醒过来,他看见帕里小姐显得很是心烦意乱,一副异常愤怒的样子,她两只眼珠突出来,眼神定定的。他几乎要喊出来,他无法专心,因为他已身陷地狱了!人们纷纷走出房间。他听到他们在说去拿披风的事,还说湖面上很凉什么的。他们准备在月光下泛舟湖上——那是萨利出的一个疯点子。他能听到她在那里形容月色呢。大家都走了出去，只把他一个人留在了房间里。

"你不想和他们一起去吗？"海伦娜姑妈说——老小姐帕里！——她已经猜到了。他转过身去，又看见了克拉丽莎。她是回来叫他的。他被她的宽仁、她的善良感动了。

"来呀，"她说，"他们等着呢。"他这一辈子还从没有感觉这么开心过！不用说一句话，他们就和好了。他们走到湖边。他享受了二十分钟的完美幸福。她的音容笑貌、她的衣裙（轻飘飘的，红白相映）、她的活泼个性、她的冒险精神，都叫他倾倒；她让大家都下了船去岛上探险，她吓着了一只母鸡；她欢笑，她唱歌。而与此同时，他知道得很清楚，达洛维爱上她了，她也爱上了达洛维。不过那不要紧。什么都没关系。他们坐在地上说话——他和克拉丽莎。他们不用费力就能了解彼此的内心。那么，这事就在一瞬间结束了。他们上船时他自言自语道："她会嫁给那个男人的。"语气呆板，没有丝毫怨恨的痕迹，这是桩显而易见的事。达洛维会娶克拉丽莎。

达洛维把他们的船划回岸边。彼德一言不发。不过，人们还是看出了他的兴奋，只见他跳上自行车——得骑上二十分钟才能穿过树林呢——摇摇晃晃地骑下了车道，挥了挥手，走掉了，他显然本能地、极度地、强烈地感觉到了一切：那个夜晚，那份浪漫，克拉丽莎。达洛维应该得到她。

至于说到他自己，他很荒唐。他对克拉丽莎的要求（如今他明白这点了）很荒唐。他是在要求不可能的事。他出尽了洋相。然而，要不是他那么荒唐，她说不定还是会接受他的。萨利是这么认为的。她那年整个夏天里都在给他写长信：人们是如何谈论他的,她是如何赞扬他的,克拉丽莎是如何痛哭流涕的!那是个不寻常的夏天——书信呀,争吵呀,电报呀,他一早上就来到了伯尔顿,在附近闲逛,直到仆人们起床。早饭时,他心惊胆战地坐在老帕里先生的对面;海伦娜姑妈虽严肃,但和善;萨利强行将他拉到菜园子里去说话;克拉丽莎因头痛卧床不起。

最后的一场争吵,他相信那次可怕的争吵比他一生中的任何事件都来得更为重要(这么说也许有点夸张——但直到今天他还是如此认为的),发生在一个异常炎热的午后三点钟。一件琐事导致了它的发生——午饭时萨利说起了达洛维,还管他叫"我的名字是达洛维",于是乎,克拉丽莎突然间僵住了,脸涨得通红,这种样子是她特有的,随后厉声说道:"我们已经听够了这个弱智的笑话。"那就是一切,但对他来说她刚才说的这句肯定是这个意思,"我只是在和你逗乐罢了,我和理查德·达洛维之间才有着真正的默契。"于是,他接受了现实。他连着好几夜失眠了。"无论如何,这事总得有个了结。"他自言自语。他让萨利给克拉丽莎送了一张字条,约她下午三点在喷泉旁边见面。"有件很重要的事发生了。"他在字条末尾潦草地写道。

喷泉在一片小小的灌木林中央,离房子很远,四周围绕着大小树木。她早早来到那里,甚至在约定的时间之前。他们站在喷泉的两头,喷嘴(已经坏了)不住地滴水。有些景色会多么执着地逗留在人们的脑海里呀!比如,他始终记得,那明绿的青苔。

她一动不动。"告诉我实情,告诉我实情。"他不停地说。他感觉脑门似乎快要爆炸了。她整个人似乎都萎缩了,如木头人一般。她没有动。"告诉我实情。"他再次说道。那个老头布莱科普夫突然拿着《泰晤士报》从天而降了,他瞅着他们俩,一脸的茫然,随后走掉了。他们俩依旧一动不动。"告诉我实情。"他又一次说道。他感觉自己像在打磨什么质地坚硬的东西,她就是不肯屈服。她像块铁,像块燧石,挺直着背脊。当她说出,"没有用了,没有用了,一切都结束了"——在此之前,他似乎已经一连说了好几个小时,直说得泪水打湿了面颊——他感觉脸上似乎挨了她一记耳光。她转过身去,从他身边跑开了。

"克拉丽莎!"他喊道,"克拉丽莎!"可她再也不会回来了,一切都结束了。他当天晚上就离开了。从此再没见她。

太糟糕了,他怒吼着,糟糕,糟糕。

然而,阳光依然炽热。然而,人们依然会忘却伤心的往事。然而,生活依然会日复一日地继续下去。然而,他想道,一边打着哈欠一边注意到——与他孩提时相比,摄政公园几乎没什么变化,只是现在多了些松鼠——然而,生活总会有些补偿的——这时小伊莉斯·米切尔,她刚才一直在捡鹅卵石,为了丰富她和哥哥摆在育儿室壁炉台上的卵石收藏,突然将一把卵石放在了保姆的膝盖上,然后飞奔而去,又一头撞在了一位女士的腿上。彼德·沃尔什不禁笑出声来。

可是,卢克蕾西娅·沃伦·史密斯此时正在自言自语:真是太恶劣了,凭什么我就该受罪呢?她问着自己,一边走下了那条大道。不,我不能再忍受下去了,她说着,眼下她已不在塞普提默斯身边了,他不再是那个她所认识的塞普提默斯了,你看他坐在那里的位子上,说着生硬、冷酷、恶毒的话,不是在喃喃自语,就是在和一个死人交谈。此时有个小孩一头撞在她身上,随即摔倒在地,哭了起来。

这个意外着实让她觉得安慰。她把那个小姑娘扶起来,拍了拍她的外衣,亲了她一下。

但对她自己来说,她并没有做错什么,她曾爱过塞普提默斯,她也曾经快乐过,她曾有一个美丽的家,她的姐妹们如今依旧住在那里,编织帽子。凭什么就该**她**遭罪呢?

那个小孩子跑回到保姆那边,蕾西娅看着保姆放下手上的织物,把她抱了起来,责备着她,抚慰着她,而那个慈眉善目的男人把自己的表给了她,让她打开来玩——可为什么**她**就该孤苦伶仃呢?为什么她不留在米兰呢?为什么要备受煎熬?为什么?

泪水使得在她眼前时隐时现的大路、保姆、灰衣男子和婴儿车都微微晃动起来。她命里注定要受这个恶毒的虐待狂的折磨。可是为什么呢?她犹如一只鸟儿,躲在一片薄薄的树叶里,树叶拂动时,它朝着太阳眨眼;枯枝断裂时,它惊魂不定。她孤苦伶仃,被一个冷漠世界里的巨树和乌云团团包围,失去了庇护,备受折磨。而她为什么该受罪呢?为什么?

她凝眉,她跺足。她必须再次回到塞普提默斯那里,因为他们去威廉·布莱德肖爵士那里的时间快到了。她必须返回去告诉他,必须回到他那里,他坐在树下的绿椅子上,自言自语,或者是在和死去的埃文斯交谈,她只在一家商店里和此人有过匆匆的一面之缘。他看上去是个沉默寡言的好人,是塞普提默斯的好朋友,在战场上牺牲了。可这样的事每个人都会遭遇到。每个人都有牺牲在战场上的好友。每个人在结婚时都必须放弃点什么。她放弃了自己的家。她来到这里,住在这个糟糕的城市里。可塞普提默斯放任自己想那些可怕的事,如果她想,她也可以这样呀。他变得越来越古怪了。他说有人在卧室的墙壁里面说话。菲尔默太太觉得他的话匪夷所思。他还会看见幻象——他在一株蕨草中看见了一个老妇人的脑袋。然而，只要他想，他还是能够得到快乐的。有次，他们坐在巴士顶层去汉普顿宫[1]游玩，就玩得很带劲。草地上开满了小红花与小黄花，他说它们如漂浮的灯火，他喜笑颜开，说个不停，还编造了许多故事。可突然，他又说道："让我们去自杀吧。"当时他们站在河岸边，他看着河水的眼神真是奇特，当一列火车或一辆巴士从他们身边开过时，她也曾看见过他眼里的这种神色——一种似乎被什么东西蛊惑了的眼神。她感觉他正在离她而去，于是她抓住了他的胳膊。可回家途中他又变得沉默寡言——变得非常理智。他会和她讨论一起去自杀的事，还解释说人类是多么邪恶，当人们在街上和他擦肩而过时，他一眼就能看出他们都是喜欢说谎的人。他说他洞悉他们所有的想法，因为他了解一切。他还说他了解这个世界的意义。

后来，他们回到家后，他几乎就不能走路了。他躺在沙发上，让她握紧他的手，别让他掉下去，掉下去，他高喊着，别让他掉进了底下的火海！他看见墙上有嘲笑他的鬼脸，那张脸在用各种恶毒龌龊的话骂他，纱窗上有无数只手在对他指指戳戳。然而房间里除了他们俩并没有别人。可他开始大声说话，回答着别人的问题，争论着、笑着、喊着，把自己弄得兴奋无比，还让她把他的话记下来。那纯粹就是胡言乱语：关于死亡，关于伊莎贝尔·波尔小姐。她再也受不了了，她要回家去。

---

[1] 位于伦敦近郊泰晤士河滨的游览胜地，是亨利八世的官殿。

此时她离他很近了,可以看见他在瞪着天空,嘀嘀咕咕,两只手紧紧握在一起。然而霍姆斯医生说他没什么病。那么这到底是怎么一回事呢——那么,为什么,她明明就坐在他的身边,为什么感觉他如此遥远呢,为什么他会露出惊恐的神色,对她皱着眉头,挪开身体,先是指着她的手,然后又握住它,惊恐万状地瞧着它呢?

是因为她摘掉了婚戒吗?"我的手变得这么瘦了。"她说,"我把戒指放在钱包里了。"她告诉他。

他甩掉她的手。他们的婚姻完结了,他想道,感觉既痛苦又宽慰。枷锁已然斩断,他翻身上马,他自由了,命里注定,他,塞普提默斯,人类的主人,应该得到自由。一个人(因为他的妻子已经扔掉了婚戒,因为她已经离开了他),他,塞普提默斯,孤身一人,在芸芸众生之前首先获得了感召,前去聆听真理,前去领悟意义,在经历了所有文明的苦役之后——希腊人、罗马人,莎士比亚、达尔文,现在轮到了他自己——现在,真理终于就要被完整地传给……"传给谁呢?"他大声发问。"传给首相大人。"他头顶上的一阵沙沙声回答道。这个最高机密必须向内阁汇报。首先,树木是有生命的;其次,罪恶是不存在的;再次,人间有爱,广博的爱。他喃喃低语,气喘吁吁,颤抖不已,痛苦地道出了这些深奥的真理,如此深刻,如此复杂,必须费尽心力才能将它阐明,但是这个世界也将因为它们而永远又彻底地改变。

没有罪恶,只有爱,他反复说道,摸索着寻找他的卡片和铅笔。正在此时，一只斯凯猎犬[1]跑过来嗅他的裤脚管，他惊跳起来，害怕得要命。它正在变成一个人呢！他不能看着它发生！太可怕了，眼看着一条狗变成了人，实在太可怕了！那条狗即刻跑开了。

上苍是神圣且慈悲的，充满无限的善意。它宽恕了他，原谅了他的软弱。但究竟该用怎样的科学来解释呢（因为人必须把科学看得高于一切）？为什么他能够看透人心，看见未来，看见狗变成了人呢？也许是因为这滚滚的热浪，使得历经无数岁月的进化而变得分外敏感的大脑产生了幻觉吧。用科学的语言来解释就是，肉体溶化了，超脱了凡尘。他的肉体不断销蚀，最后只剩下一把神经纤维。它横陈在那里，如岩石上的一片薄纱。

他靠回到椅子上，筋疲力尽却又亢奋不已。他靠在那里休息着，等待着，直到再次恢复力气，去痛苦地向人类做出解释。他躺在高高的巅峰，躺在世界屋脊之上。大地在他脚下战栗。红花从他的肉体里长出来，僵硬的叶片在他的脑袋边簌簌作响。叮当的乐声响起，敲打着这里的岩石。那是远处街道上的汽车喇叭声，他嘟哝道。但在这儿，音乐在岩石间轰鸣，扩散开去，又在声波的震动中凝聚起来，光滑的音柱袅袅升腾（音乐也是看得见的，那可是个新发现），成了一首赞歌，此时牧童的笛声也加入了进来（那其实是一个老头在酒吧门口吹着哨笛[2]，他嘟哝道），牧童静立在那里，乐声从笛子里涌出，之后，自己爬到了更高的地方，听到笛声变得哀婉动人，听到底下嘈杂的车流声。牧童的

---

1 一种原产于苏格兰西北部斯凯岛的小型猎犬，其身矮、体长、腿短、毛长且浓。

2 Penny whistle，一种六音孔的玩具哨笛。

悲歌交织着车流的杂沓,塞普提默斯想。此时,他退隐至雪山之巅,玫瑰高悬在他的四围——它是盛开在我卧室墙上的大朵的红玫瑰,他提醒自己说。乐声戛然而止。他如此推断,那老头定是讨到了钱,去下一家酒吧了。

可他自己依旧待在巍峨的岩石之上,如一个沉船的水手倚靠着岩石。我靠在船只的边沿上,后来掉进了水里,他寻思。我坠入了海底。我曾经死去,然而现在又复活了,让我静静地休息吧,他乞求道(他又开始喃喃自语——太可怕了,可怕)。正如,在苏醒之前,鸟语与车声互相交织成一首奇特的和奏曲,乐声越来越嘹亮,梦中人觉得自己被领到了生命的岸边,于是他感觉自己受到了生命的吸引,阳光愈发灼热,呼喊愈发响亮,某桩宏大的事件即将开场。

他只得睁开眼睛,可眼皮上沉甸甸的,那是一种恐惧。他竭力挣扎,他冲破压力,他放眼瞭望,他看见了眼前的摄政公园。一长条一长条的阳光抚慰着他的双脚。树木摇来晃去,翩翩起舞。我们欢迎,我们接受,我们创造,世界仿佛在这么说着。真美啊,世界仿佛在这么说着。就好像是为了(科学地)证明美的无处不在,无论他看到的是房屋,是栏杆,还是跨越围栏的羚羊,美都会立即跃入他的眼帘。看着一片树叶在风中瑟瑟颤抖,他感到一种雅致的快乐。在高高的天上,燕子猛然俯冲,又急急旋转,尽情地飞来飞去,兜着圈子,却又总是处于完全的控制之中,就好像被一根橡皮筋牵住了一般;苍蝇也在飞上飞下;太阳戏弄般地时而照着这片树叶,时而又照着那片,以极为和善的脾气为树叶抹上一层柔美的金黄;不时有一些和谐的乐声(也许是汽车喇叭声),在一茎茎草梗上神奇地叮当作响——所有这一切，如此平静，如此合理，都是由平凡的事物得来，就是此刻的真理。美，就是此刻的真理。美，无处不在。

"时间到了。"蕾西娅说。

"时间"这个词撕开了它的外壳，将它那丰富的内在倾泻于他的全身，如贝壳一般从他的唇上坠落，如刨床里飞出的刨花，不用他费心去追求，严厉的、纯洁的、不朽的话语，飞去和一首光阴的颂歌融为一体，一首不朽的光阴颂。他放声歌唱。埃文斯在树木后面应和着他。死者在塞萨利[1]，埃文斯在兰花丛中唱道。他们等在那里，直到战争结束，而如今死者，如今埃文斯本人……

"看在老天的份上，别过来！"塞普提默斯喊了起来。因为他不能正视死者。

可是树枝分开了。一个灰衣男子正在向他们走来。是埃文斯！可他身上没有烂泥，没有伤口，他一点也没变。我必须告诉整个世界，塞普提默斯喊着，举起手来（穿着灰西服的死者正在向他靠近），像一个双手抱头，脸上密布着绝望沟壑的巨人一般举起手来，他曾独自在荒漠中长年累月为人类的命运哀叹，如今在荒漠的边缘看见了光明，那光明扩散开去，照亮了黑乎乎的鬼影（塞普提默斯从椅子上欠起身子），无数人匍匐在他的身后，而他，这个哀悼的巨人，一时在他的脸上呈现出容纳一切的神情……

"可我是如此不幸，塞普提默斯。"蕾西娅说道，想要使他重新坐下。

---

[1] 希腊中东部一地区，位于品都斯山和爱琴海之间。

数百万人在悲悼中,他们已经痛苦了好几个世纪。他要转过身去,他要告诉他们,过一会儿,只要再过那么小小的一会儿,告诉他们这份安慰,这份快乐,这份惊人的启示……

"时间,塞普提默斯,"蕾西娅重复说,"现在什么时间啦?"

他自言自语,瞪着某个人,此人一定注意到他了。他看着他们。

"我会告诉你时间的。"塞普提默斯说,说得很慢,有气无力的,还带着神秘的微笑。正当他坐在那里,朝着穿灰衣的死人微笑时,报时的钟声敲响了——十一点三刻。

他们很年轻,彼德·沃尔什走过他们身边时想道。真是糟糕的一幕——那个可怜的姑娘看上去绝望透顶——上午才刚过去一半呢。可究竟发生了什么呢,他寻思着,那个穿大衣的小伙子到底对那个姑娘说了些什么,使她的脸色那样难看;他们到底是陷进了怎样一个可怕的困境,会在这么清新的一个夏日之晨,把彼此都搞得如此绝望呢?回到英国的有趣之处在于:阔别了五年之后,这里变成这个样子了。总之在最初几天,一切在你眼中都显得像是从来也没见过似的:情人们在树荫下吵嘴,公园里的天伦之乐。他从没见过伦敦像现在这样迷人——柔和的远景、丰饶的色彩、青翠的草地、高度的文明,对一个从印度归来的人来说,显得分外魅人,他一边沉思一边信步穿过了草坪。

毋庸置疑,风景能如此感染他正是他的致命弱点。已经到了他那样的年纪,却依旧像个小伙子似的,情绪反复无常,时而开心,时而沮丧,也不知道是什么原因,看见一张漂亮的脸蛋就会觉得幸福,看见一个邋遢女人又会一下子陷入苦恼的深渊。当然啰,在去过印度之后,你会爱上遇见的每一个女人。她们身上有一种清爽的感觉,即使是穿着最寒酸的,也明显要比五年前好看。在他眼里,时装从来也没有像现在那么得体适宜,黑色的长披风,纤细的身材,高雅的姿态,还有那显然已成为普遍风尚的华美的彩妆。每个女人,甚至连最高贵的也不例外,都如温室中盛开的玫瑰,唇形犹如利刃,鬈发如墨,到处都是人为的艺术。某种变化毫无疑问地发生了。小伙子们对此会作何感想呢?彼德·沃尔什自问。

那五年——从 1918 年到 1923 年——大概是最为关键的五年吧,他估计。人们看上去和以前不同了。报纸也看上去不同了。如今,比方说,有个人在一份有分量的周刊上公开发表了他对厕所的意见。十年前你是不可能那么做的——在一份有名的周刊上公然写什么厕所的事。还有就是在公共场合掏出一支口红,或一块粉扑打扮起来。在归乡的轮船上有许多年轻男女——他印象特别深刻的有贝蒂和伯迪——公开地打情骂俏,老母亲坐在一旁织着绒线,看在眼里却无动于衷。姑娘则静静地站在那里,在众目睽睽之下往鼻子上抹粉。而且他们也不兴订婚,只要开心就好,对哪一方都不会造成感情伤害。像她那么冷酷的人——贝蒂,是叫这个名字吧——但也是个绝对的好人,到三十岁时,她会做个贤妻良母——等到时机合适她就会结婚的,嫁个阔老公,住在曼彻斯特附近的大房子里。

现在是谁已经达到了这个目的呢?彼德·沃尔什问着自己,转向了一条大路——谁已经嫁给了阔老公,住在曼彻斯特附近的大房子里呢?是某个最近给他写了封信的人,一封关于"蓝绣球花"的过分热情的长信。是看见了蓝绣球花才使她想起了他和往昔的岁月——萨利·西顿,当然啰!是萨利·西顿——世界那么大,你做梦都想不到偏偏是她嫁给了一个富翁,并且住进了曼彻斯特附近的一所大房子,这个狂野的、大胆的、浪漫的萨利!

但在所有的老一辈中,在克拉丽莎的朋友中——惠特布莱德、金德莱、坎宁安、金洛克·琼斯——萨利大概算最好的。总之,她尽量公正地对待一切。在克拉丽莎和其他人仍对休·惠特布莱德崇拜得五体投地时——这个令人赞赏的休——她就已经看穿他了。

"惠特布莱德?"他仿佛听见她说,"谁是惠特布莱德?哦,是那个做煤炭生意的呀。可敬的生意人哪。"

出于某种理由,她讨厌休。除了自己的外表以外,他对什么都不上心,她说。他应该做个公爵才对。那他就一定会娶个皇家的公主啦。当然啰,在彼德遇见的所有人里,休是对英国的贵族制最充满敬仰的,非常的、自然的、崇高的敬仰啊。即便是克拉丽莎也不得不承认这一点。哦,可他又是多亲切的一个人,如此无私,为了取悦自己的母亲可以放弃去打猎——记得住他的姨妈们的生日,等等等等。

萨利,说句老实话,看透了所有这一切。彼德记得最清楚的是一场争论,发生在某个礼拜天早晨的伯尔顿,是关于女性权利的(这个话题自打开天辟地起就从没有断过)争论,萨利蓦然间生气了,怒火冲天的,说休代表的是最可憎的英国中产阶级。她告诉休,她认为他应该对那些"皮卡迪里街上可怜的站街女"的生活现状负责——休,这个完美的绅士,这个可怜的休!——脸上露出了没有一个男人会有的那种恐惧。她后来说她是故意那么说的(因为她和彼德常常在菜园子里碰头,还相互交流些看法)。"他什么书也不看,什么想法也没有,简直麻木不仁。"彼德能够听到她用强调的语气说着，这句话比她以为的传播得要远多了。马童们都比这个休看上去有生气，她说。他是公学制度制造出来的完美典范，她说。除了英国，没有一个国家会产生出这样的人。她真的是出口伤人，出于某种理由，她对他怀恨在心。曾经在吸烟室里发生了一桩事情——彼德忘记是什么事了。休好像侮辱了她——是吻了她吗？难以置信！当然没有人会相信关于休的坏话的。谁会呢？在吸烟室里吻萨利！如果是某个尊贵的伊迪斯小姐或维奥莱特女士，那倒还有可能，但不会是这个衣着寒碜的萨利，因为在她的名下分文没有，只有一对喜欢在蒙特卡罗豪赌的父母。在彼德所遇见过的所有人中，休是最势利的一个——最会溜须拍马的一个——不，他也并非十足的阿谀奉承之徒。因为他的自尊心不容许他做得那么彻底。把他比作一流的贴身男仆还是比较贴切的——某个老是跟在主人后头拎行李箱的角色，你可以放心地叫他去发电报，他一定是女主人不可或缺的好帮手。他也找到了适合自己的事业——就是娶那个尊贵的伊芙林，就此在宫廷里谋到个小小的职位：看管国王的酒窖，把贵人们的鞋扣擦得锃亮，穿着长及膝盖的短裤和花饰繁复的上衣在皇宫里东跑西颠的。生活是多么残酷呀！宫廷里的一个小当差！

他娶了这位女士，这位尊贵的伊芙林，他们应该就住在这一带，彼德如是想道（看着那些能够俯瞰公园的豪宅），因为他曾经在那里的一家人家里用过午餐，那家人家也像休家一样，有一些别人家不可能有的摆设——也许是只放亚麻织品的柜子。你必须去看一下——你必须花上一点时间去不停地赞美——亚麻柜、枕头套、老橡木家具、图画，都是休从二手市场淘来的。但休太太有时也会露出马脚来。她是个不起眼的，如小老鼠般的女人，她崇拜高大的男人。她几乎无足轻重。然后在突然间她又会说出什么使人倍感意外的话——刺耳的话。她也许还保留着那么一丝贵族气派。煤炉的气味对她来说有些过于刺激了——它使空气变得污浊。因此他们住在那儿，和他们的亚麻柜，和古代大师的杰作，和蕾丝边的枕套生活在一起，过着年金收入大约在五千到一万镑的生活，而他呢，他还比休大两岁呢，却还在可怜巴巴地找工作。

他都五十三了，还不得不去求人家把他安置在某个秘书室里，帮他找份教小孩子拉丁文的助教工作，在办公室里对某个官僚老爷点头哈腰，一份每年能带来五百块收入的差使。因为如果他娶了戴西，即使可以拿年金，钱也是无法维持他们的生活的。惠特布莱德也许会帮忙，或者是达洛维。他不介意去求达洛维。他是个大好人，虽然思想有点狭隘，脑子有点古板，这些都是事实，可他还是个十足的好人。无论做什么事，他都采取同样实事求是的、理智的方式；他没有丝毫的想象力，没有一点灵感的光辉，但有着他那种人特有的、怪异的认真劲儿。他应该做个乡绅——搞政治实在是浪费他的才华。他在户外时会表现出最佳状态，和他的马儿狗儿在一起——他真是个大好人，比如说，有次克拉丽莎的大长毛狗掉进了陷阱里，有只爪子眼看就要裂开来，克拉丽莎头晕得不知如何是好，是达洛维料理了一切：缠绷带，上夹板，叫克拉丽莎别犯傻。那也许就是她喜欢他的缘故——她需要的正是这种男人。"哦，亲爱的，别傻了。拿着这个——去把那个拿过来。"在整个过程中，他始终在和狗儿说话，好像它也是人似的。

但她如何咽得下他关于诗歌的那一大套呢？她如何受得了听他对莎士比亚大放厥词？理查德·达洛维严肃认真地站在那里，说什么只要是体面人都不应该去读莎士比亚的十四行诗，因为那就像是在钥匙孔里偷听（除此之外，诗里描写的那种关系也不是他能认可的[1]）。还说只要是体面人就不应该让自己的老婆去拜访一个去世的已婚女人的姐妹。这说的哪是人话呀！唯一可行的方法就是拿起糖杏仁往他身上扔——那时正是晚餐时间。但克拉丽莎把这一切都咽下了肚去，还认为他是个无比诚实的人，一个有主见的人。天晓得，她是否认为他就是她遇见过的最具独立思想的人呢！

那就是彼德和萨利之间的一条纽带。有一个他们过去常常去散步的花园，花园被四面围墙圈起来，里面有玫瑰花丛和大棵的花椰菜——他还记得萨利曾摘下一朵玫瑰，驻足赞叹起月光下的甘蓝叶如此美丽（真是神奇，过去的一切还是历历在目，要知道他已经有多年没有想到过这些了），同时她还劝他，当然是半真半假的，趁早把克拉丽莎夺走，别让她落入休、达洛维以及诸如此类的"完美绅士"之手，因为他们会"枯萎她的灵魂"（那些日子里萨利写了许多诗歌），把她变成一个地道的家庭主妇，一个彻底的世俗之人。可是我们必须为克拉丽莎说句公道话。总之她并没有打算要嫁给休。她对自己的需求有非常明确的认识。她的感情都处于表面的状态。在内心里，她是个精明人——比如说，她比萨利能更好地判断一个人，而且完全靠女性的直觉。有如此出色的天赋，女性的天赋，那么你无论走到哪儿都能把世

---

[1] 莎士比亚的一部分十四行诗中有暧昧的双性恋情节，例如描写了主人公对一位"黑肤女郎"和一位"美男子"的爱恋。

界掌握在你的手中。她走进房间，站住，像他过去常常看见的她的样子一般，门口有一帮人围在她身边。可别人记住的是克拉丽莎。不是因为她动人，她一点都不漂亮，也没什么独特之处。她从没说过什么特别机灵的话，但是，你就是忘不了她，忘不了她。

不，不，不！他不再爱她了！他只是感觉，在那天早上，在看见她拿着剪刀和丝线为派对做准备之后，无法控制自己不去想她，她的形象反反复复地回到他的脑海里，就像火车车厢里一个打瞌睡的人不断地往他身上靠。当然，这并不代表爱情，只是想着她，批评她，在三十年后，再次想要去理解她。说到她，很明显的一件事就是她是个世故之人，过分关心身份地位，一心想着要进入上流社会——从某种意义上说这是事实，她也对他承认过这点（如果你不怕麻烦，你总能让她坦白的，她是个诚实的人）。她会说她讨厌邋遢鬼、保守派和失败者，也许就是像他那样的人吧。她认为人们没有权利两手插在口袋里闲来荡去，每个人都必须做些什么，必须取得成功。人们在她的客厅里遇见过的那些伟人，那些公爵夫人，那些满头白发的老伯爵夫人，他感觉这些人和他认为的仅有一丁点意义的事物都相差十万八千里，而对她来说，他们却代表着真实。贝克斯伯罗女士，她有次说过，把身体挺得笔直（克拉丽莎自己也这样，无论怎么说，她从来也不会倚着靠着什么，她就像一杆标枪般笔挺，实际上都有点僵硬了）。克拉丽莎说过她们身上有股子勇气，随着她年龄的增长，她越来越敬佩这种勇气。当然，所有这些看法中有很大一部分是来自达洛维的，诸如热心公益、大英帝国、税制改革、统治阶级精神，这些思想在她的内心里大量滋生着,也是趋势如此。虽说她的智慧高出达洛维一倍,但她不得不通过他的眼睛来观察事物——这正是婚姻生活的悲剧之一。她有自己的头脑,却老是喜欢引用理查德说的话——好像从你早晨读的《晨邮报》里,你还不能很好地了解理查德的想法似的!比如说,这些派对就完全是为了他,或者说是为了她理想中的他(替理查德说句公道话,如果能在诺福克[1]干农活,他一定会比现在快乐多了)。她把客厅变成了一个聚会的场所,干这种事她有天才。他一次又一次看见她把一个生涩的年轻人带进去,把他说得晕头转向直至昏死过去,然后再把他唤醒,扶他上路。当然,她身边总是围绕着数不清的无聊之人。但也会有古怪的不速之客大驾光临:有时是艺术家,有时是作家,在那种氛围里,他们简直就像一条条死鱼。而在这一切的背后,是一个互相拜访、交换名片、热情好客、捧着一束束鲜花和各种小礼物四处溜达的网络,比如某某人就要去法国了——就一定得送个气垫。这些事真的耗尽了她的体力,她这类女人必须要保持所有这些没完没了的交际,可她做得很真诚,因为那发自她自然的天性。

　　奇怪的是,她是他曾遇见过的无神论者中最彻底的一个,而也许(这是他过去创造出来用以解释她的一个理论,她这人从某些角度来说非常透明,从另一些角度来说又非常含混),也许她对自己说,既然我们是个濒危的种族,被绑在一艘即将沉没的船

---

[1] 英国东部北海之滨一历史悠久的地区。

上（她做姑娘时最喜爱的读物是赫胥黎[1]和廷德尔[2]的，他们俩都喜欢像这样用船舶打比方），既然世间的一切皆是一场糟糕的游戏，那么管他三七二十一，我们只要尽到自己的责任就好啦，减轻和我们在同一个牢笼里的伙伴们的痛苦吧（又是赫胥黎的笔法），用鲜花和气垫把地牢装点起来吧，让我们尽量活得体面些吧。那些无赖们，那些神祇们，可不能让他们随心所欲——她的看法是，那些神祇们，他们从来不会放弃任何伤害、破坏、毁灭人生的机会，但是只要你按淑女的标准来严格要求自己，那他们的威力就会大打折扣的。西尔维亚去世后，她立即产生了这一想法——那是个可怕的事故。亲眼看见自己的妹妹在你眼前被一棵倒下来的大树压死（都是贾斯丁·帕里的错——因为他太大意了），西尔维亚也是个即将步入人生的姑娘，是她们中最有天赋的一个，克拉丽莎总这么说，是足够使人认识到人生的悲惨的。后来，她也许对这个想法不那么肯定了，她认为不存在什么神祇，没人该为此负责，于是她形成了一种无神论的信仰，为做好事而做好事。

当然啰，她非常享受生活。活得开心是她的天性（尽管只有天知道，她也有保守的一面。他常常感觉，即使是和她交往了这么多年的他，也只能画出克拉丽莎的一点点轮廓）。总之，她的天性里没有抱怨，没有贤惠女人身上那种令人讨厌的仁义

---

[1] 托马斯·亨利·赫胥黎（1825—1895）：英国著名博物学家，达尔文进化论最杰出的代表。

[2] 约翰·廷德尔（1820—1893）：英国物理学家，因其关于气体的透明度和大气吸收辐射热量的著作而闻名。

道德。她几乎能享受一切。如果你此时正与她在海德公园[1]散步，花坛里的郁金香、童车里的婴儿都会让她心情大好，在这种心情的刺激下，她会编造出可笑的小故事（如果她觉得那些情侣们不快乐，她很有可能会去和他们聊上几句安慰一下的）。她有一种极其细腻的喜剧感，可她需要别人，总是需要别人，去把它激发出来，这就造成了无法避免的后果，就是白白地浪费掉许多时间，午餐、晚餐，她的派对永不落幕，说着无聊的话，言不由衷的话，把自己的大脑弄得昏昏沉沉，丧失了敏锐的辨别力。她会坐在桌子的首席，跟某个也许对达洛维有用的老家伙苦苦纠缠——他们认识全欧洲所有最令人讨厌的角色——或者伊丽莎白正好走进来，那么一切都必须为**她**让路了。他最后一次去达洛维家的时候，伊丽莎白还是个高中生，正处在笨嘴拙舌的阶段，她是个眼睛圆圆的、脸色苍白的姑娘，跟她母亲没有半点相像的地方。她是一个沉默寡言、感觉迟钝的姑娘，把一切都认为是理所应当，任她母亲在她身上发泄一阵母爱之后，她会像个四岁的小孩子一般说道："我现在可以走了吗？"她跑掉后，克拉丽莎解释说，伊丽莎白去打曲棍球了。脸上带着混合了快乐与骄傲的表情，这样的表情似乎是达洛维本人给她的影响。如今伊丽莎白想必已经"进入了社交界"，因而会嘲笑她母亲的朋友，会认为他是个老古董。那么好吧，就这样吧。彼德·沃尔什走出摄政公园，手里拿着帽子，人老后得到的报偿只有这个，他心里想，就这么回事：热情依然保留得如以前一般强烈，不过你得到了——终于！——使生活增添无上滋味

---

[1] 伦敦最著名的皇家公园，位于市中心的威斯敏斯特教堂地区。

的力量——把握经验的力量,这力量使生活流畅地运转起来,慢慢的,在阳光下品味。

这是糟糕的自白(他又戴好了帽子),可如今,在你五十三岁的时候,你几乎不再需要任何人了。生活本身,每分每秒,每一滴汁水,这里,此刻,现在,在阳光下,在摄政公园里,已然足够。实在已经太多了。整个一生都太短暂而无法去实现,现在你必须已经获得了力量,体验了所有的滋味,去享受每一盎司的欢娱,去寻找每一个躲在暗中的意义。如今这两者都比以前充实得太多太多,也比以前更公开化了。要他再次遭受以前克拉丽莎使他遭受过的痛苦已是不可能。已经一连几个小时了(感谢上帝,没人听见你说这些话),一连几个小时,一连几天,他都没有想过戴西了。

那时他真的爱上克拉丽莎了吗?他想起那份悲惨,那份折磨,那些日子里超凡脱俗的感情。这整个都是不同的——比过去快乐多了——这就是真理,当然,现在是**戴西爱上了他**。也许这就是原因,在轮船启程的那一刻,他会感觉到无比轻松,什么也不需要,只要一个人待着就好。戴西对于小事也处处用心使他觉得烦恼——雪茄烟、笔记、为旅行准备的一张毯子——都在他的船舱里。只要是诚实的人都会这么说:年过半百就不需要伴侣了。你再也不想恭维任何女人,说什么她很漂亮。五十出头的男人多半都会这么认为的,彼德·沃尔什如是想,如果他们诚实的话。

可那段没来由的情绪宣泄——今天早上突如其来的痛哭流涕,这算什么意思呢?克拉丽莎会怎么看他呢?也许会认为他是个傻瓜吧,这也不是头一回了。嫉妒就是那场发作的缘由——嫉妒总是凌驾于任何人类的感情之上,彼德·沃尔什想道,拿着小折刀的手高举起来。她常常去和奥德少校见面,戴西在最近的一封信里告诉他,他知道她是故意告诉他这个的,她这么说是为了引起他的嫉妒。他可以看见她皱着眉头写着这封信,绞尽脑汁寻思怎么说会让他感觉受伤。然而,这一切全然无效,他感到怒不可遏!回英国找律师,这一场折腾并不是为了娶她,而是为了不让别人娶她,那正是折磨他的原因所在,那就是在他看见克拉丽莎如此沉稳,如此冷漠,专心致志地在那里补她的裙子什么的之时,他所感觉到的痛苦。想到她也许可以使他脱离苦海的,而她所做的却是使他变成这么一个——抽抽搭搭、眼泪鼻涕横流的老蠢货。可是女人们,他想着,合上了折刀,不懂感情为何物。她们不懂感情对男人意味着什么。克拉丽莎委实冷若冰霜。她会坐在沙发上,坐到他的旁边,让他握着她的手,给他一个吻——此时他走到了一个十字路口。

一个声音打搅了他,一个细微、颤抖的声音,一个如水泡般喷涌而出的声音,没有方向,没有力量,没有起点,也没有终点,虚弱又尖利地飘过,不包含任何人类能够理解的意义:

依恩法恩索
福史威图依姆乌——

这个声音,听不出年龄和性别,是一座古老的喷泉从大地上喷出的声音。它来自在摄政公园地铁站对过的一个颤抖着的高大身影,如一个漏斗,如一只生锈的水泵,如狂风吹落了最后一片树叶的枯木,只得听凭风儿在它的残枝间任意肆虐,唱出一首了

无意义的歌:

依恩法恩索
福史威图依姆乌——

枯树在那永不停歇的狂风中,摇曳、嘎吱、呜咽。

穿越了所有的年代——当人行道上荒草丛生,成为一片沼泽,穿越了象牙和猛犸的年代,穿越了太阳静静升起的年代,这个饱受摧残的女人——因为她穿着裙子——裸露着右手,左手贴在身旁,站在那里唱着一支恋曲——持续了一百万年的爱情,她歌唱,颠扑不破的爱情。数百万年之前,她的情人,他已经死了多少个世纪,曾经和她一起,在五月里散步,她低吟浅唱着。然而在岁月的进程中,在如夏日一般漫长的悠悠岁月中,在漫山遍野如火焰一般盛开着的,她记得,红色的紫苑花丛中,他倒下了。死神的那把大镰刀扫过巍峨的群山,到最后,她终于将她那颗花白的、无比苍老的头颅放倒在大地之上,而如今,大地已变成一片残破的冰原。她祷告上帝,在她身旁安放一束紫石楠,在她高高的坟茔之上,最后的一轮太阳将用它最后的一抹余晖抚慰它。到那时,宇宙的盛大表演也将告终。

当这首古老的歌从摄政公园地铁站的对面喷涌而出时,大地依然青翠,鲜花依然盛开。然而,尽管它来自如此粗俗的一张嘴,仿佛是从大地上的一个洞穴里传出来的,而且洞穴里满是泥泞,纠结着驳杂的树根和纷乱的杂草,这首潺潺流淌着的古老歌谣,浸透了无尽岁月里的交相缠绕的树根,浸透了累累白骨与硕硕宝藏,依旧如一条小溪般漫过了人行道,沿着马里勒伯恩街流去，接着又往下朝着尤斯顿街流去，滋润着大地，留下一片水渍。

依旧记得在那遥远的古代，在五月的一天里，她曾经和她的情人并肩漫步，这个身心憔悴的老妇人，如一台生锈的水泵，伸出一只手乞讨铜板，另一只手贴在身旁，即使过了一千万年，她仍将站在这里，回想着曾经在五月里的那次散步，如今那里已成为波涛汹涌的一汪大海，不管当时陪她一起散步的那人是谁——他是一个男人，哦，是的，是个曾爱过她的男人。但是岁月的流淌模糊了那个古老五月的清晰记忆：那花瓣明艳的鲜花已然凋零，已然覆盖着一层银霜。她再也看不见，当她乞求他（正像她此时相当清晰地喊出的那样）"用你那甜蜜的眼神，专注地看着我的眼睛吧"，她再也看不见那双褐色的眼睛、浓黑的胡髭和晒黑了的脸庞，只看见一个隐约的身影，一个影子般的形象，她依然会用她那非常苍老却又如小鸟一般清新的嗓音，对着它婉婉地唱出："把你的手给我，让我温柔地握住它吧。"（彼德·沃尔什忍不住给了这位可怜的老妇人一枚硬币，随后坐上了出租车。）"如果有人看见，又有什么关系呢？"她自问。她先是攥紧拳头贴在身侧，随即又微笑着把这一先令放进了口袋，所有那些凝视着的好奇目光都消失不见了，一代又一代人匆匆地——人行道上挤满了熙熙攘攘的中产阶级——消逝而去，如踩在脚下的落叶，被那个永恒的春天所浸润，所覆盖，直至融入一片沃土……

依恩法恩索

福史威图依姆乌——

"可怜的老妇人。"蕾西娅·沃伦·史密斯说着,一边等待着穿过马路。

哦,这个可怜、不幸的老阿婆!

倘若这是个下雨的夜晚呢?倘若她的父亲,或某个在她春风得意时认识过她的人,碰巧经过此地,看见她如此潦倒地站在这里,该如何是好呢?她要到哪里去过夜呢?

不屈不挠的、如游丝般的歌声,快乐地,几乎是兴高采烈地,娓娓地飘入了空中,如农舍烟囱里的缕缕炊烟,围绕着一尘不染的山毛榉树袅袅升起,又化作一股青烟飘荡在树端的绿叶间。"如果有人看见,又有什么关系呢?"

蕾西娅已经一连好几个星期都闷闷不乐了,所以她对发生在周围的一切都会触景生情,有时候她甚至感觉应该去叫住那些路人,如果他们看起来快乐而且和善的话,只是为了向他们诉说"我不快乐呀"。而这个在大街上唱着"如果有人看见,又有什么关系呢"的老婆婆,突然间使她有了一份强烈的信心,一切都会好起来的。他们要去看威廉·布莱德肖爵士,她觉得他的名字很好听,他会立刻把塞普提默斯治好的。此时,有一辆啤酒厂的大车过来了,灰色马的尾巴上沾着根根直立的稻草梗。还有张贴着报纸的公告栏。如此忧郁的感觉,简直是一个蠢得无以复加的迷梦。

于是,塞普提默斯·沃伦·史密斯夫妇穿过了马路,他们身上到底有什么地方能够吸引住别人的目光,能够使路人怀疑起这个年轻人怀揣着世间最为重要的消息,而且,更有甚者,能够使人想到他是这个世界上最幸福,同时也是最悲惨的人呢?也许是因为他们走得比别人慢一些,那个男人的步伐有些迟疑,拖拖拉拉的，可是对于一个小职员来说这不是再自然不过的事吗，他已经有好多年没有在工作日的这个时间来伦敦西区信步游荡了。如此说来，这么悠闲地望望天空，这里看看那里瞧瞧又有什么不对的呢？走在波特兰大街上，他仿佛走进了一间房间，房间里的住家都已离去，枝型吊灯悬挂在麻布袋子里，女管家拉起了长帷幔的一角，让一束束细长的、扑满尘土的阳光照在了怪模怪样的扶手椅上，椅子上空空如也。向游客们介绍起这个地方有多么美妙，多么美妙，但同时，他看着这些桌子和椅子想道，又多么古怪。

从外表看来，他也许是个小职员，但属于比较上层的那种，因为他穿着棕色的皮靴；他那双手显示他是个有文化的人，他的侧影也给人同样的感觉——他那棱角分明的、大鼻子的、睿智的、敏感的侧影，但他的两片嘴唇却松松垮垮的，很不给力；还有他的眼睛（和常人一样），很普通，只是一双淡褐色的大眼睛而已。因此上从总体来说，他是个游走在边缘的人物：你无法将他归于任何一种族类，也许他最后会在珀利区拥有一座住宅和一辆汽车，也或许一辈子都只能在小街里巷租公寓住。他是那种靠自学获得了粗浅知识的人，他的修养全部来自从公共图书馆借阅来的书籍，遵照那些通过书信往来结识了的著名作家的建议，在工作之余每晚都挑灯夜读。

至于别的一些经历，那些孤独的经历，人们独自在卧室或办公室里打发时间的经历，独自在乡间或在伦敦街头散步的经历，他都已经有了。在他还只是个小孩子的时候，就因为与母亲不和而离家出走了，他母亲欺骗了他，因为他不知多少次手也不洗就下楼来喝茶,因为他看出一个诗人在斯特劳德[1]是没有前途的。于是,他动身去了伦敦,只告诉了一个和他特别要好的小妹妹,并留下了一封荒唐的短信,口气高傲得就像伟人们写的那种,等到他们的奋斗终于获得成功而成为名人之后,全世界的人才会来拜读他们留下的短信。

伦敦曾经吞没了成千上万个名叫史密斯的年轻人,对于像塞普提默斯之类奇奇怪怪的教名全然不当一回事,而父母们给孩子起这样的名字原本是为了使他们显得与众不同。寄宿在尤斯顿大街附近的小巷,使他获得了各种各样的经验,比如说,两年之内他那张红润、天真的圆脸就变成了一张瘦削、干枯、带有敌意的脸。可是对于这一切,哪怕是一个最善于察言观色的朋友又能说些什么呢?最多也就像一个园丁在早晨打开了一座苗圃的门,发现他种的花又开出来一朵时所说的:开花了!它是由虚荣、野心、理想主义、热情、孤独、勇气、懒散这些平常的种子培育出来的花朵,这一切互相拥挤着(就在尤斯顿大街附近的一间斗室里),使他胆小懦弱,使他结结巴巴,使他渴望完善自己,使他爱上了伊莎贝尔·波尔小姐,她是个在滑铁卢大街讲授莎士比亚的老师。

他难道不像济慈[2]吗?她寻思着,并考虑着如何使他对《安东尼和克利奥佩特拉》[3]及其他的莎士比亚作品感兴趣。她把书借给他看,给他写短信,使他心中燃起一生只有一回的烈火,没有

---

[1] 英国中部偏西南的一个小城。

[2] 约翰·济慈(1795—1821):英国杰出的浪漫派诗人,代表作有《夜莺颂》《希腊古瓮颂》《圣安妮节前夕》等。

[3] 莎士比亚晚期的悲剧代表作。

热量的火焰,只有金红色的火苗,摇曳在波尔小姐的四周,如此极致的虚无缥缈,背景是《安东尼和克利奥佩特拉》,还有滑铁卢大街。他认为她是个美人,相信她的智慧完美无缺;他梦见她,给她写情诗,可她无视这些诗歌的主题,只顾着用红墨水给他改错。在一个夏夜里,他看见她穿着一条绿裙子漫步在广场上。"花开了。"园丁要是打开门也许会这么说的,也就是说,要是园丁走进来,在任何一个夜晚,在约莫同样的时刻,就准能看见他正在写作,看见他把写好的稿纸撕破,看见他在凌晨三点完成了一部巨著,冲出门去,在大街上踱步,在教堂里参观,今天节食,明日狂饮,贪婪地猛读莎士比亚、达尔文、《文明史》和萧伯纳。

出什么事了,布鲁尔先生知道。布鲁尔先生,西布利和阿罗史密斯公司的总裁,那是家从事拍卖、估价和房地产的代理商。出什么事了,他想道,他像个慈父一般关心着这个年轻人,而且对史密斯的能力评价很高,甚至预言在十到十五年的时间里,他就会成功地坐上亮堂堂的经理室里的皮靠椅,周围都是存放着合同文件的保险箱。"只要他能够保持健康。"布鲁尔先生说,而那正是危险所在——他看上去很虚弱,于是他建议史密斯去踢踢足球,邀请他共进晚餐,并准备考虑推荐他加薪,然而就在此时发生了情况,布鲁尔先生的一系列计划都给打乱了,这个最为能干的小伙子离他而去了。欧战的魔爪终于伸了过来,多么阴险狠毒,它砸碎了谷物女神的石膏像,在天竺葵的花坛里炸出了一个大坑,还彻底吓疯了位于马斯威尔山的布鲁尔先生家的厨师。

塞普提默斯参加了头一批志愿兵。为了拯救英国他去了法国,因为在他心目中,莎士比亚戏剧和穿着绿裙子在广场上散步的伊莎贝尔·波尔小姐几乎就代表了整个英国。在战壕中,布鲁尔先生建议他踢足球时所想要看到的变化即刻就发生了:他变成了一个顶天立地的男子汉,得到了提拔,并且那个叫埃文斯的长官注意到了他,甚至还喜欢上了他。当时,他俩的情形活像在炉前地毯上嬉戏的两只狗,小狗在耍弄一只纸盒子,叫着、咬着,还不时地去蹭蹭老狗的耳朵;而那条老狗则昏昏沉沉地躺着,眨巴着睡眼望着炉火,伸出一只爪子,转过头去温和地叫两声。他们俩简直形影不离,分享着彼此的一切,也包括吵吵打打。可当埃文斯(蕾西娅只见过他一面,管他叫"一个文静的人",他是个体格强壮的红发男子,身边有女人在场时常显得有些害羞),当埃文斯就在停战前夕在意大利牺牲时,塞普提默斯既没有显露出一丝一毫的感情,也似乎没有认识到这场友谊已经终结,反而为自己的无动于衷和富于理智而感到庆幸。战争教育了他。战争的场面如此壮观。他参与了整个这一场惊心动魄的表演,友谊、欧战、死亡,还赢得了晋升,他还不到三十,注定会活下去的。他的预感一点不错。最后的一阵炮火也没能击中他。他冷漠地看着炮弹在他身边爆炸。和平到来了,他当时正在米兰,被安顿在一个旅店老板的家里,那里有个庭院,花盆里开着鲜花,空地上有几张小巧的桌子,老板的女儿们在编着帽子。有天晚上,因为一阵恐慌的突然来袭——他发现自己失去了感觉——他便和老板的小女儿卢克蕾西娅订了婚。

现在一切都已结束,停战协定已经签好,死者也得到了安葬,而他却在突然间感受到了雷击般的恐惧,尤其是在晚上。他感觉麻木不仁。他打开意大利姑娘们坐在里面编帽子的房门,能够看见她们,也能够听见她们。浅盘里盛着彩珠,姑娘们在彩珠间搓着丝线。她们把粗麻布做的帽型转来转去,桌子上堆满了羽毛、亮片、丝线、缎带,剪刀敲着桌子,嘎嘎作响。可是他觉得失落,他丧失了感觉。不过,剪刀的咔嚓声,姑娘们的欢笑,做成了的帽子,这一切保护了他,他的安全得到了保障,他有了一个避风的港湾。可他不能彻夜坐在那里呀。有时天还未亮,他就醒了过来。床在塌下去,他在往下坠。哦,让剪刀、灯火和粗麻布做的帽型来救救他吧!他恳求卢克蕾西娅嫁给他,她是这对姐妹中年轻的那位,是个活泼又轻佻的姑娘,长着艺术家一般的纤纤玉指,她常常抬起手来说:"我的能耐全靠它们呢。"丝线、羽毛,在她的巧手之下,一切都富有了生命。

"帽子是最要紧的。"他们一起在外面散步时,她会如此说道。从他们身边经过的每一顶帽子,她都要仔细观察,还有披风、裙子,以及女人们表现出来的风姿。她批评简陋的衣着,也反对过度装饰,但语气并不恶毒,只是挥挥手表示出不屑,就像一个画家把一幅华而不实的仿作推到了一边,尽管画这幅作品的人显然也没什么恶意。还有,她会对一个利用有限的行头把自己打扮得漂漂亮亮的女店员表示出宽容的赞许,尽管总带着挑剔的目光,或者对一位穿着灰鼠皮大衣、披着罩袍、戴着珍珠项链、正跨下马车的法国女士投去专业的目光,紧接着就是一番热情洋溢、毫无保留的赞美之辞。

"太美了!"她会喃喃自语着,用手肘捅捅塞普提默斯,好叫他也看见。但是,美和他之间隔着一层玻璃。即便是美食(蕾西娅喜欢冰淇淋、巧克力之类的甜食),到了他嘴里也会失去滋味。他放下了甜品杯,搁在大理石的小桌子上。他看着外面的人们,他们看上去很幸福,聚集在街道中央,不知道为了什么,在那里高声喧哗着,欢笑着,吵闹着。可他却吃什么都味同嚼蜡,感觉麻木。在茶馆店里,在桌椅和饶舌的侍者中间,一阵骇人的恐惧攫住了他的整个身心——他丧失了感觉的能力。他能够思考,也能够阅读,比如读但丁[1]的作品,而且读起来一点不吃力("塞普提默斯,快点把书放下来。"蕾西娅说着,轻轻地合上了《地狱篇》);他能够算清账单,他的大脑一点没问题。那么,一定是这个世界的错了——是这个世界造成了他的麻木不仁。

"英国人真是沉默寡言。"蕾西娅说。她喜欢这样子,她说。她尊敬这样的英国人,想要见识一下伦敦,还有英国的赛马,还有定制的西服,还记得听人说过那里的店铺有多可爱,是她的一个姨妈告诉她的,她姨妈婚后就住在索霍区[2]。

也许,可能吧,在他们坐火车离开纽黑文时,塞普提默斯看着车窗外的英格兰,心里想道:也许,这世界本身可能就是毫无意义的。

在办公室里,他们将他提拔到一个相当重要的职位上。他们为他骄傲,因为他曾获得过十字勋章。"你已经尽责了,现在该由我们……"布鲁尔先生说了起来,他如此激动,如此高兴,以至于说不出连贯的话了。塞普提默斯在托特纳姆法院街附近租下了一套令人羡慕的公寓。

---

1 阿里盖利·但丁(1265—1321):意大利著名诗人,代表作为长诗《神曲》,分为《地狱》《炼狱》和《天堂》三部。
2 伦敦市中心一地区,因其林立的饭店、剧院和夜总会而闻名。

他在这里再次打开了莎士比亚的作品集。少年时对语言的痴迷——《安东尼和克利奥佩特拉》——已经彻底消失了。莎士比亚是多么厌恶人类啊——要穿衣服，要生孩子，还有欲壑难填的嘴巴和肚子！如今，塞普提默斯已经领会了真相，这个消息隐藏在华丽的辞藻背后。一代人传递给下一代人的秘密信号，经过了伪装，无非就是厌恶、仇恨和绝望。但丁如此。埃斯库罗斯[1]（根据他的译本判断）也如此。蕾西娅坐在那儿的桌前，修饰着帽子。她是在为菲尔默太太的朋友们修饰帽子，她连着好几个小时都在为帽子做装饰。她看上去苍白、神秘，如沉没于水底的一朵百合，他想道。

"英国人实在太严肃了。"她会这么说着，一边用胳膊搂住塞普提默斯，还和他脸贴着脸。

莎士比亚是排斥男女之间的爱情的。他老早就说过性爱这档子事是肮脏的。可是，蕾西娅说，她一定要有孩子。他们结婚都已经五年了呀。

他俩一起去参观了伦敦塔[2]，参观了维多利亚和艾尔伯特博物馆[3]，站在人群中观看了国王主持议会的开幕式。还有各色的店铺——帽店、服装店、橱窗里陈列着各种皮包的百货店，她会站在外面驻足细看。可她一定得有个孩子。

她一定要有个像塞普提默斯的儿子，她说。可没人会像塞普

---

[1] 埃斯库罗斯（公元前525—前456）：古希腊著名悲剧作家，代表作有《被俘的普罗米修斯》《阿伽门农》。

[2] 伦敦市东面的皇家城堡，历史上曾长期是国家监狱。

[3] 伦敦市内博物馆，馆藏有不少英国的名画。名字来源于维多利亚女王及其丈夫艾尔伯特亲王。

提默斯的：没人能像他那么温柔，那么严肃，又那么聪慧。难道不能让她也读一下莎士比亚吗？莎士比亚是个难懂的作家吗？她问。

不能把孩子带到这样一个世界上来呀。不能让受苦成为永恒，不能让这些淫荡的畜生繁衍昌盛，这些畜生没有持久的感情，只有一时的心血来潮和虚荣心，只会像墙头草一般一会儿倒向东一会儿倒向西。

他看着她裁着，剪着，修出了形状，正如人们看着鸟儿在草地上一跳一跳，飞来飞去，连手指都不敢动一下。真相是这样的（让她忽视好了）：人类没有善心，没有信念，没有宽容，只知道追逐眼前的一时快活。他们拉帮结伙地去打猎。他们成群结队地去探索沙漠，尖叫着消失在荒原中。他们弃死者于不顾。他们龇牙咧嘴做着鬼脸。比如说办公室里的布鲁尔，小胡子上涂了蜡，珊瑚石的领带夹，白色紧身裤，一副兴高采烈的样子——但内心里唯有冷酷和焦虑——他的天竺葵在战争中毁了——他的厨师精神错乱了；还有那个叫阿米莉娅什么的，总是在五点整把一杯杯茶点递到大家手上——这个眉眼淫邪、举止轻狂、下流龌龊的小娼妇；还有那些汤姆和伯蒂们，戴着浆洗得笔挺的衬领，浑身上下渗出一滴滴浓浓的罪恶。他们从未看见过他在笔记本上给他们画的肖像：赤身露体、丑态百出。大街上，货车从他身边呼啸而过，公告栏里张贴着触目惊心的一幕幕，男人被困在矿井下，女人被活活烧死。有一次，一队残疾的精神病人在托特纳姆法院街上放风，也或许是通过这样的展示来娱乐大众（人们哄堂大笑），只见他们一个个笃悠悠地溜达着，点着头，咧着嘴，从他身边经过。看着他们那半带着歉意、半带着得意的样子，他的心头陡然升起一股无助的悲哀。**他**会不会也像他们那样发疯呢？

茶点时间[1]，蕾西娅告诉他，菲尔默太太的女儿就快生了。**她**可不要到老还膝下无子呀！她如此寂寞，如此不幸！自从他们结婚以来，她还是头一次流了泪。他远远地听见了她的抽泣，他听得真真切切，也分明注意到了那是她的哭声，他将这哭声比作活塞的撞击声。可他就是没有任何感觉。

他的妻子在流泪，他却没有任何感觉。只是每当她这么深沉地、静静地、绝望地流泪时，他就会感觉自己又在地狱里坠落了一层。

最后，他的双手抱住了头，这个动作如此机械，一看就是个装模作样的夸张姿势，他自己也清楚地知道这个姿势毫无诚意。现在他已经认输，要由别人来拯救他。一定要派人过来，他已经屈服了。

什么也不能唤醒他。蕾西娅把他扶上床。她叫人去请医生——就是为菲尔默太太看病的霍姆斯大夫。霍姆斯大夫给他做了检查。他的身体没什么大问题，霍姆斯大夫说。哦，终于可以松口气了！多善良的人呀，真是个大好人！蕾西娅想。要是他像塞普提默斯那样感觉不舒服的话，他就会去听听音乐会，霍姆斯大夫说。他会和妻子一起休息一天，去打打高尔夫。为什么不在睡前试试用一杯热水服下两片溴化剂呢？这些布鲁姆茨伯里区[2]的老房子，霍姆斯大夫说着敲了敲墙壁，通常都有做

---

1 英国人一般有在下午四五点钟吃茶点的习惯。

2 伦敦市中心一地区，大英博物馆和伦敦大学的所在地。弗吉尼亚·伍尔夫自1904年起在此居住。

工极好的护墙板,但愚蠢的房东会用墙纸把它们都遮起来。就在不久前,他去看了一个叫什么爵士的病人,就住在贝德福德广场[1]……

因此,没有什么借口可找了,没什么大问题,只有那种罪恶感,人性已经为此判处了他死刑,罪名就是感觉麻木。埃文斯牺牲时,他毫不在乎,那是最卑劣的罪恶。但所有其他的罪恶都会在清晨抬起头来,在他的床栏杆边上朝着他躺在那里的身体指手画脚、冷嘲热讽。他躺在床上咀嚼着自己的堕落:他怎么能娶了一个自己不爱的女人,欺骗了她,引诱了她,并且他的行为令伊莎贝尔·波尔小姐义愤填膺。他的身上满是斑斑点点的罪恶标记,女人们在大街上和他擦肩而过时会禁不住颤抖。人性对他这样的卑鄙小人所做的判决就是死刑。

霍姆斯大夫又来了。他身材高大,脸色红润,英俊潇洒。他掸掸靴子,照照镜子,把这些症状全不当回事——头痛、失眠、恐惧、多梦——不过是神经过敏罢了,别无其他,他说。如果霍姆斯大夫发现自己的体重低于一百六十磅,哪怕只轻了半磅,他就会在早餐时要求他妻子给他多来一份麦片粥(蕾西娅需要学会煮麦片粥)。不过,他接着说,健康主要是取决于自己的。要对外界事物培养起广泛的兴趣,要有些兴趣爱好。他打开莎士比亚的书——《安东尼和克利奥佩特拉》,随后又把它丢到一边。得有些兴趣爱好,霍姆斯大夫说,他自己是怎么获得如此良好的健康的呢(要知道,他工作起来的劲头不会输给任何一个伦敦男人),不正是因为他总是能够将注意力从病人身上转移到古董式

---

[1] 属于布鲁姆茨伯里区,在大英博物馆附近。

家具上吗？如果不介意他这么冒昧地说一句，沃伦·史密斯太太头上的那把梳子可真美啊！

当这个该死的傻瓜再次来访时，塞普提默斯拒绝见他。他真的不想见我吗？霍姆斯大夫欣然微笑。你瞧，他不得不友好地推开这位娇小迷人的史密斯太太，这才越过她走进了她丈夫的卧室。

"看来你是吓坏了吧。"他和气地说道，在病人的旁边坐下。塞普提默斯真的对妻子说了他想自杀，她还只是个小姑娘，又是个外国人，不是吗？难道这不会使她以为英国丈夫都是些稀奇古怪的人吗？难道一个人不应该对他的妻子负一点小小的责任吗？干吗这样躺在床上呢，起来做点事情不更好吗？因为他已经有四十年的行医经验了，塞普提默斯应该相信他的话——他的身体没什么大问题。等到霍姆斯大夫下次来访的时候，他希望看见塞普提默斯已经下了床，不再使他那位娇小迷人的太太为他担惊受怕了。

总之，人性已将他俘虏——这个鼻孔血红、令人厌恶的畜生。霍姆斯已将他俘虏。霍姆斯大夫每天都会相当准时地来看他。你一旦跌倒，塞普提默斯在一张明信片的背面写道，人性就会将你俘虏。霍姆斯就会将你俘虏。他俩唯一的机会就是逃跑，不能让霍姆斯知道，逃到意大利去——哪里都成，哪里都成，只要离霍姆斯大夫远远的。

但蕾西娅无法理解他。霍姆斯大夫是个多善良的人呀。他对塞普提默斯很感兴趣。他只是想帮助他们，霍姆斯说。他有四个小孩，他邀请她去喝茶，她告诉塞普提默斯。

于是，他被流放了。整个世界都闹哄哄的：去自杀吧，去自杀吧，为了我们。可为什么他就该为了他们自杀呢？食物很美味，太阳很炽热。自杀的事，人们是怎么处理的呢，是用一把餐刀吗？这样太脏了，上面会沾满鲜血的——还是开煤气呢？他太虚弱了，几乎连手都举不起来了。而且，此刻他孑然一身，被诅咒，被抛弃，就像那些即将孤独地奔上黄泉路的人们，家里有一种奢侈的味道，一种充满了崇高意味的与世隔绝，一种人们从来都不了解的了无牵挂的自由。霍姆斯当然已经得胜了，那个红鼻子的畜生已经得胜了。但即使是霍姆斯本人也无法触动游荡在世界边缘的这个最后的遗迹，这个被驱逐的人，他回头望了望熙熙攘攘的居住区，像一个溺水的水手，倒在了一片世界的礁石上。

正在那个时刻（蕾西娅去买东西了），伟大的启示来到了。纱窗背后传来了一个声音。是埃文斯在说话，死去的人和他在一起。

"埃文斯，埃文斯！"他喊道。

史密斯先生在大声地自言自语，女仆艾格尼斯在厨房里唤着菲尔默太太。"埃文斯！埃文斯！"她把托盘拿进去时他嘴里仍在念念有词。她惊跳了起来，真的。她没命地往楼下跑。

蕾西娅进来了，手里捧着花，穿过了房间，把玫瑰插进花瓶，阳光直接照射在花瓶上，如灿烂的微笑，在室内跃动着。

她一定要从大街上的那个穷人手里买下这些玫瑰花，蕾西娅说。可它们几乎已经都凋谢了，她说着，一边摆弄着玫瑰。

外面有一个人，大概是埃文斯；还有蕾西娅说的几乎凋零的玫瑰，是他在希腊的田野里亲手摘的。"与人交流有益健康，与人交流是开心的事，交流……"他嘀嘀咕咕。

"你在说什么呀,塞普提默斯?"蕾西娅惊恐不安地问,因为他又在自言自语。

她让艾格尼斯去叫霍姆斯大夫。她丈夫发疯了,她说。他几乎连她都不认得了。

"你这个畜生!你这个畜生!"塞普提默斯叫着,看着人性,也就是霍姆斯大夫,走进了房间。

"你现在又怎么啦?"霍姆斯大夫以最和蔼的态度说,"说这种没有意义的话,是存心要吓唬你老婆吗?"不过大夫会给他服点什么叫他睡觉的。而如果他们是有钱人,霍姆斯大夫说,嘲讽地四下里望了望这个房间,那不管怎样他们都可以去哈利街[1]的。如果他们不信任他的话,霍姆斯大夫说着,脸色已经不那么好看了。

现在是十二点整,大本钟显示十二点,洪亮的钟声飘荡在伦敦北区的上空,又和别的钟声混合起来,与云彩和烟雾掺和在一起形成一种虚无缥缈的声音,消逝在海鸥的嘶嘶声中——正午的钟声敲响时,克拉丽莎·达洛维把她那条绿裙子放在床上,而沃伦·史密斯夫妇正走在哈利街上。十二点是他们的预约时间。也许,蕾西娅想,那幢前面停着辆灰色汽车的房子就是威廉·布莱德肖爵士的家吧。沉重的声浪消融在空中。

确实是的——是威廉·布莱德肖爵士的汽车,低矮的车身,马力强劲,灰色的面板上镶嵌着他的姓名的缩写的简洁字体,仿佛作为一个科学的教士、一个神灵的助手,就不应该炫耀他那华丽的家族纹章。而且,因为车身是灰色的,为了配合它那

---

[1] 伦敦的一条街,是收费昂贵的私人诊所聚集地。

冷静又柔和的外观，车子里面装饰有灰色的毛皮和银灰的毛毯，以便让他夫人在等待的时候也能暖暖和和的。因为威廉爵士常常要去六十英里之外，有时甚至要到更远的乡下，去拜访那些富贵的病人，他们是付得起威廉爵士因其正确建议而收取的合理的高昂费用的。他的夫人则膝盖上裹着毯子，在汽车里等上个把小时，背靠在后面，有时想着那些病人，有时则情有可原地想着一堵金墙，就在她等待的分分秒秒间，这堵金墙越垒越高了。这堵金墙在他们之间生长，在一切的世事变迁和忧虑渴望之间（她曾勇敢地承受过这些，他们曾一起为此奋斗过），直到她感觉自己已安稳地置身于一片风平浪静的海面上，在那里只有一阵阵的香风吹拂。她令人尊敬、羡慕、嫉妒，她几乎已经没有什么想要的东西了，尽管她对自己的肥胖表示遗憾。每周四晚上为专职医生们举办的大型派对，一场临时的义卖即将开幕，还有问候王室，哎呀，和她丈夫待在一起的时间越来越少啦，他的工作越来越忙。一个男孩在伊顿[1]读书，成绩还不错；她还希望有个女儿。不过，她还有许多爱好，比如儿童的福利啦，癫痫患者的术后护理啦，还有摄影，所以在她等她丈夫的时候，如果周围有个教堂，最好是座颓败的教堂，她就会贿赂教堂司事拿钥匙进去拍照，她拍的那些照片几乎和专业摄影师拍的不相上下。

威廉爵士自己也不年轻了。他曾非常努力地工作，完全靠自己的能力获得了这样的职位（他父亲只是个小店主）。他热爱自己的职业，在各类庆典中都是个出色的傀儡，有着一流的演讲

---

[1] 即伊顿公学。伊顿是伦敦附近泰晤士河边的一个市镇，镇内的伊顿公学是英格兰最大且最有名望的公立寄宿学校。

口才——等到他被封为爵士时,这所有的因素使他显得脸色庄重,神情疲劳(病人如流水般不断涌来,他的职业所特有的职责与特权又是如此沉重)。他的疲惫神情,加上他的白发,增添了他那卓越的个人风采,也给了他名望(在处理精神疾病方面,这样的名望是最为重要的)。他除了有敏捷的技术,和在诊断上几乎无懈可击的准确性之外,他还有同情心、熟练的技法和对人类灵魂的理解力。他们俩刚一进门,他就明白了(他们是沃伦·史密斯夫妇),他几乎一眼就能看出这个男人,这是个相当严重的病例。这是精神完全崩溃的症状——肉体与精神都彻底崩溃了,每一种症状都显示出已经到了晚期,他仔细考虑了两三分钟(把他们对这人谨慎的轻声提问所做的回答记录在一张粉红的卡片上)。

"霍姆斯大夫给他看病有多久了?"

"六个星期。"

"开的方子就是一些溴化剂吗?他说了没什么问题吗?啊,这就对了。"(这些什么病都看的开业医师!威廉爵士心想。他的一半时间都花在纠正这些人的错误上了。有些错误甚至是无法纠正的。)

"你在战争中有突出表现,对吗?"

病人怀疑地重复了"战争"这个词。

病人将词语的意义与象征联系在一起。是一个严重的病例,必须在卡片上记录下来。

"战争?"病人问道。欧洲大战——是小学生用火药制造出的那场小小的闹剧吗?他在战场上表现得很勇敢吗?他真的记不得了。他失败的原因正在于战争本身。

"是的，他在战争中表现得无比英勇，"蕾西娅自信地对医生说，"他还得到了晋升。"

"在办公室里他们也给了你很高的评价吧？"威廉爵士嗫嚅道，一边瞄了一眼布鲁尔先生写的那封洋洋洒洒满是溢美之词的信。"那么，你没有什么好担忧的，没有经济问题，什么问题也没有，对吧？"

他犯下了令人发指的大罪，人性判处他死刑。

"我曾……我曾经，"他说了起来，"犯了罪……"

"他什么过错也没有。"蕾西娅向医生保证。如果史密斯先生不介意等一下的话，威廉爵士说，他想在隔壁房间和史密斯太太谈两句。她丈夫病得非常严重，威廉爵士说。他有威胁过要自杀吗？

哦，他是说过，她大声说。可他不是真的想那样，她说。当然不是。这只是一个休息的问题，威廉爵士说。休息，休息，再休息，必须长期卧床休息。在乡下有一所很不错的疗养院，她丈夫能够在那里得到悉心照料。我们必须分开吗？她问。我很遗憾，是的。在我们生病的时候，那些我们最在乎的人反而是对我们没有好处的。可他并没有发疯，对吗？威廉爵士说他从来不会用"发疯"这个字眼，他称之为平衡感的缺失。可她丈夫不喜欢医生，他会拒绝去那个地方。威廉爵士和颜悦色地向她简单地解释了一下他的病情。他威胁过要自杀了。没有别的选择。这是个法律问题。他会住在乡下的一所美丽的疗养院里，躺在那里的病床上。那里的护士小姐都很可爱。威廉爵士会每周去看他一次。如果沃伦·史密斯太太确定没有别的问题要问的话——他从不催促他的病人——他们就回她丈夫那儿去吧。她没有更多的问题了——没有问题要问威廉爵士了。

于是，他们回到了塞普提默斯·沃伦·史密斯身旁，这个人类中最崇高的人，他是面对着法官的罪犯，被绑在高处示众的牺牲品，亡命之徒，落水的水手，唱着不朽颂歌的诗人，出生入死的圣人。此时他正坐在天窗下的扶手椅上，两眼凝视着穿着宫廷礼服的布莱德肖夫人的一帧相片，嘴里呢喃着什么美的启示。

"我们已经简单地聊过了。"威廉爵士说。

"他说你病得很重，很重。"蕾西娅大声说。

"我们商量着你该去一家疗养院。"威廉爵士说。

"霍姆斯大夫办的一家疗养院吗？"塞普提默斯讥讽地说。

这家伙给人的印象真是讨厌。因为在威廉爵士身上，他父亲是个做生意的，有一种对出身及衣着的本能的崇敬，衣衫褴褛的人会使他不快。而且，还有个更深的原因，那就是威廉爵士从没有时间看书，因此他对于那些走进他诊所的有教养之人有一种藏而不露的嫉恨，他们会暗示他并非一个受过良好教育的人，尽管这一职业要求最高的技能与不懈的努力。

"是**我**开的一家疗养院，沃伦·史密斯先生，"他说，"在那里我们会教你如何放松的。"

最后只剩下一件事了。

威廉爵士非常确信，等到沃伦·史密斯先生康复后，他会成为一个全世界最没有可能会去威胁自己妻子的人。不过他曾经扬言要自杀。

"我们谁都有过绝望的时候嘛。"威廉爵士说。

一旦你失足跌倒，塞普提默斯对自己重复说，人性就会将你俘虏。霍姆斯和布莱德肖将你俘虏了。他们会去搜遍沙漠,他们会尖叫着冲入荒野,他们会使用拉肢刑架和拇指夹[1]。人性是残酷的。

"他有时候会表现冲动吗?"威廉爵士问着,把一支铅笔放在了粉红的卡片上。

"那是我自己的事。"塞普提默斯说。

"没有人只为自己活着。"威廉爵士说着,一边朝妻子穿着宫廷礼服的照片望了一眼。

"而且,你未来还有光辉的前程呢。"威廉爵士说。桌子上放着布鲁尔先生的那封信。"你的前途无量哦。"

可如果他坦白呢?如果他把一切都和盘托出呢?这些刽子手们,他们会放过他吗?

"我……我……"塞普提默斯结结巴巴。

可他的罪名是什么呢?他记不得了。

"什么?"威廉爵士鼓励他说下去(可时间已经不早了)。

爱,树木,罪恶并不存在——他带来了什么信息呢?

他记不得了。

"我……我……"塞普提默斯支支吾吾。

"尽量少想你自己。"威廉爵士和气地说。真的,他这样的人可不适合四处溜达。

"你们还有什么想要问我吗?"威廉爵士说。会把一切都安排妥当的(他低声对蕾西娅说),他会在今晚五六点钟通知她的,他低声说。

---

[1] 都是中世纪迫害异教徒的刑具。

"相信我，一切都交给我好了。"他说着，把他们打发走了。

蕾西娅这辈子从没感到过如此痛苦，从没！她恳求别人帮帮她，但却遭到了遗弃！他使他们的希望落了空！威廉·布莱德肖爵士不是一个好人。

在他们走出诊所来到大街上时，塞普提默斯说道，单单保养他这辆汽车就会要老大一笔开销呢。

她紧紧扶着他的胳膊。他们就这样被人家打发了。

可她还能指望什么呢？

威廉爵士已经给了病人三刻钟的时间。如果在这门精确的科学中，毕竟，我们对其中的奥秘一无所知呀——神经系统，人类的大脑——一个医生丢失了他的平衡感，那么作为一个医生他就失败了。我们必须拥有健康，而健康正是平衡。因此，当一个病人走进你的诊所，并宣称自己就是基督（一个很常见的错觉），带来了一个信息，他们大都这么说的，而且威胁着，他们常常这样做，说要自杀，你就必须调动起平衡感了：你得命令他们上床休息，独自静养，安静、放松，彻底地休息，不见朋友，不看书，不通消息。静养六个月，直到入院时体重只有一百零六磅的人变为出院时的一百六十八磅。

平衡，神圣的平衡，这个威廉爵士的女神，是在他巡视病房、垂钓鲑鱼，及布莱德肖夫人在哈利街产下儿子的时候获得的一种观念。布莱德肖夫人自己也喜欢钓鱼，而且她的摄影技术和专业人士简直不相上下。崇拜平衡的威廉爵士，不仅自己事业繁荣，而且也使得英国繁荣起来。他把女疯子隔离起来，禁止她们生育；他处罚绝望的人，使这些不合时宜者无法传播他们的观点，直到他们也获得他的平衡感——如果他们是男的，就属于他，而如果她们是女的，那就属于布莱德肖夫人（她刺绣、编织，每周有四个晚上陪儿子一起过）。这样不仅他的同事尊敬他，下属害怕他，就连病人的亲戚朋友也都深深地感激他，因为他坚持说这些善于预言的男女基督们，他们能预言世界末日或上帝的降临，应该躺在床上喝牛奶，威廉爵士就是这么命令的。威廉爵士以他治疗这类病例三十多年的经验，再加上他始终正确的直觉，判断出这种感觉就是疯狂。实际上，是他的平衡感替他做出的判断。

但平衡感有个姐妹，很少微笑，更加严厉，是个女神，即使现在也依旧致力于——在印度的炎热与黄沙中，在非洲的泥泞与沼泽中，在伦敦的贫民窟，总之，只要是恶劣的气候和狡猾的魔鬼会引诱人们去背离真正信仰的地方，也就是她的真正信仰——冲破神殿，打碎偶像，并以她自己的严厉外表来取而代之。皈依就是她的名字，她凌驾在弱者的意志之上，她喜欢惹人注目、强加于人，欣赏刻在大众脸上的她自己的面容。在海德公园一角，她站在一只木桶上面讲道；裹着白衣，伪装成一个宣扬手足之情的人，如做着忏悔般地在工厂和国会里活动；提供帮助，但也觊觎权力；粗暴地打击那些持不同意见者、心怀不满者；把她的祝福送给那些抬头仰望着她的人，这些驯顺的人在她的眼睛里找到了光明。这位女神（蕾西娅·沃伦·史密斯猜出来了）在威廉爵士的心中也占有一个位置，尽管是隐秘的，在大部分的时间里，都在一种似是而非的伪装之下，以某种脆弱的名义：爱、职责、自我牺牲。他该怎么办呢——筹措资金、宣传改革、创办医院，这些都是多么累人的活呀！但是皈依，这个吹毛求疵的女神，比起砖瓦来，她更爱鲜血，而且以最微妙的方式享受着人类的意志。比如，布莱德肖夫人。十五年前她就已经屈服了。你根本找不出任何理由：没有吵闹，也没有呵斥，只有缓慢地下沉，沉入水中，直到她的意志转变为他的。她的微笑很甜美，她的屈服很迅速。哈利街的晚餐，有八九道菜，要招待十到十五个专业人士，总是办得从容不迫、礼数周全。只是在那天晚上，一丁点细微的疲倦，也或者是不安，紧张的抽搐、哆嗦、困惑、支支吾吾，表示出——要相信这一点实在是痛苦——这位可怜的女士在说谎。很久以前，她曾有过自由自在地钓鲑鱼的经历，而现在，为了及时满足她丈夫对支配和权力的狂热追求，这种欲望会使他的眼睛油光发亮，她麻痹、挤退、修理、消灭了自我，退缩在后，偷偷张望。因此她弄不明白是什么造成了那天晚上的不愉快，还弄得大家都头昏脑涨的（很可能是因为那些专业性太强的话题，也或者是要做一个了不起的医生所导致的疲惫，因为他的生活，照布莱德肖夫人的说法，"是属于他的病人的，而不是他自己的"）。所以，当十点钟的钟声敲响，客人们终于可以呼吸到哈利街上的新鲜空气时，真感到如释重负。然而，这种安慰，他的病人们是无福消受的。

在灰色的诊所里，墙上挂着相片，四周摆放着昂贵的家具，在磨砂玻璃的天窗下，病人们了解了自己的罪行有多么严重。他们蜷缩在扶手椅里，看着他为了他们的利益，挥舞着手臂做出一系列古怪的动作。他突然伸出手去，又猛地收回来放到屁股上，为了证明（如果病人们冥顽不灵的话）威廉爵士能够控制自己的举止，而病人们不行。于是，有些弱者崩溃了，哭了起来，向他投降；而另一些人，天知道受了什么疯狂的极度刺激，竟当众辱骂起来，骂威廉爵士是个该死的骗子；还有更为不敬的，竟然质问起生命本身来。人为什么要活着？他们问道。威廉爵士答复说因为生命是美好的。对于布莱德肖夫人来说那是当然的，因为她那戴着鸵鸟毛装饰的相片就挂在壁炉架上，还因为他的收入，每年差不多有一万两千镑呢。可对于我们，他们抗议说，生活可没有那么慷慨大方。威廉爵士默认了他们的说法。他们是一群缺乏平衡感的人呀。也许，世界上根本不存在上帝呢，他耸了耸肩。总之，活着还是不活，难道不是我们自己的事吗？可他们在这一点上恰恰弄错了。威廉爵士有个朋友在萨里[1]，他们在那里教授一门艺术，威廉爵士坦言那是一门复杂的艺术——教你如何获得平衡感的艺术。此外，还有家人间的亲情、荣誉、勇气，以及辉煌的事业，所有这一切都是威廉爵士坚决拥护的。如果这些都没能取得成功，那么他将不得不依赖于警察和社会的公正力量，他非常平静地说，这些力量会在萨里把那些主要由于出身卑微而引起的反社会冲动处理好，使其得到控制。然后，那位女神就会从她的藏身处悄悄地溜出来，登上她的宝座，她的欲望便是镇压住抵抗，将她的形象永不磨灭地树立在他人的神殿里。于是，这些赤身露体的、无力自卫的、筋疲力尽的、无依无靠的人，便只得接受了威廉爵士那钢铁般的意志。他猛扑过去，他狼吞虎咽，他把这些人统统关起来。正是这种决心与人道的组合，使得那些牺牲品的家属们还对威廉爵士感激涕零呢。

可是，沿着哈利街走去的蕾西娅·沃伦·史密斯却大声地喊出，她不喜欢那个家伙。

---

[1] 英格兰东南一地区。

哈利街的时钟在一点点地蚕食着这个六月里的一天,将它切碎捣烂,将它细细分割,仿佛在劝诱着服从,维护着权威,并异口同声地指出平衡感具有至高无上的价值,直到浩荡的钟声越行越远,只剩下牛津街上一家店铺门口高悬着的一口广告钟,还在那里温和又亲切地报时,好像里格比和朗兹商店很乐于为大家提供免费的信息,告诉大家现在是下午的一点半。

抬头望去,只见店名里的每一个字母都代表着某个时辰。人们下意识地感谢里格比和朗兹商店能够把格林尼治标准时间告诉大家,而这份感谢(休·惠特布莱德在橱窗前流连,他如此想道)自然会引发人们日后去购买这家商店里的鞋袜。他这么琢磨着。他习惯如此。他想得并不深。他的思想如蜻蜓点水,一忽儿学陈腐的古文,一忽儿又搞当代语言,还马不停蹄地憧憬君士坦丁堡、巴黎、罗马的生活,以前还热衷过骑马、打猎、网球。有个家伙戏弄他说:现在他穿着长丝袜和短裤在白金汉宫做警卫,只有天知道他在守护着什么宝藏。不过,他干起这差使来确实很有效率。他已经为英国的上流社会服务了五十五个年头。他还认识好几任首相呢。据说他跟他们的交情还很深。如果说他确实没有参与过任何重大的时事,也从未身居过要职,那至少有一两次微不足道的改革还是应该归功于他的:改善收容所的居住条件是一件,保护诺福克郡的猫头鹰是另一件,女佣们也有理由要感谢他。此外,他还多次给《泰晤士报》写信,要求人们捐助善款,呼吁公众保护环境、保护动物、清除垃圾、控制吸烟、禁止公园里的堕落行为,他还在信末署上真名,人们为此对他肃然起敬。

此时,一点半的钟声渐渐消逝,他在橱窗前稍作逗留,以挑剔又庄重的目光注视着鞋袜,显示出一副气宇轩昂的派头。他的人格无懈可击,他的生活富裕充实,他高高在上俯瞰着卑微的人间,而他的衣着也正符合他那高贵的身份。但他也意识到他的地位、财富和健康所需承担的职责,因此即使是在并非绝对必要的场合,他也会表现得拘泥小节,礼数周全得简直无微不至,古雅的礼节使他的举止显得风度翩翩,这是值得人们去效仿去记住他的。比如说,他和布鲁顿女士共进午餐时,他已经和她交往有二十年了,但从来也不会忘记带上一束康乃馨去双手奉上,并向布鲁顿女士的秘书布拉希小姐问好,同时还会顺带问候她那位在南非的兄弟。但不知道是什么原因,布拉希小姐总是非常讨厌他的这种献殷勤,尽管在她身上几乎找不出一丁点的女性魅力。于是她草草地回答他:"谢谢你,他在南非过得很好。"而事实是,过去的六年里她兄弟一直都住在朴次茅斯[1],生活得还相当窘迫。

至于布鲁顿女士本人嘛,她更为欣赏理查德·达洛维,他是紧跟在惠特布莱德后头来到的。实际上,他们在门口就碰上了。

布鲁顿女士当然更欣赏理查德·达洛维啰。他的素质要比惠特布莱德好许多呢。然而,她也不会允许他们随意贬低她那位可怜的、亲爱的休。她永远都不会忘记他的善良——他真的是一位心地善良的大好人——她记不清自己是在什么具体的情况下感受到这一点的。但他确实是——一个心地善良的大好人。不管怎么说,两个男人间的区别也没什么重要的。她从来也不觉得像克拉丽莎·达洛维那样对别人品头论足有什么意思——她总喜欢把别

---

[1] 英格兰南部一港市,与英吉利海峡相邻。

人解剖得体无完肤，然后再缝合起来。至少在你到了六十二岁这把年纪时，不会觉得这么做有什么意思。她接过休的康乃馨，棱角分明的脸上露出阴沉的笑容。没有别的客人了，她说。她是编了个借口把他们骗过来的，为了让他们帮她解决一个难题……

"不过，咱们还是先吃饭吧。"她说。

于是，一队罩着围裙、戴着白帽的女仆悄无声息地接踵而来，她们在转门间优雅地来回穿梭，她们并非必不可少，但对于帮衬起梅费尔区[1]的主妇们在下午一点半到两点间设下一场神秘而豪华的骗局来说，她们个个都身手不凡。你瞧，在弹指间，穿梭的人流不见了，一种意味深长的、如梦似幻的氛围冉冉升起，首先呈上的是一盘盘美味佳肴——你分文不花就能享用哦。接着，餐桌上自动地摆满了玻璃杯和银餐具、小巧的垫子、印着鲜红的水果图案的碟子、涂了一层奶油的棕色的比目鱼片、汤盘里漂浮着鸡块。炉火熊熊，五彩缤纷，非一般家庭里所能见。美酒加咖啡（一样不用花钱），使客人们迷离的目光中浮现出愉悦的幻景，微微有些迷醉，在这样的目光中，生活仿佛变幻为一出神秘的音乐剧。此时，炙热的目光惬意地凝视着嫣红的康乃馨，美极了，那鲜花被布鲁顿女士搁在盘子边上（她的动作总显得不太自然）。此时的休·惠特布莱德，感受到了自己与整个宇宙的和谐相处，同时也对自己的地位更增添了十足的信心，因此他放下刀叉，说道：

"要是用花衬着您的蕾丝边不是会更可爱吗？"

布拉希小姐对这个亲昵的说法极度反感。她认为他是个缺德

---

1 位于伦敦西区的高级住宅区。

少教的混账东西。她的想法不禁使布鲁顿女士开怀大笑起来。

布鲁顿女士拿起康乃馨，颇为僵硬地握在手里，其神态与挂在她背后的画像上拿着一幅卷轴的将军几乎如出一辙。她傻傻地看着花，一动也不动。此刻的她究竟像谁呢，是将军的曾孙女吗？想必是玄孙女吧？理查德·达洛维暗自寻思。罗德里克爵士，迈尔斯爵士，塔尔博特爵士——还真是像呢。这个家族的特征都保留在了女性身上，真是奇迹。她本人就具有当龙骑兵首领的素质。而理查德会很乐意在她手下效力的，他对她的敬意是至高无上的。他对于那些出身名门、血统高贵的老妇人怀着罗曼蒂克的想法，而且由于他性情温和，总喜欢带几个他认识的急性子的年轻人来和她共进午餐，好像她那种类型的人就是由性情温和且热衷于喝午茶的人培养出来的！他熟悉她的家乡。他熟悉她的家人。他知道她庄园里有一棵葡萄树，如今依然能结果，据说洛夫莱斯[1]或赫里克[2]——尽管她本人这辈子从未读过一行诗，但这传说还是流传了下来——曾在这棵树下乘过凉。最好等一下再向他们提出那个使她烦恼的问题吧（是否要向公众呼吁，该如何措辞之类），最好等到他们喝完咖啡再说，布鲁顿女士想道。接着，她又把那束康乃馨放回到盘子边上。

"克拉丽莎好吗？"她突兀地问。

克拉丽莎总是说布鲁顿女士不喜欢她。确实，大家都知道布

---

[1] 理查德·洛夫莱斯（1618—1658）：英国骑士派诗人，代表作有抒情诗《致阿尔泰亚，在狱中》和《致卢卡斯塔，奔赴战场》。

[2] 罗伯特·赫里克（1591—1674）：英国骑士派诗人，以简洁而感性的诗风著称，代表作有抒情诗《混乱中的快乐》。

鲁顿女士对政治比对人更感兴趣。她说话像个男子汉，曾在八十年代的一桩臭名昭著的阴谋中插了一手，这件事至今在一些回忆录里还常有提及。她的客厅里肯定有个暗室，里面还有张桌子，上面放着一张将军塔尔博特·摩尔爵士的照片，将军如今已过世，他曾在那里当着布鲁顿女士的面起草了一份电报（在八十年代的某个夜晚），电报的内容她是知晓的，也许还帮他出了点主意，那份电报是命令英国部队在某个历史性的时刻进军的（她保存了那支笔，并公开了那件事）。因此，在她唐突地问了一句"克拉丽莎好吗"之时，男人们很难使他们的妻子相信她会对女人感兴趣，毕竟，无论他们对布鲁顿女士多么忠心耿耿，他们自己都在偷偷地怀疑呢。女人们常常坏了丈夫的好事，不许他们去海外就职，议会开到一半却不得不带她们去海滨疗养，因为她们突然患上了流感。然而，女人们还是能够准确地把握住她那句"克拉丽莎好吗"的意义，它是来自一个祝福者、一个几乎沉默寡言的伴侣的信号，她所说的（一辈子里也许有那么五六次）代表她尊重那种女性间的友谊，它是款待男性的午餐会上的一股潜流，它把布鲁顿女士和达洛维夫人以奇特的方式联系在了一起，虽说这两人很少见面，而且见面时总显得冷冰冰的，有时甚至还表现出敌意。

"我今天早上在公园里碰到了克拉丽莎。"休·惠特布莱德说着，一面把脑袋埋在了汤盘里。他是急于要小小地表扬一下自己，因为只要他到伦敦来，他就会立刻碰上什么人的。不过他真是个贪吃的人，是她遇见过的最最贪吃的人，米莉·布拉希想道，她对男性的判断具有不可动摇的公正性，而且她的感情持久专一，尤其是对女性，尽管她本人的身材坑坑洼洼、有棱有角，像块搓板，完全缺乏女性的柔美。

"你们知道谁来伦敦了吗？"布鲁顿女士突然想起来，"是我们的老朋友，彼德·沃尔什。"

他们都笑了起来。彼德·沃尔什！达洛维先生是真的很开心，米莉·布拉希想，而惠特布莱德先生只关心他的鸡块。

彼德·沃尔什！他们仨，布鲁顿女士，休·惠特布莱德，还有理查德·达洛维，都想起了同一件事——彼德那时候是怎样痴情地坠入了爱河，然后遭到拒绝，去了印度，遭受打击，陷入窘境。理查德·达洛维竟然也非常喜欢这个亲爱的老家伙。米莉·布拉希从他棕色眼睛的深处看出来了，他在迟疑，权衡。她觉得观察他很有趣，达洛维先生总是让她觉得有趣，此时他在想什么呢，她思忖着，他是怎么看彼德·沃尔什的呢？

这个彼德·沃尔什曾经爱过克拉丽莎。达洛维吃完午饭会直接回去找克拉丽莎的，他会告诉她，用尽甜言蜜语告诉她，他有多么多么爱她。是啊，他一定会这么说的。

米莉·布拉希几乎爱上了这样寂静的时刻，而达洛维先生又总是如此可靠，是个不折不扣的绅士。现在，到了四十岁的年龄，布鲁顿女士只要点点头，或者突然回一回头，米莉·布拉希都会立刻收到信号。无论她正处于怎样一种超然的出神状态，生活都无法欺骗她那出污泥而不染的灵魂，因为生活从没给过她任何哪怕只有一点点价值的东西：没有美丽的鬈发，没有迷人的微笑、嘴唇、面颊和鼻子，什么也没有。布鲁顿女士只要点一下头，她就会立刻指示帕金斯快点上咖啡。

"是的，彼德·沃尔什回来了。"布鲁顿女士说。这似乎使大家都觉得有那么一点骄傲。他回来了，历经了磨难，遭遇了失败，回到了他们的安全港湾。但要帮助他，他们沉思着，是不可能的，因为他的性格上有缺陷。休·惠特布莱德说我们当然可以在某某某面前提到他的名字。一想到他要给政府机关的头头脑脑们写信，写什么"我的老朋友，彼德·沃尔什"之类，他就会百分百地皱起眉头，露出一副可怜巴巴的模样。可这也无济于事——从长远角度来说，一切的努力都无济于事，因为彼德的性格有缺陷。

"和什么女人惹了麻烦。"布鲁顿女士说。他们都猜到了，问题总是出在这个方面。

"不管怎么说，"布鲁顿女士急于摆脱这个话题，说道，"我们应该听彼德亲口告诉我们整个事情。"

（咖啡迟迟没有上。）

"地址呢？"休·惠特布莱德嘟哝道。这立刻在整日围着布鲁顿女士效劳的灰色潮水中激起了一阵涟漪，这些仆人们代她收信，代她拒客，将她裹在一层极细的薄膜中，以抵抗人世的风风雨雨，以缓解人间的纷纷扰扰，在布鲁克街的这幢房子里铺上了一张细网，已经为布鲁顿女士服务了三十年的花白头发的帕金斯，把一切都在这张网里归置得井井有条，以便在需要时能立刻拿取。此时，这位老仆把地址写了下来，把它递给了惠特布莱德先生，他拿出袖珍笔记簿，扬了扬眉，把它夹在最重要的文件中，说他会让伊芙林去请他来吃午饭的。

（仆人们在等着惠特布莱德先生用完餐好上咖啡。）

休吃得太慢了，布鲁顿女士想。他发福了，她看得出来。理查德总是能把身体保持在最佳状态。她等得不耐烦了，她的整个身心都在断然地、无疑地、强势地把所有那些不值一提的琐事驱逐出去（彼德·沃尔什和他的事情），从而只关注那唯一的计划，这个计划不仅得到了她的关注，而且是一个监督她灵魂的细胞，是她身上最为本质的部分，没有了它，米利森特·布鲁顿就不成其为米利森特·布鲁顿了。这计划就是让那些出身良好的男女青年移民去加拿大，并帮助他们获得远大前程。她夸夸其谈了。她也许是失去了平衡感。在别人看来，移民并非什么显而易见的救赎之道，也不能代表什么崇高的理想。对他们而言（对休、理查德，甚至对忠诚的布拉希小姐而言），移民并不能使封闭的自我获得释放，而这个强壮勇猛、营养良好、出身名门、直率冲动、感情外露、缺乏反省能力的女人（她爽朗而单纯——为什么不能全世界都是爽朗而单纯的人呢？她自问）觉得自我在她的内心里冉冉升起，青春一旦老去，自我就必须投入什么目标——也许是移民，也许是解放。无论是什么，她的灵魂每日都会分泌出精华将这个目标围绕，使它势必成为一种晶莹剔透、光辉灿烂的东西，一半是明镜，一半是宝石，此时，它小心地躲藏着，以防被人耻笑，彼时，它又自豪地展示在世人的面前。简单说来，移民在很大程度上已成为布鲁顿女士本人。

可她必须写信。给《泰晤士报》写一封信，她常对布拉希小姐这么说，要比组织一支远征南非的队伍还要费劲（在战时，她确实组织过）。在经过一上午写完了撕、撕完了写的苦斗之后，她常常会有一种身为女性的无用之感，这样的感觉她从未在别的场合体会过，随后她会满心佩服地想起休·惠特布莱德，因为他拥有——没人会怀疑这一点——给《泰晤士报》写信的才华。

一个和她天赋全然不同的人，把握语言的能力如此之强，措辞能写得投编辑所好，有那种你不能简单地称为贪欲的热情。布鲁顿女士常常保留对男人的评价，那是为了对他们能够和宇宙的神秘法则和谐相处表示敬意，没有一个女人能做到这一点。他们知道如何写文章，也明白别人话里的意思。因此，如果理查德帮她出点子，休帮她写信，她相信一定能成的。于是，她让休吃完他的蛋奶酥[1]，还问候可怜的伊芙林，直等到他们抽烟的时候，她方才开口说道：

"米莉，你去把信纸拿来好吗？"

布拉希小姐走了出去，然后又回来了，把信纸放在桌子上。休拿出了他的水笔，他那支银色的水笔，已经用了二十年，他说着，旋开了笔帽。它依然完好无损，他曾给制造商看过，他们说，为什么一定会磨损呢，没有道理呀。反正要归功于休，还要归功于他用这支笔表达出来的感情（理查德·达洛维这么觉得）。休小心翼翼地开始写起大写字母，还在空白处画上花环装饰，布鲁顿女士脑子里的那一团乱麻就这样被绝妙地梳理了一番，直梳理到文字干净、语法正确，布鲁顿女士看着这了不起的变化，心想《泰晤士报》的编辑大人一定会满意的。休写得很慢。休很固执。理查德说人就该冒冒险。休提议为了顾及别人的感受而做些修改，理查德不以为然，休相当严肃地指出"必须要考虑别人的感受"，同时念了起来："因此，我们认为时机已经成熟……在我们不断递增的人口中，青年的数量是过剩的……我们对死者应尽的责任是……"理查德认为这些都是华而不实的废话，不过放在这里当然也没什么坏处。休继续打草稿，将那些表现最为崇高

---

[1] 一种以起泡蛋白为主烘烤出的法式甜点。

的感情的词语按照字母顺序记下来,一面掸落背心上的烟灰,不时把他们取得的进展总结一下,直到最后,他读出了这封信的草稿,布鲁顿女士很肯定地认为这是一篇杰作。她的本意真的像他念给她听的那样吗?

休不能保证编辑会把这封信登出来,但他会在午餐会上跟某个要人谈一下的。

布鲁顿女士听他这么一说,她这人几乎从来也没什么优雅的举止,竟然把休带来的康乃馨全部塞进了胸口,张开两只臂膀,还冲他大叫,"我的首相大人!"她不知道如果没有了他俩该如何是好。他们起身。理查德·达洛维像往常一样溜达着去看一看将军的肖像画,因为他计划着,只要他稍有空闲,他就要为布鲁顿女士写一部家族史。

米利森特·布鲁顿也为她的家族感到无比自豪。不过他们可以等,他们可以等一下的,她看着肖像说道,意思是说她的家族,世代都出文官武将,海军上将,都是实干家,都已尽了职责,而理查德的第一职责是为国效劳,不过那只是面子问题,她说,一旦时机成熟,在奥尔德米克斯敦,所有的档案都保存得好好的,理查德随时可以参考引用。她所谓的时机成熟是指工党政府的下台。"看呵,从印度来的新闻哦!"她高喊着。

接着,他们站在客厅里,从孔雀石桌子上放着的一只碟子里取出黄手套,此时,休多此一举地向布拉希小姐献殷勤,给了她一张没人要的票子什么的,她从心底里讨厌他,脸涨得通红。当时,理查德转身朝着布鲁顿女士,手上拿着帽子,说道:"你会来参加我们今晚的派对吧?"

听了这话,布鲁顿女士即刻恢复了被写信破坏掉的高贵气派。她也许会去,也许不去。克拉丽莎真是精力过人。开派对简直让布鲁顿女士害怕。况且,她毕竟老了。她如此这般宣称,站在门口,形象高贵,身子笔挺。这时,她的狗儿在她身后伸懒腰,布拉希小姐双手捧满信纸消失在了背景中。

布鲁顿女士挺着宏伟之躯、步履庄重地走上楼去,走进她的房间,躺在沙发上,一只胳膊耷拉下来。她叹着气,打着呼噜,不是说她睡着了,她只是累了,觉得身子很沉,又累又沉,如炎炎六月里太阳暴晒下的一方苜蓿地,许多蜜蜂在周围绕来绕去的,还有黄色的蝴蝶。她老是回想起德文郡周围的田野,在那里她曾骑着她的小马驹帕蒂跨越溪流,还有她的兄弟莫蒂默和汤姆。还有那里的狗儿、小老鼠。还有她的父母双亲,坐在树荫下的草坪上,面前放着茶点。还有大丽花、蜀葵、蒲苇的花坛。想当年,他们都是些小淘气,总是设法捣乱!偷偷地从灌木丛中爬出来,为了不被人发现,弄得满身是泥。老保姆以前是怎么说她的衣服来着!

哦,天哪,她想起来——眼下是在布鲁克街的星期三。这些善良的好人,理查德·达洛维、休·惠特布莱德,就在这个大热天里走到了外面的街道上,大街上的喧嚣声飘到了躺在楼上沙发上的她的耳朵里。她有权力、地位、金钱。她曾生活在时代的风口浪尖。她有过知心朋友,结识过那个年代里最出色的男子。伦敦的嘈杂之声不断向她侵袭,而她那搁在沙发靠背上的手,似乎握着一根想象中的权杖,就像她的祖先们也许用过的那种。她看上去疲惫不堪、昏昏欲睡,却依稀记得自己在指挥着一支支军队向加拿大进军。而那两个大好人则走在伦敦的街头,向着属于他们的领地,向着那块如地毯般大小的弹丸之地,向着梅费尔区前进。

他们离她越来越远了,那条把她和他们联系在一起的细线(因为他们和她一起用了午餐),在他们穿越伦敦的时候,也会相应地变得越来越长,越来越细,就好像你和一个朋友吃了顿午饭后,这条细线把你和你朋友的身体联系在了一起。它在钟声里变得朦胧(她在那里打起盹来),那是报时的钟声,也或者是召唤人们去做礼拜的钟声,仿佛蜘蛛吐出的一根丝线,雨滴打在上面,丝线迫于压力而下垂。于是她睡着了。

理查德·达洛维和休·惠特布莱德站在康迪特街的街角上踯躅不前,而与此同时,米利森特·布鲁顿躺在沙发上,听凭那根纽带折断,打着呼噜。街角上,两股相反方向的风在交战。他们站在商店橱窗前往里望,他们并不想买什么,也不想交谈,只想快些分手,只因为那两股风在街角交战,还有上午和下午的两股力量交织起来的旋涡,使得他们的身体起了一种退潮的感觉,所以他们停在那里稍事休息。有张报纸里的广告飞在空中,开始姿势优美得如风筝,然后停顿了一下,又颤颤巍巍地落了下来。一块女人的面纱挂在谁家的窗口。黄色的雨篷在颤动着。早晨的车流变得稀稀拉拉,空落的街道上时而有一辆马车满不在乎地嘚嘚驶过。在诺福克,就是理查德·达洛维半真半假向往着的那个诺福克,一阵轻柔的风把花瓣儿吹得合拢来,在湖面上泛起了层层涟漪,芳草萋萋,如波浪般起伏。晒干草的农夫,忙活了一上午后躺在树篱下小睡了一会儿,此时他们拨开了重重叠叠的绿叶和那发颤的一簇簇欧芹,看着天空,那夏天里蔚蓝的、凝滞的、炽热的天空。

瞧呀,理查德在看着一只詹姆斯一世时期的双柄银杯,而休・惠特布莱德则在以行家的眼光故作谦逊地打量着一条西班牙项链，他想伊芙林也许会喜欢，他应该进去问一下价钱。而理查德依然浑身乏力，既无法思考，也无法挪步。生活吐出了这些遗留下来的残骸，商店橱窗里满是彩色的人造石，人们呆呆地站在橱窗外，如迟钝的老人，如僵化的老人，朝里望着。伊芙林・惠特布莱德可能想买这条西班牙项链的——很有可能的。理查德非得打个呵欠不可。休往商店里走去。

"你是对的！"理查德说着，跟了进去。

天晓得，理查德本不想进去陪休买项链的。可身体里有了退潮的感觉。上午和下午交织起来的旋涡，如脆弱的一叶扁舟在深深的、深深的潮水中沉浮，布鲁顿女士的曾祖父、他的回忆录，以及他在北美的战役都湮没在水中，都沉入了水底。还有米利森特・布鲁顿。她也沉下去了。理查德对移民的前途问题毫不在意，对那封信也一样，他不在乎编辑会不会把它登出来。那条项链缠绕在休那优雅的手指间。就让他送给哪个姑娘好了，如果他一定要买首饰的话——随便哪个姑娘，随便哪个街头的姑娘。理查德强烈地感受到了这种生活的毫无意义——为伊芙林买项链。如果他有个儿子，他就会对他说：努力工作，工作。但他只有女儿伊丽莎白，他可疼爱这颗掌上明珠啦。

"我想见见杜博内先生。"休用老于世故的口吻简洁地说道。看来这个杜博内先生知道惠特布莱德太太的颈围尺寸，或者，虽说这看来愈发奇怪，还知道她喜爱西班牙首饰以及她拥有多少那种首饰（关于这个，休记不清了）。所有这一切在理查德・达洛维看来都十分奇怪。因为他从来不送克拉丽莎礼物，除了两三年前曾送给她一只手镯，而且还失败了。她从来不戴那玩意儿。一想到她从来也不戴，他就觉得心里难受。如一根蜘蛛丝在这儿那儿摇来荡去，之后又依附在了一片叶尖上，理查德的心思也从死气沉沉之中恢复了过来，把全副心思都集中在了他妻子克拉丽莎的身上，彼德·沃尔什曾如此热烈地爱过她呢。理查德骤然在眼前看见了她在午餐会上的情景：他自己和克拉丽莎在一起，他们生活在一起。于是，他把一盘旧首饰拿到自己面前，先拿起一枚胸针，再拿起一枚戒指看了下，"这个多少钱？"他问，但对自己的眼光表示怀疑。他想要打开客厅的门，手里拿着什么东西走进去——献给克拉丽莎的一份礼物。只是送什么好呢？可休又在那里走动了。他真是虚荣心强得没话说了。真的，他已和这家店打了三十五年的交道，才不会被一个对生意经一窍不通的毛孩子忽悠呢。杜博内先生好像是出去了，如果杜博内先生不在，休就不会买任何东西，那小伙子听到这句，脸唰地就红了，赶忙毕恭毕敬地朝他鞠了小小的一躬。一切都很完美，礼貌周到。然而即使要了理查德的命，他也不会那么说的！他想不通这些店员怎么能忍受这个该死的傲慢之徒。休成了个令人受不了的混蛋。理查德·达洛维和他在一起超过一小时就会受不了的。于是，理查德轻轻弹了下圆顶礼帽表示再见，转过了康迪特街的街角，急切地，是的，非常急切地，去追随那根将他和克拉丽莎联系在一起的蛛丝。他要径直奔向威斯敏斯特，奔到她的身旁。

可是，他想拿点什么进门。鲜花？对，鲜花，因为他不相信自己对首饰的品位。不论多少束花，玫瑰、兰花都可以的，来庆祝你认为值得庆祝的任何事。他们在午餐会上说起彼德·沃尔什时，他突然对她涌起了一股柔情。他们已经有多年不说感情的事了，他心想，这是世界上最严重的错误，手里捧着红白相间的玫瑰（用薄纱纸包裹着的一大把）。相处久了，这种事就没法说了，因为我们太害羞了，这种话说不出口呀，他想着，把一两个六便士的找头放进口袋，一大捧花紧紧贴在胸口，奔向威斯敏斯特，去直截了当对她说出心里话（不管她会怎么想），献上鲜花，还有，"我爱你。"有什么不可以呢？想想战争，真是一个奇迹，成千上万个可怜的家伙，生活才刚刚开始，就一同被黄土掩埋了，而且大多已经淡出了人们的记忆。此时，他正在穿越伦敦城，去对克拉丽莎倾诉衷肠，去对她说他爱她。我们从来不会这么说的，他想。部分因为懒惰，部分因为羞涩。而克拉丽莎——要想起她来很不容易，除非在一些特别的场合，比如在午餐会上，他才会非常清晰地想起她来，想起他们的生活。他停在十字路口，反复说着——他生性天真，灵魂还没有被腐蚀，因为他奋斗过，坚持过；他执着坚定，支持弱势群体，在下议院会议中直陈己见；他保持了单纯的天性，但同时也变得沉默寡言、拘谨呆板——他反复说着，他能够娶到克拉丽莎，简直就是奇迹。一个奇迹——他的生活就是个奇迹，他沉思着，在十字路口踌躇不前。不过看着那些只有五六岁的小家伙独自穿过皮卡迪里街，他觉得火冒三丈。交警应该立刻把来往的车流拦下来。他对伦敦的交警不抱幻想。实际上，他是在收集警察渎职的证据，例如不许小摊贩把货车停在大街上，不许妓女拉客，天哪，错不在她们身上，也不在那些寻快活的小青年身上，而在我们这个面目可憎的社会制度，诸如此类。这些都是他脑子里考虑着的问题，你可以看出他在深思，你看他头发灰白、犟头倔脑、衣冠楚楚、干净整齐地穿过公园回家去，去告诉妻子他爱她。

等他走进房间,他要把心里话好好地倒一倒,因为不说出一个人的感受实在是一件遗憾备至的事情。他想着,穿过格林公园,一面快乐地看着在树荫下或躺或靠着的一家家人,大多是些穷人,小孩子在踢腿、吃奶,纸袋子散落一地,只要那些穿制服的胖绅士中哪一个去捡一下就可以了(如果人们对此不满的话)。因为在他看来,每个公园,每座广场,在夏季都应该对儿童们开放(公园的草地时明时暗,映照出威斯敏斯特的穷妈妈和在地上爬的小宝宝,仿佛有一盏黄灯在底下移动)。可是能够为那个可怜人模样的流浪女做些什么呢,她撑着肘子躺在那里(仿佛是把自己送入了大地的怀抱,挣脱了所有的束缚,好奇地观察着,大胆地推测着,考虑着原因和理由,一副放肆滑稽的样子,说起话来没完没了),他不知道。理查德·达洛维拿着鲜花,像拿着一把枪,走近她,目不斜视地从她身边走过。虽然时间短暂,但他们间还是擦出了些火花——她看着他笑了起来,他也愉快地微笑着,考虑着流浪女的问题。当然,他们是永远不会交谈的。可他会告诉克拉丽莎他爱她的,反反复复地告诉她。他曾经嫉妒过彼德·沃尔什,嫉妒他和克拉丽莎。不过她过去常常对他说,她没有嫁给彼德·沃尔什是做对了。了解克拉丽莎,就会明白这一点显然是对的,她需要有人依靠。不是说她是个弱者,可她确实需要依靠。

至于说白金汉宫(就像一个人老珠黄的女歌手,穿着一袭白纱,面对着观众),你不能否认它也有相当的尊严,他琢磨着,也不能轻视它,毕竟,对于千百万人来说(一小群人在门口等着看国王的车队出来),它代表一个象征,尽管有点荒唐。小孩子用一盒积木也能搭得比它漂亮,他想,看着维多利亚女王纪念碑

（他还记得她戴着玳瑁边眼镜乘车驶过肯辛顿），它那洁白的碑身，它那波涛汹涌的母性身材。不过他还是喜欢被霍萨[1]的后人统治，因为他喜欢历史的连贯性，以及把古老的传统世代相传下去的感觉。他生活在一个伟大的时代里。实际上，他自己的生活就是个奇迹，可别让他误解了自己的生活哟。他就在这里，正当壮年，在往威斯敏斯特的家里赶，去告诉克拉丽莎他爱她。这就是幸福，他想。

这就是的，他说着，走进了教长广场。大本钟敲了起来，开始是提示音，音声悦耳，然后是报时声，势如破竹。午餐会把整个下午都浪费掉了，他兀自寻思，走到了他家门口。

大本钟的钟声倾泻在克拉丽莎的客厅里，她坐在写字台前，心浮气躁，烦恼焦虑。那是不争的事实，她没有邀请埃莉·亨德森来参加她的派对，但她是故意如此的。而玛莎姆太太却给她写了这封信："我已告诉埃莉·亨德森，我会去求克拉丽莎的——埃莉是多么想来参加呀。"

可她为什么一定要邀请每一个乏味的伦敦女人来参加她的派对呢？为什么玛莎姆太太要来插一手呢？还有伊丽莎白，老是和多丽斯·基尔曼搅在一起。她想不出比这更恶心的事了。在这个时间里和那个女人一起祷告。钟声倾泻在房间里，如单调的海浪，它渐渐退去，又卷土重来，然后再次退却。她心不在焉地听着，门上起了一阵丁零当啷，什么东西在门口摸索着。在这个时间谁会来呢？三点，天哪！已经三点了！钟声响了三下，如此直接，如此震撼，如此庄重。她听不见别的任何声音了，但门把手

---

[1] 霍萨和亨吉斯特，传说中的一对兄弟，是第一批定居英格兰的撒克逊部落的领袖。

在转动着,走进来的是理查德!多意外呀!理查德走了进来,手里捧着花。她曾经让他失望,在君士坦丁堡的时候。还有布鲁顿女士,据说她办的午餐会特别有意思,却没有邀请她。不过,他献上了花——玫瑰花,红玫瑰和白玫瑰(可他无法鼓起勇气对她说出他爱她,无法对她尽情诉说)。

不过那多可爱呀,她说,接过了他的鲜花。她明白,他不用说她也明白,毕竟她是他的克拉丽莎嘛。她把鲜花放在壁炉上的花瓶里。它们看上去多可爱呀!她说。午餐会有意思吗?她问。布鲁顿女士问候她了吗?彼德·沃尔什回国了。玛莎姆太太给她写了信。她一定要请埃莉·亨德森吗?那个女人,那个基尔曼,就在楼上呢。

"不过让我们先坐一会儿吧。"理查德说。

客厅里的一切看上去都空荡荡的。所有的椅子都靠着墙。他们都做了些什么呀?哦,是在为派对做准备呢,不过,他没有忘记派对。彼德·沃尔什回来了。哦,没错儿,她已经见过他了。他正打算离婚,他爱上了那边的某个女人。而他也丝毫未变。她坐在那儿,补着她的裙子……

"他想念伯尔顿呢。"她说。

"休也去了午餐会。"理查德说。他也曾爱过她!好吧,他变得绝对让人无法忍受:要给伊芙林买项链,还比以前胖多了,简直是一头令人难以忍受的蠢驴。

"我突然想到,'我差点会嫁给你呢',"她说,想起彼德戴着小领结坐在那儿,手里拿着那把刀,一会儿打开,一会儿合上,"他的样子一点没变,你知道的。"

他们在午餐会上谈起他了,理查德说(但他无法对她说他爱她。他握住她的手。这就是幸福,他想)。他们替米利森特·布鲁顿给《泰晤士报》写了封信。休的拿手好戏几乎也只有那个了。

"我们亲爱的基尔曼小姐呢?"他问。克拉丽莎觉得玫瑰花实在太可爱了,刚才还聚拢在一起,现在又自然地分开了。

"我们刚吃完午饭基尔曼就到了,"她说,"伊丽莎白看见她就脸红了。她们把自己关在房间里。我想她们是在祷告吧。"

天哪!他不喜欢这样,不过如果你睁一只眼闭一只眼,事情也就过去了。

"她还穿着雨衣拿着雨伞呢。"克拉丽莎说。

他依旧没有说"我爱你",但他握着她的手。这就是幸福,这就是,他想。

"可我为什么一定要邀请所有无聊的伦敦女人来我的派对呢?"克拉丽莎说。如果玛莎姆太太办派对,**她**会邀请克拉丽莎的朋友吗?

"可怜的埃莉·亨德森。"理查德说——真是桩怪事,克拉丽莎怎么会这么在乎她的派对呢,他想。

可理查德对房间里的布置全无兴趣。究竟——他想要说什么呢?

如果她担心那些派对,他就不会让她举办了。她希望自己嫁给了彼德吗?可他必须走了。

他必须走了,他说着,站起身来。可他站了一会儿,好像要准备说点什么。她奇怪他想说什么呢,为什么呢,她瞅着他带来的玫瑰花。

"委员会又要开会吗?"在他开门时,她问道。

"是关于亚美尼亚人的。"他说,也或许他说的是"阿尔巴尼亚人"。

人的身上总有一种尊严,一种孤独,甚至在夫妇之间,也有各自独立的生活,我们必须尊重它,克拉丽莎思忖着,一边看着他开门。因为我们自己也不愿放弃这种独立,也不愿违背丈夫的意愿去剥夺他自由的权利,如果我们剥夺了它,我们就必然会失去自己的独立和自尊——而这些东西,毕竟,是无价之宝。

他拿着一只枕头和一条被子回来了。

"午餐会之后该好好地休息一小时。"他说。他就这么走了。

太有他的特色了!他会一再说"午餐会之后该好好地休息一小时",直到世界末日,因为有个大夫曾对他这么说过。他这种人对医生说的话会不折不扣地执行,部分是因为他那可爱的、非凡的单纯,没有人能单纯到他那样的程度,这使得他去完成了他的那些事业,而她和彼德则把时间都浪费在了喋喋不休的争论中。理查德已经在去下议院的半路上了,要去讨论他的亚美尼亚人,或者是阿尔巴尼亚人,留下她坐在沙发上,看着他献上的玫瑰。而别人会说"克拉丽莎·达洛维被宠坏了"。比起亚美尼亚人来,她更关心她的玫瑰。尽管那些人在哪儿都被人驱逐,受尽了折磨,饥寒交迫,成了残忍与不公的牺牲品(她不知道听理查德说过多少遍了)——然而,她对阿尔巴尼亚人什么感觉也没有,或者是亚美尼亚人吧?可她爱她的玫瑰(这难道对亚美尼亚人没有一点帮助吗?)——这是她能容忍看着别人把它从枝头摘下来的唯一一种花。可理查德大概已经到了下议院,在委员会里,已经解决了她所有的困难。可是不,唉,这不是真的。他不明白她不想请埃莉·亨德森的原因。她当然会照他希望的那样做。因为他已经拿来了枕头,她就躺下来吧……可是——可是——为什么她会突然间感觉，她实在找不出任何理由，会有如此刻骨铭心的痛苦？像一个在草地里丢失了一粒珍珠或钻石的人，如此这般小心翼翼地拨开高高的草丛，这里那里徒劳地寻找着，最后在草根处发现了它，她就这么将事情一桩桩一件件地梳理了一番。不，不是因为萨利·西顿说了理查德永远也进不了内阁，因为他有颗二流的脑袋（她想起了萨利说过的这句话），不，她对此并不介意；也不是因为伊丽莎白和多丽斯·基尔曼的缘故，那是明显的事实。这是一种感觉，一种不愉快的感觉，也许是因为今天早上，彼德说过的什么话，与她在卧室里脱掉帽子时感到的一丝沮丧交织在一起，而理查德说的话更增加了她的不快，可他说了什么呢？他的玫瑰还在这里。她的派对！就是它！她的派对！他们俩都非常不公地批评了她，非常刻薄地嘲笑她，因为她的派对。就是为了它！就是为了它！

好吧，她该怎样来为自己辩护呢？现在她明白了原因，感觉舒服多了。他们认为，或者说至少彼德认为，她喜欢强人所难，喜欢有名人簇拥在她的周围，还都是些大人物哩。总之，她就是个势利之人。好吧，彼德也许这么认为。理查德只是觉得她有点傻气，这么喜欢追求刺激，因为她自己也知道这样对她心脏不好。这样太孩子气了，他觉得。可他们俩都错了。她真正喜欢的只是生活。

"就是为了这个我才举办派对的。"她说道，大声地对生活说道。

由于她躺在沙发上，独自幽居，免除了责任，她如此明显地感觉到这理由成了一种具体的存在。大街上嘈杂的声音是这个存在身穿的长袍，阳光明媚，它轻轻地吐出灼热的气息，拂动了百叶窗帘。不过假使彼德这么对她说:"是的,是的,可你的派对——你的派对有什么意义呢?"她能回答的只有(可别指望有人会明白她的意思):它是一种奉献。听上去实在玄乎。可彼德凭什么以为生活都是一帆风顺的呢?——这个永远都在恋爱,永远都会爱错人的彼德,他凭什么来批评她呢?你的爱又有多少意义呢?她也许可以这样问他。而且她也知道他的回答:爱是这个世界上最为重要的事,任何一个女人都不可能理解它。很好。可不也没有任何一个男人能理解她的意思吗?他们谁能理解生活的意义呢?她无法想象彼德或理查德会无缘无故去举办这麻烦得要命的派对。

但是挖掘得再深一点,在人们的冷嘲热讽之下(这些批评,多么肤浅,多么琐碎啊!),在她自己的内心里,这个她称之为"生活"的东西,对她究竟意味着什么呢?哦,太奇怪了。某某人在南肯辛顿[1],某某人在北贝思沃特[2],还有别的人,比方说,在梅费尔[3]。她一直都能感受到这些人的存在,她感觉那是一种莫大的浪费,一种莫大的遗憾,要是能把那些人会聚起来该有多好呀!于是她这么做了。所以说它是一种奉献:为了联合,为了创造。可是要奉献给谁呢?

是为了奉献而奉献,也许吧。横竖,这都是她的天赋。除此之外她一无所长,不会思考,不会写作,甚至连弹钢琴都不会。她分不清亚美尼亚人和土耳其人,却又喜欢成功的感觉,讨厌生活的不便之处,一心想博得他人的好感,说起废话来滔滔不绝。直到今天,如果你问她赤道是什么,她还会无言以对。

1,2,3 都是伦敦的区名。

然而，日子还是一天天地过下去：星期三、星期四、星期五、星期六；到了早上你必然会醒来；看看天空，在公园里散散步；碰到休·惠特布莱德，然后是彼德的突然来访，然后是这些玫瑰，这足够了。再然后呢，是死亡，多么令人难以置信呀！——一切都会完结，全世界没有一个人知道她有多么热爱这一切，多么热爱，这每时每刻……

门开了。伊丽莎白知道母亲在休息。她轻手轻脚地走进来，一动不动地站在那里。是不是有哪个蒙古人遭遇了海难漂流到诺福克海岸（就像希尔伯里太太说的），后来就和达洛维家的女士们搅在了一起，也许是在一百年前吧？达洛维家的人，从总体上说，都是金发碧眼的，然而，伊丽莎白截然不同：头发是黑的，白净的脸上有一双中国人的眼睛，有一种东方的神秘感，性格温柔、体贴、文静。小时候，她具有一种十足的幽默感，可现在她十七岁了，克拉丽莎一点也弄不明白，她为何会变得那么严肃，如一朵风信子，包裹在亮绿的叶片中，只露出淡淡的花蕾，一朵照不到阳光的风信子。

她非常安静地站着，看着她的母亲。但门微微开着，基尔曼小姐在门外。克拉丽莎知道，穿着雨衣的基尔曼小姐，在专注地偷听她们的谈话。

是的，基尔曼小姐站在楼梯口，穿着一件雨衣，但有她的道理。首先，它便宜；其次，她已经四十出头了。所以，她毕竟不用为了取悦别人而穿衣。而且，她没有钱，穷到了叮当响的地步。否则她不会接受像达洛维家的那种工作，他们是有钱人家，这样的人家喜欢和善待人。达洛维先生，说句公道话，是个和气的人。但达洛维太太不是。她仅仅是在屈尊俯就而已。

她来自所有阶层中最无聊的一个阶层——有钱阶层,有点鸡零狗碎的文化知识。他们家里到处都是奢华之物:画像,地毯,仆役成群。基尔曼认为,自己完全有权利消受达洛维家为她提供的一切。

她被骗了。是的,这么说并没有夸张,因为一个姑娘当然有权利享受某种幸福吧?而她从来也没有幸福过,因为她人穷手又笨。还有,就在她在多尔比小姐的学校里可能有机会获得幸福时,战争爆发了,而且她从来也不肯说谎。多尔比小姐觉得,她还是与对德国人和她持同样观点的人待在一起好一些。因此,她不得不退了学。她家有德国血统,那是事实,十八世纪时,她家的姓拼作"Kiehlman",但她的兄弟也是在战场上被德国人打死的呀。他们把她扫地出门,就因为她不愿意违心地承认德国人都是恶棍——她有德国朋友呀,她一生中仅有的幸福时光是在德国度过的呀!而且,她毕竟读过些历史。她不得不接受她能够找到的任何工作。达洛维先生是在她为公谊会工作期间认识她的。他同意了让她来教他女儿历史(他真是太慷慨了)。另外她也接些函授班之类的活。然后,我们的主对她显灵了(说到这儿,她总是一个劲地点头)。在两年零三个月之前,她看见了我主的光芒。从此,她再也不羡慕克拉丽莎·达洛维那样的女人了,现在她只觉得她们可怜。

她打心底里可怜她们,也瞧不起她们。此刻,她站在柔软的地毯上,看着一幅画着个戴皮手笼的小姑娘的古旧版画。过着这么奢侈的生活,还能指望世道变好吗?她不应该躺在沙发上——"我妈妈在休息。"伊丽莎白刚才这么说的——而应该在工厂里干活,或者去站柜台。达洛维太太和所有那些高贵的夫人们,都得工作!

两年零三个月之前,既伤心又愤怒的基尔曼小姐走进了一座教堂。她听了爱德华·惠特克牧师讲道,听了唱诗班的男孩子们唱的赞美诗,她见过神圣的光芒降临人间,不知道是音乐还是歌声(她在夜里独自一人时也会用小提琴安慰自己,但拉出来的声音实在是一种折磨,她真是没有音乐细胞啊),使她内心里火热翻滚着的愤怒缓和了下来。她坐在那儿,泪如雨下,后来还去拜访了惠特克牧师在肯辛顿的私人住宅。是上帝之手的功劳,他说。上帝为她指明了方向。所以现在,每当她心里翻滚起如此灼热如此痛苦的感情,每当她感觉对达洛维夫人恨之入骨,对这个世界满怀抱怨,她就会想到上帝。她就会想到惠特克牧师。怒火就会被冷静所取代。一种甘甜的滋味浸润了她的血管,她的嘴唇张开了,威严地站在平台上,穿着雨衣,用沉稳又阴险的平静目光看着和女儿一起走出来的达洛维夫人。

伊丽莎白说她忘记了戴手套,其实是借口,都是因为基尔曼小姐和她妈妈彼此讨厌。看见她俩在一起,她妈妈会觉得受不了。她跑上楼去找手套。

可基尔曼小姐并不恨达洛维夫人。基尔曼小姐那醋栗色的大眼睛转向克拉丽莎,看着她那张粉红的小脸,修长的身体,清爽而时髦的样子,想道,愚蠢!傻瓜!你这个既不懂悲伤又不懂快乐的人,你这个把生命白白浪费掉的人!于是,她身上涌起一股想要征服达洛维夫人的强烈欲望,去揭穿克拉丽莎的假面具。如果她能够打败克拉丽莎,心里就会好受一点了。但她想要征服的不是克拉丽莎的身体,而是她的灵魂和伪装,要使克拉丽莎感觉到自己才是她的主宰。要是能让她哭,能毁了她,能羞辱她,能让她跪在自己的面前大叫：你是对的！该有多好呀。可这是上帝的意志，不是基尔曼小姐的。这将是一场宗教的胜利。于是她怒目而视，横眉冷对。

克拉丽莎真的很震惊。这个基督徒——这个女人！这个女人把她的女儿从她身边给夺走了！这个女人能与看不见的上帝心灵感应！这个笨重、丑陋、平庸、不厚道、不优雅的女人，但她却了解生活的意义！

"你要带伊丽莎白去商店吗？"达洛维夫人问。

基尔曼小姐说是的。她们站在那儿。基尔曼小姐并不打算讨人喜欢。她向来独立生活。她对现代史知识的了解可说是透彻到了极点。她真的为了信仰从自己菲薄的收入中拿出了很大的一部分，而这个女人却没有任何作为，也没有任何信仰，只是带大了女儿——瞧，伊丽莎白过来了，气喘吁吁的，这个漂亮姑娘。

那么，她们是要去商店啰。多奇怪呀，基尔曼小姐站在那儿（没错，她站在那儿，如身披铠甲准备投入野蛮战斗的史前怪物一般强劲而沉默），而克拉丽莎对她的反感在分分秒秒间减少，对她的敌意（那是对她的思想，而不是对她的人）也瓦解了，而基尔曼小姐的恶毒和强势，也在分分秒秒间消逝，还原为一个原本的基尔曼小姐，穿着雨衣的基尔曼小姐，天知道，克拉丽莎是愿意为她提供帮助的呀。

看着这个怪物逐渐萎缩，克拉丽莎笑了起来。她笑着，和她们说再见。

她们俩，基尔曼小姐和伊丽莎白，一起下楼去了。

在突然的一阵冲动中，在剧烈的愤怒中，因为这个女人从她身边夺走了她的女儿，克拉丽莎靠着栏杆喊道："别忘了派对！别忘了我们今晚上的派对！"

但伊丽莎白已经打开了前门，外面正好有辆货车驶过，她没有应声。

爱与信仰！克拉丽莎想着，走回到客厅里，感觉浑身刺痛。多可恶呀，这两者都那么可恶！虽说此时基尔曼小姐已不在她面前，但——这个想法——淹没了她。她们是这世上最冷酷的家伙，她想，看着她们笨拙、热烈、强势、伪善、偷听、嫉妒、极其冷酷、肆无忌惮的样子，穿着雨衣，站在平台上：爱与信仰的化身。她自己曾想过要改变别人的信仰吗？难道她不是希望大家都简简单单地保持自己的本色吗？她从窗口望见对面的老太太在爬楼梯。如果老太太愿意，就让她爬楼梯好了，让她停下来好了，然后，让她走进卧室，就像克拉丽莎常常看到的那样，拉开窗帘，然后又再次消失在背景中。无论如何，大家都尊重这样的举止——尊重这个看着窗外的老太太，她自己一点也没意识到有人正在看她。这里面有庄重的成分——但爱和宗教会毁了它，会毁了灵魂的隐私，诸如此类。可恶的基尔曼会毁了它。然而，这还是一幕使她想要落泪的场景。

爱也有毁灭的力量，会毁了一切优美的、真实的事物。比如说彼德·沃尔什吧。他是这样一个男人，迷人且聪明，对任何事都有自己的看法。比方说，如果你想知道教皇的事，或者阿狄生[1]的事，或者只是想聊聊闲天，议论议论什么人，评价评价什么事，你就会发现彼德知道的比任何人都多。是彼德曾经帮助了她，还借书给她看。可瞧瞧他爱上的那些女人吧——庸俗、猥

---

[1] 阿狄生（1672—1719）：英国著名散文家，与好友斯梯尔合办过期刊《闲谈者》和《旁观者》。

琐、普普通通。想想陷入爱河的彼德——经过这么多年后,他又来看她了,他说的那些是什么话哟?一个劲地谈他自己。恐怖的感情!她寻思着。可耻的感情!她思忖着,同时又想到了基尔曼和自己的伊丽莎白,此时正走在通往海陆军商店的路上呢。

大本钟正在半点报时。

多么独特,多么奇异,是的,多感人,看着那个老太太(这么多年来她们一直都是邻居)的身影从窗口移开,仿佛她和那钟声、那旋律有着某种联系。钟声如此洪亮,却仿佛与她有关。指针不断坠落,坠落,直落到凡间万物之中,使得每一个时刻都庄重起来。钟声逼迫着那个老太太行动,起步走,克拉丽莎如此想象——可要去哪儿呢?克拉丽莎的目光想要盯住她,而她却转身走掉了,只能看见她的白帽子还在卧室后部移动。她依旧在房间的另一头忙活。为什么要有信条,要祈祷,要穿雨衣呢?哪里有奇迹,克拉丽莎暗自思忖,哪里就有神秘!那老太太,克拉丽莎是指,此时她看见老太太从五斗橱走到梳妆台那里。她依然看得见老太太。而那个基尔曼也许会说她已经参透了最高机密,彼德或许也会这么说的,但克拉丽莎不相信他们会有办法解开这神秘。其实神秘也不过如此:这里是自己的房间,那里是老太太的房间,无形地相通。难道宗教能解开这神秘吗,或者是爱,能解开吗?

爱——但此时另一只钟,它总是比大本钟慢两分钟敲响,怀里兜着杂七杂八之物,脚步踟蹰,姗姗来迟,然后把怀里的杂物倾倒出来,好像表示大本钟用它的权威制定出极其严肃公正的法律固然是好,但她也必须记住世上还有各种琐屑之物——如玛莎姆太太,埃莉·亨德森,放冰块的杯子之类——在如金条般平躺在海面上的庄严钟声过后,各种琐屑之物如潮水般涌来,蹦蹦跳跳的,如群魔乱舞。玛莎姆太太,埃莉·亨德森,放冰块的杯子。她现在必须马上打电话。

喋喋不休,纷纷扰扰,迟到的钟声响起来,在大本钟之后响起来,怀里兜满了琐碎。马车的凌乱,货车的野蛮,无数生硬的男人和招摇的女人的急行军,写字楼和医院的穹顶与尖顶,击败了钟声,打碎了钟声,这只怀里兜满琐碎的钟发出了最后一声悲鸣,如一朵精疲力竭的浪花,飞溅在基尔曼小姐的身上,此时她一动不动地在大街上站了一会儿,嘴里呢喃着:"都是因为肉体。"

她必须控制自己的肉体。克拉丽莎·达洛维侮辱了她。她对这事早有准备。但她并没有获胜,她没有控制住肉体。她丑陋、笨拙,克拉丽莎·达洛维为了这个嘲笑她,于是她的肉体欲望又被刺激了起来,因为她很在意自己站在克拉丽莎身旁时的样子。她也不能像克拉丽莎那样说起来头头是道。可她为什么想要去模仿那个女人呢?为什么?她从心底里蔑视达洛维夫人。克拉丽莎不严肃。她不好。她的生活是一连串的虚荣与欺骗。然而,多丽斯·基尔曼却被她战胜了。实际上,在克拉丽莎·达洛维嘲笑她时,她差一点就要哭出来了。"都是因为肉体,因为肉体,"她喃喃地说着(大声地自言自语已成了她的习惯),尽力想要压制住纷乱而痛苦的心情,沿着维多利亚大街走下去。她祷告上帝。人长得丑,她也没办法呀,而且,她没钱买漂亮衣服嘛。克拉丽莎·达洛维确实嘲笑了她——不过,在她走到邮筒前,她最好把心思集中到别的事情上去。她至少还拥有伊丽莎白。但她会想些别的事,比如想一想俄罗斯的问题。不知不觉间,她走到了邮筒前。

要是能住在乡下就好了,她说,就像惠特克先生对她说的,在那里可以平复她对这个蔑视她、嘲笑她、抛弃她的世界的熊熊怒火,首先是这样一种侮辱——她必须承受一个惨不忍睹的丑陋身体。她可以做做头发,但她的前额永远只能像颗鸡蛋,光秃秃的,白乎乎的。没有衣服适合她。随便买什么都一样。作为一个女人,这当然意味着永远也别想接触异性。她从来不会主动与人亲近。近来她常常感觉,除了伊丽莎白之外,她的全部生活目的就是为了吃饭,为了舒适:晚饭、茶点,还有她晚上的热水袋。但人必须奋斗,必须征服,必须信仰上帝。惠特克先生说过,她活着是有目的的。可没人知道她的痛苦呀!但他却指着十字架说,上帝知道。可为什么一定要让她受苦受难呢,而别的女人,像克拉丽莎·达洛维那种人,就能幸免呢?觉悟来源于苦难,惠特克先生如是说。

她走过了邮筒,伊丽莎白拐进了海陆军商店的棕色烟草柜台,那里很是凉爽,而她还在自言自语,说什么惠特克先生说过觉悟来源于苦难,还有肉体的问题。"肉体。"她喃喃自语。

她想去哪个柜台呢?伊丽莎白打断了她。

"衬裙柜台。"她骤然说道,接着径直阔步走向了电梯。

她们上楼去。伊丽莎白把她领到东、领到西。基尔曼小姐心不在焉地跟在后头,如一个大孩子,如一艘笨重的军舰。到了衬裙柜台,棕色的、稳重的、条纹的、花哨的、厚实的、透明的,一条条裙子。于是,她心不在焉、神情异样地挑选起来,为她服务的那个姑娘还以为她是个疯子呢。

伊丽莎白很想知道,在她们包裹货物的时候,基尔曼小姐在想什么。她们一定要用午茶,基尔曼小姐说,从恍惚中清醒过来,镇定下来。于是,她们用了午茶。

伊丽莎白想,基尔曼小姐也许是饿了。瞧她的吃相,她心无旁骛地吃着,还一而再,再而三地朝邻桌上的一碟糖霜蛋糕瞄过去。然后,一位女士带着一个孩子在那个位子上坐下来,那孩子拿起了蛋糕,基尔曼小姐真会在意吗?是的,基尔曼小姐真的很在意。她想吃那块蛋糕——那块粉红色的蛋糕。口腹之乐几乎是她仅剩的一种纯粹的快乐,可即便是如此简单的快乐,想要消受也同样困难重重啊!

当人们快乐时,他们总会有所保留,以备日后需要时提取,她曾对伊丽莎白这么说,而她却像一只没有车胎的轮子(她喜欢这样的隐喻),每次碰到小卵石都会蹦起来。星期二上午,上完课后,她会拿着一袋子书,她称之为"书包",站在壁炉旁,待一会儿,说着这类话。而且,她也谈论战争。毕竟,也有人认为,英国人不是永远都正确的。有这样的书。有这样的集会。有持不同观点的人。伊丽莎白愿意和她一起去听某某人(那是一位相貌不凡的老人)的演讲吗?然后,基尔曼小姐带她去了肯辛顿的某座教堂,在那里和一位牧师一起用了茶点。基尔曼小姐还借给伊丽莎白许多书。法律、医学、政治,所有职业都对你们这一代女性开放,基尔曼小姐说。但对她自己来说,她的职业被彻底毁了,难道是她的错吗?老天爷呀,伊丽莎白说,当然不是。

她妈妈有时会过来告诉她说,从伯尔顿来了一大篮子鲜花,基尔曼小姐要不要拿一点呢?她一向对基尔曼小姐非常友好,可基尔曼小姐会一股脑儿把鲜花扎成一大束,而且也不会和她聊什么闲天。她妈妈觉得基尔曼小姐感兴趣的事都很无聊，所以基尔曼小姐和她妈妈在一起的时候总是非常别扭。基尔曼小姐高傲自大，但长相平平。可与此同时，基尔曼小姐又聪明绝顶。伊丽莎白此前从没有考虑过穷人的问题。因为她家应有尽有——她妈妈每天在床上吃早饭，照例由露西端上去。克拉丽莎还喜欢那些老妇人，因为她们都是什么公爵夫人，都是什么贵族的后代。可基尔曼小姐说（在某个上完课的星期二上午）："我祖父在肯辛顿开过一家油彩商店。"基尔曼小姐总是让别人显得很渺小。

基尔曼小姐又喝了杯茶。伊丽莎白，带着她东方的姿态，和她那深不可测的神秘感，笔挺挺地坐着，她再也不需要别的茶点了。她寻找着她的手套——她的白手套。它们在桌子底下。啊，可她不能离开呢！基尔曼小姐不会让她走的！这么年轻，这么漂亮，基尔曼小姐真心地爱着这个姑娘！基尔曼小姐的那只大手在桌子上一张一合的。

可不知为了什么，伊丽莎白也许感到有点无聊了。她真的想要走了。

可基尔曼小姐说："我还没吃完呢。"

那么好，伊丽莎白当然会等她的。可这里相当憋闷。

"你今晚会去派对吗？"基尔曼小姐问。伊丽莎白说她会去的，她妈妈希望她能去。千万别让派对这种事迷住你整个的心灵，基尔曼小姐说，一边用手摸着最后两英寸的糖霜巧克力蛋糕。

她不是很喜欢派对，伊丽莎白说。基尔曼小姐张开嘴，下巴微微向前突起，吞下了最后一点巧克力蛋糕，然后擦擦手指，搅动起杯子里的茶。

她就要崩溃了，她觉得。这痛苦实在太剧烈了。如果能抓住伊丽莎白,如果能抱住伊丽莎白,如果能使伊丽莎白完全归她所有,永远归她所有,那就死而无憾了!那就是她想要的一切。可坐在这里,脑子里空空如也,想不出说什么好。眼看着伊丽莎白开始对自己不满,甚至能感觉到她在排斥自己呢——真受够了!基尔曼小姐受不了了。她那粗壮的手指卷拢起来。

"我从来不参加什么派对,"基尔曼小姐说,她这么说只是为了留住伊丽莎白,"没人邀请我参加派对。"——她说的时候自己也知道,这种一切以自我为中心的想法正是她的缺点所在;惠特克先生曾提醒过她,但她没法改正。她吃过那么多苦呀。"别人为什么要邀请我呢?"她说,"我很普通,我不快乐。"她知道这么说很傻气。可都是因为路过这里的那些人——那些提着大包小包的人,他们瞧不起她,是他们使她说出这番话来的。无论如何,她都是多丽斯·基尔曼。她有学位。她是个在世界上孤身闯荡的女人。她对现代史的了解可谓让人叹为观止。

"我不可怜自己,"她说,"我可怜,"——她本来想说"你妈妈",但不行,她不能那么说,不能当着伊丽莎白的面那么说。"我觉得,"她说,"别人比我更可怜。"

伊丽莎白·达洛维静静地坐着,如莫名其妙地被牵到门口的一头愚笨的牲口,一心只想着快点开溜。基尔曼小姐还要唠叨多久呢?

"别把我忘个一干二净哟。"多丽斯·基尔曼说,嗓音都颤抖了。那头愚笨的牲口吓得立马撒腿就跑,直跑到田野的尽头。

那只大手一张一合。

伊丽莎白转过头去。女招待走过来。我到收银台去付账,伊丽莎白说着,走掉了。基尔曼小姐感觉,伊丽莎白的离去把自己身体里的五脏六腑都拉了出来,在伊丽莎白穿过大厅时,她感觉自己的内脏被越拉越长,最后,感觉又被拧了一下,那是因为伊丽莎白很有礼貌地向她点了点头,走掉了。

伊丽莎白走掉了。基尔曼小姐坐在大理石桌子前,面前摆着糖霜蛋糕,痛苦与震惊一而再,再而三地冲击着她。伊丽莎白走掉了。达洛维夫人旗开得胜。伊丽莎白走掉了。美丽走掉了,青春走掉了。

基尔曼小姐坐在那儿。她终于站起来,在小桌子间跌跌撞撞地朝前走,身体微微地摇摆着,有人拿着她掉下的衬裙追了出来,她迷路了,被为了去印度旅行特别准备的一只只衣箱挡住了去路;接着,又迷失在孕妇用品及婴儿内衣柜台之间;随后穿越了世界上的所有商品,从一次性的到经久耐用的,火腿、药品、鲜花、文具,各类商品,各种味道,她在时而香甜时而酸腐的柜台间蹒跚而行,在一面大镜子里看见了自己的模样,歪戴着帽子,满脸通红地踽踽而行。最后,终于走到了大街上。

威斯敏斯特大教堂的尖塔耸立在她面前,那儿是上帝的宫殿。在繁忙的车流中,有上帝在此居住。她拿着包裹,坚定地向着那另一个圣殿出发,也就是那个修道院,她坐在那些同样来此寻求庇护的人们旁边,举起手在自己的面前做出个帐篷的形状。各色各样的朝拜者,都举起手放在自己的面前,社会地位的区别已不复存在,连性别的区别都几乎没有了,可一旦他们把手拿开,你就能立刻发现他们都是虔诚的中产阶级,是男男女女的英国人,他们中有些人还急着想去看蜡像呢。

可基尔曼小姐依旧在面前保持着帐篷的手势。她周围的人来了又去,去了又来。新的朝拜者从大街上进来,取代了之前的闲杂人等，在人们环视四周拖着步子走过无名英雄墓时，她依旧用手指挡住眼睛，在这双重的黑暗中，修道院里的灯光如鬼魅般迷离，渴望着超越虚荣、欲望、商品，渴望着脱离爱与恨的世界。她的手抽搐着，似乎是在做着挣扎。然而对别人来说，上帝是可以亲近的，通往上帝之路是平坦的。从财政部退下来的弗莱彻先生，著名王室顾问的遗孀戈勒姆夫人，都简简单单地亲近了上帝，他们做完了祷告，把身子往后一靠，欣赏起了音乐（管风琴奏出甜美的乐声），同时也看见了坐在边上的基尔曼小姐，祷告着，祷告着，他们自己也依旧挣扎在地狱的大门口，所以满怀同情地把她视为和他们徘徊在同一个世界里的灵魂，一个虚无缥缈的灵魂，不是一个女人，而是一个灵魂。

可弗莱彻先生必须要走了。他要出去就一定得打她那儿过，他自己是个干净得像一枚新别针的人，所以看见这个衣冠不整的穷女人不禁心生一缕惆怅。她披头散发的，地上还摆着她的包裹。她没有立即给他让路。于是，他只得站在那里环视周围，看着洁白的大理石，看着灰色的玻璃窗，看着堆积如山的珍宝（因为他对这个大教堂感到特别骄傲），她的高大，她的强壮，她的力量，她坐在那里不时移动两只膝盖（对她而言，想要接近上帝实在是不容易——而她的欲望又那么强烈），给了他很深的印象，就像它们也曾给了达洛维夫人（那个下午，她就是无法把达洛维夫人赶出自己的大脑）、爱德华·惠特克牧师和伊丽莎白很深的印象。

伊丽莎白在维多利亚大街等巴士。待在外头真是太好了。她想，现在她也许还不必回家。待在大自然里真是畅快极了。好啊，她就要坐上巴士了。而且人们已经，即使在她站在那里的时候,人们就已经……已经开始把她比作杨树、晨曦、风信子、小鹿、流水和花园里的百合。周围的人群使她觉得是一种负担,因为她非常愿意孤身留在乡下,做她想做的事,不过人们会把她比作百合,而她也不得不去参加派对,要是能和她的父亲以及她的狗一起待在乡下该有多好呀,伦敦实在是太无聊了。

巴士飞快地开过来,停了下,又开走了——一辆辆五颜六色的巴士,漆着红漆或黄漆,闪闪发光。可她该上哪一辆呢?反正都无所谓。当然,她不会去推别人。她是个听其自然的人。她表情冷漠,可她的眼睛是东方的、中国的、美丽的,还有,就像她妈妈说的,她的肩膀长得很好看,而且她一直保持着笔挺的身姿,使她看上去总是那么动人。近来,尤其是在晚上,在她兴致勃勃的时候,她从来不会表现得过于激动,她看上去几乎可说是美丽的,非常端庄,非常娴静。她会在想些什么呢?每个男人都会爱上她,而她觉得实在无聊透了。因为她的人生才刚刚开始嘛。她妈妈看得出来——人们开始恭维伊丽莎白。对此她并不怎么在意——比方说不在意她的穿着——这有时会让克拉丽莎担心,不过,有这些像狂犬病发作一般的傻小子们围着她汪汪叫不也挺好嘛,这使她平添了一份魅力。至于她和基尔曼小姐那种古怪的友谊嘛,算了吧,克拉丽莎在凌晨三点时想道,一边还在读着马尔博男爵的书,因为她睡不着,那至少证明了克拉丽莎是个内心丰富的人。

伊丽莎白突然走上前,赶在众人之前,腿脚麻利地上了公共汽车。她在顶层找了个位子。这个冲动的生灵——如一艘海盗船——猛然起步,飞驰而去,她不得不抓住扶手以保持平衡,因为它是一艘海盗船嘛,你看它横冲直撞、肆无忌惮,冷酷地把其他车辆甩在后面,危险地超车,大大咧咧地拉上一个乘客,或者无视某个候车人,夹在车流中,如傲慢的鳗鱼一般扭来扭去,随后扬帆破浪沿着白厅街而去。那么,伊丽莎白是否真的在意可怜的基尔曼小姐呢?基尔曼小姐心无嫉恨地爱着她,在她的心目中,伊丽莎白就是那原野里的一只梅花鹿,树林里的一片月光。但伊丽莎白却因为终于摆脱了羁绊,觉得很开心。新鲜空气多么清新舒畅呀。海陆军商店里的空气简直要闷死人。现在感觉像是在骑马了,沿着白厅街一路狂奔。在公共汽车的每一次抽搐中,穿着淡褐色大衣的美丽身躯都会像个骑士般灵活应对。她的秀发和衣衫在微风中轻轻地飘扬着,如船头的雕像柱;炎热使她的面颊如白漆的木材一般苍白;她那美丽的眼睛,由于周围没有旁人可看,便茫然地望着前方,明亮得有如一尊雕像,有着令人难以置信的专注与天真。

由于基尔曼小姐总是喜欢倾诉自己的苦难,所以别人都觉得她难以相处。基尔曼小姐这样做对吗?如果每天都在救助穷人的委员会里浪费掉无数个小时,天晓得,伊丽莎白的父亲就是那样的(她在伦敦几乎就见不到他)——如果那就是基尔曼小姐所谓的基督徒的意思,但这也很难说。哦,她想走得再远一点。去滨河大道还要一个便士吗?那好,给你一便士。她就是要去滨河大道。

她喜欢照料病人。任何职业都对你们这一代女性开放,基尔曼小姐这么说过。那么,她也许可以做个医生。她也许可以去种田。牲口常常生病的。她也许可以拥有一千英亩地,底下还有帮手。她会去他们住的小屋看他们。到萨默塞特大厦了。也许可以做个很好的农夫——还有,说来奇怪,尽管这个想法来源于基尔曼小姐，但萨默塞特大厦的影响才是真正的关键。那幢灰色的、宏伟的建筑，看上去多么华丽，多么肃穆。人们在里面工作呢，她喜欢这样的感觉。她喜欢那些教堂，如灰色的纸做的模型，面对着滨河大道上的滚滚车流。这里与威斯敏斯特截然不同，她想着，一面在法院巷下了车。这里多么严肃，多么忙碌。总之，她想要有一份职业。她想做医生，做农妇，可能的话，也想进议会做议员，如果她觉得有必要，她这么想都是因为置身在这条滨河大道上。

人们的脚在忙着走路，手在忙着堆石块，占据着他们的心灵的不是那些琐碎的话语（把女人比作白杨什么的——当然，那相当有趣，可也很傻），而是船只、生意、法律、管理，一切都显得那么庄重（她走进了法学会），那么快乐（这里可以看见河流），那么虔诚（这里也有教堂），使她坚定了决心，不管她妈妈会怎么说，她就是要做个农妇或医生。不过，当然啰，她也很懒。

对于这些打算，还是什么也别说比较好，听上去傻傻的。在你一个人的时候，时常会这样突发奇想的——那些没有镌刻建筑师名字的大厦，从市中心回来的人流，要比肯辛顿的一个牧师，比基尔曼小姐借给她的任何一本书，都更有力量，更能刺激起在心灵的沙床上昏睡、蠢笨、害羞的东西去冲破表层，宛如一个孩子骤然伸出手臂。就是那样，也许，一声叹息，手臂伸一下，一阵冲动，一个启示，都具有永恒的影响，然后又平复下去，沉入了心灵的沙床。她必须要回家了。她必须穿戴好去用晚餐。可现在是几点呢？——哪里有钟呢？

她抬头望向舰队街，羞答答地朝着圣保罗大教堂迈了几步，仿佛一个蹑手蹑脚潜行的人,拿着一支蜡烛,在夜间探索一间陌生的房屋,提心吊胆地生怕主人突然推开卧室门,问她有何贵干,她也不敢去那怪异诱人的小街里巷闲逛,正如不敢在一幢陌生的房子里随便打开一扇门,那也许是卧室的门,也许是客厅的门,也或者是直接通往厨房的门。因为,达洛维家的人从来不会天天来滨河大道的,她是一个开拓者,一个流浪女,一个冒险家,一个相信别人的人。

在许多方面,她母亲认为,她都极不成熟,还像个孩子,离不开洋娃娃,喜欢旧拖鞋,简直是个十足的小孩子,可那不是也很可爱嘛。不过,当然啰,达洛维家是有献身公益事业的传统的。在她家的女性成员中,就出过修道院院长、大学校长、中小学校长,以及各类达官显贵——虽说她们中没有一个才华过人的,但毕竟都是地位显赫的人。她往圣保罗方向又走了几步。她喜欢在这片喧哗中透露出来的兄弟姐妹以及母女之间的亲情。她感觉非常和谐。可是,嘈杂声也非常刺耳,突然间,又有洪亮的喇叭声传来(是失业者的游行队伍),与喧嚣声混杂一片,奏的是军乐,他们似乎在行军。然而,要是他们已奄奄一息呢——要是某个女人吐出了生命里的最后一口气,而那个看护着她的人,打开了她刚刚在里面完成了庄严使命的房间的窗户,俯视着舰队街,那喧哗和军乐声就会一股脑飞入他的耳中,既给他以抚慰,又显得冷漠超然。

这样的感觉是无意识的。从中并没有对运气和命运的认识,也正因如此,即使对那些因注视着弥留者脸上那最后一丝表情而木然了的人们来说,它也是一种安慰。人们的健忘也许会造成伤害,人们的忘恩负义也许会造成荒凉,可这个声音,无止境地奔流着,年复一年,卷走了所有的一切——这份誓言,这辆货车,这种生活,这支前行的队伍。噪声会把一切都收集起来,领着它们一路向前,如疯狂奔流着的冰川,冰块里裹挟着一根碎骨,一片蓝色的花瓣,几棵橡树,滚滚而去。

可天色已晚,比她想的更晚了。她母亲不会希望看到她像这样一个人闲荡的。她沿着滨河大道返回去。

一阵风(尽管天气炎热,风倒是不小)吹来一片薄薄的乌云,盘旋在滨河大道的上空,遮挡住太阳。人们的面容模糊起来,公共汽车也在突然间失去了光彩。云团如青山般洁净,你甚至能想象用一把斧头切下它那粗糙的硬边;一片辽阔的金色山坡随即绵延开来,呈现出天国乐园里的一方青草地,看上去正像居住在空中的诸神聚集在那里开会,但它们都在做着永恒的变幻呢。种种迹象互相交织着,好像是为了实现某个早已安排好的计划,时而一座山峰萎缩下去,时而一整块原先待在原地不动的金字塔形云团挤进了别的云团中,或庄重地将一朵朵流云带入一个崭新的停泊地。尽管它们似乎岿然不动,休憩在完美的和谐中,可没有任何东西比这雪白的或金灿灿的云层更为清新、自由,更在外表上显露出敏感。变化着,移动着,庄严的聚会解散了,一切都在瞬息间实现。尽管云团稳重地凝聚在那里,堆积在一起,坚固厚实,但太阳时而还是会透过缝隙把光明投向大地,过后则又是一片灰暗。

伊丽莎白·达洛维,冷静又敏捷的,登上了去威斯敏斯特的巴士。

光与影就这样来来去去的,如召唤,如示意,忽而把墙壁抹得灰暗,忽而把香蕉映得金黄,忽而把滨河大道抹得灰暗,忽而把公共汽车映得金黄，塞普提默斯·沃伦·史密斯躺在客厅的沙发上看着这一切，看着墙纸上的玫瑰沐浴在一片如水的金光中，隐隐约约的，像具有生命的鲜花似的，表现出令人愕然的敏锐。户外的树木举着稠密如网的树叶伸向天边，室内传来流水的声音，鸟鸣声穿越海浪而来。所有力量都将它们的珍宝灌注到他的头顶，他的手放在沙发靠背上，就好像他在游泳时看见自己的手漂浮在海浪之上，他听见遥远的海岸上传来声声犬吠，遥远的犬吠声。别再害怕，他那躲藏在肉体里的心灵说道，别再害怕。

他不怕。每时每刻，大自然都微笑着给予暗示，如洒在墙壁的金色光点——那儿，那儿，那儿——她的决心要表现出来，通过舞动她的羽毛，摆动她的发丝，甩动她的披风，如此这般，优雅无比，永远都那么优雅，站在他的面前，从她那虚握的双手间，用莎士比亚一般的语言，传达出她的意思。

蕾西娅，坐在桌前，手里拧着帽子，凝视着他，看见了他的微笑。看来他此时很幸福。可看见他微笑，她觉得受不了。婚姻不该是这样的：自己的丈夫不该看上去像个陌生人，总是一惊一乍的，总是发出狂笑，或者默默无语地一连枯坐上好几个小时，或者缠住她让她记录下他的话语。桌子抽屉里满是他让她写的东西：关于战争，关于莎士比亚，关于伟大的发现，还有，关于死亡是如何之虚无。近来，他会没来由地突然兴奋起来（霍姆斯大夫和威廉·布莱德肖爵士都说过，兴奋对他是再糟糕没有的事了），挥舞着双手大喊大叫什么他发现了真理！他知道了一切！那个人，他那个战死沙场的朋友，埃文斯，来了，他说。他正在屏风后头唱歌呢。她把他说的话记录下来。有的话说得很美，有的则纯属无稽之谈。他总是在话说到一半的时候突然打住，因为他的想法瞬息万变，想要增加点什么新的内容，或者听见了什么新的声音，他会举起手聆听。

可她却什么也没有听见。

有次，他们发现打扫房屋的女仆读着其中的一张纸片，发出了一阵狂笑。这实在太作孽了。为此塞普提默斯高呼人性的冷酷——人们是如何互相撕扯，直至把对方撕成碎片。对于那些跌倒的人，他说，人们会把他们撕碎。"霍姆斯总和我们作对，"他会这么说，还会编造出许多关于霍姆斯的故事：霍姆斯在喝粥，霍姆斯在读莎士比亚——结果总是把自己弄得狂笑不已或暴跳如雷，因为在他看来霍姆斯大夫代表着什么可怕的东西。"人性，"他这么称呼他。他还会看到一些景象。他溺水了，他常常这么说，躺在一块礁石上，海鸥在他头顶上嘶鸣。他会从沙发边上往底下看，一直看到大海。他会听见音乐声。其实那不过是管风琴声，或是某个人在大街上喊叫。可他却会大叫"多美呀"，泪水随即从他的脸颊上滑落，对她来说这是最糟糕的事，看着像塞普提默斯那样的人，这个曾经的战士，曾经的勇士，却在那里流泪。而他会一直躺在那里倾听，最后会突然大叫起来：他在往下坠落，不停坠落，落到熊熊烈火里去了！他说得那么生动，以至于她会真的去看看是不是哪里烧着了。可什么也没有发生。房间里只有他们两个。是一场梦，她会这么对他说，最后终于把他安抚下来，可有时她自己也会害怕。她坐在那里缝着帽子，发出了一声叹息。

她的叹息声温柔缠绵，如晚间树林外的微风。此时，她放下了手上的剪刀，转身去取桌子上的什么东西。在她坐在那里缝纫的桌子上,起了一阵微微的骚动,在微微的窸窣声中,在轻轻的拍打之后,什么东西就做成了。透过他的睫毛,他看见了她那隐约的身影,她那黝黑娇小的身影,她的手和她的脸,她在桌前转身的动作,拿起一个线轴,或是寻找她的丝线(她总是丢三落四的)。她在为菲尔默太太已婚的女儿做一顶帽子,她的名字叫——他忘了她叫什么。

"菲尔默太太那个结了婚的女儿叫什么名字来着?"他问。

"彼德斯太太。"蕾西娅说。她怕帽子做得太小了,她说,将它拿到自己的面前。彼德斯太太是个高大的女人,可蕾西娅不喜欢她。只是为了菲尔默太太向来都待他们不错。"她今天早上还给了我葡萄。"她说——因此,蕾西娅想做点什么来表示感谢。不过有天晚上,她走进房间时,却发现彼德斯太太在放唱机,她还以为他们外出了呢。

"是真的吗?"他问,"她放了唱机吗?"她说,是的。她当时就告诉过他这件事,她发现彼德斯太太在放唱机。

他小心翼翼地睁开眼睛,看看房间里是否真有一台唱机。千真万确——真实的东西太令人激动了。他一定要小心。他可不能发疯。他先是看了看放在下层书架里的时装广告,接着,眼睛一点点移向了装着绿喇叭的唱机。没有什么比它更真实了。于是,他鼓起勇气,看向餐具柜、盛着香蕉的果盘、维多利亚女王和她丈夫的雕版画,再看看壁炉架,架子上放着玫瑰花瓶。所有的一切都静止不动。一切都静止着,一切都是真实的。

"她是个长舌妇。"蕾西娅说。

"彼德斯先生是做什么的?"塞普提默斯问。

"呃。"蕾西娅说,她在尽力回忆。她想起菲尔默太太说过他是某家公司的旅行推销员。"他现在人在赫尔[1]。"她说。

"就现在!"她带着意大利口音说道。是她亲口说的。他半遮住自己的眼睛,为了一点点地看清她的脸,先是下巴,接着是鼻子,再是前额,生怕她的脸变了形,或者长了些可怕的痘痘。可是不然,她就在那儿,一点没变。她缝着帽子,非常自然,噘着嘴唇,露出女人们在做针线活时特有的那种执着而忧郁的表情。可这也没什么可怕的呀,他定下心来,又一次看过去,再一次看过去,看着她的脸,她的手,她在明亮的阳光下坐在那儿缝帽子,这有什么可怕或讨厌的呢?彼德斯太太有一条毒舌。彼德斯先生在赫尔。那又为什么要怒气冲冲地瞎猜想呢?为什么要受苦受难流离失所呢?为什么看着云团会颤抖哭泣呢?蕾西娅坐在那儿在连衣裙的前襟上穿针引线,彼德斯先生在赫尔,为什么他偏要去寻找真理传递消息呢?奇迹、启示、痛苦、孤独,坠落到大海里,不停地坠落,坠落到火焰中,一切都烟消云散了,因为此时他只有一种感觉,看着蕾西娅缝制的彼德斯太太的草帽,他感觉那是条绣花的床罩。

"这顶帽子对彼德斯太太来说太小了。"塞普提默斯说。

几天来这还是头一次,他像过去那样说话了!它当然是——小得离谱了,她说。但那是彼德斯太太自个儿选的。

他从她手里接过帽子。他说那是给街头艺人耍的猴子戴的帽子。

这句话给了她多大的快乐哟!他们已经有好几个星期没有像这样大笑过了,没有像小夫妻那样在私底下拿别人打趣了。她的

---

[1] 英格兰东北部一港口城市。

意思是，如果菲尔默太太或彼德斯太太或随便什么人上这儿来，她们都不会明白她和塞普提默斯在笑什么。

"瞧。"她说，把一朵玫瑰钉在帽子的一侧。她从没觉得这么幸福过！一辈子都没有过！

可那看上去更荒唐了，塞普提默斯说。那样的话，这个可怜的女人看上去就会像集市上的一头猪了（从没有人能像塞普提默斯那样让她开怀大笑的）。

她的针线盒里有些什么东西呢？她有缎带、珠子、流苏、假花。她把这些统统倒在桌子上。他把古里古怪的颜色掺和在一起——尽管他笨手笨脚，甚至连打个包裹都无能为力，但他有很好的眼光，他的选择常常是对的，虽说有时会很荒唐，当然啰，但有时却可说是精彩绝伦。

"她该有顶美丽的帽子！"他嘟哝道，拿起这个那个，蕾西娅蹲在他旁边，从他的肩头望过去。现在搞定了——也就是说设计完成了，她得把这些缝在一起。可她必须非常非常小心，他说，要保持好他弄出来的样子。

于是，她缝了起来。在她缝的时候，她制造出一种如放在铁架上的水壶一般的声响，扑扑声，滋滋声。总是那么繁忙，她那细小却有力的指尖在不停地捏着戳着，她手里的针在闪闪发光。太阳也许若隐若现的，照在流苏上，照在墙纸上，可他会等的，他想着，伸长了两条腿，看着沙发另一头环形花纹的短袜。他会在这个温暖的地方等下去，在这个连空气都停止了流动的世外桃源：有时候在黄昏的林边你会遇见这样的情景，因为地势的凹陷，或者是树木的排列（一定要讲科学，科学高于一切），致使暖意逗留不去，清风拂面，如鸟儿的翅膀。

"成啦,"蕾西娅说着,把彼德斯太太的帽子放在指尖上旋转起来,"暂时就算可以了。以后嘛……"她的话语如水泡般破裂了,滴答,滴答,如一只满心欢喜的、关不住的水龙头。

太好了。他从未做过什么使自己如此骄傲的事情。多现实呀,多实在呀,彼德斯太太的帽子。

"你就看一下吧。"他说。

是的,看着那顶帽子,她永远都会感觉幸福的。现在他又做回他自己了,瞧,他又能笑了。他们俩又守在一起了。她会永远喜欢那顶帽子的。

他让她试戴一下。

"可我一定会看上去很怪的!"她叫着,跑到镜子前面,一会儿看看这边,一会儿看看那边。接着,她又猛地把帽子摘下来,因为传来一阵敲门声。会是威廉·布莱德肖爵士吗?他已经来接他们了吗?

不是他!只是那个送晚报的小姑娘。

每天都会发生的事,此时发生了——他们生活中的每个夜晚,都会发生这件事。小姑娘在门口吮着大拇指,蕾西娅蹲下身去,去哄她,吻她,再从桌子抽屉里拿出了一包糖果。这样的事每天都会发生。先是一件事,接着会引起另一件事。于是她把一件件事串联起来,先是一件事,接着是另一件事。跳着,蹦着,她们绕着房间一圈圈地舞着。他拿起报纸。萨里都成了一座空城,他读道,那里热浪滚滚。蕾西娅重复说,萨里都成了一座空城,那里热浪滚滚。这成为她和菲尔默太太的外孙女在玩着的游戏的一部分,她们俩都笑了起来,同时还在那里叽里呱啦地做游戏。他感觉累了。他非常开心。他要睡了。他闭上了眼睛。可等他一闭上眼睛，游戏的声音也立刻模糊起来，听上去那么陌生，仿佛有人在寻找着什么，但总也找不到，随即发出了一声呼喊，声音越来越遥远了。她们找不到他了！

他惊恐地跳起来。他看见什么了呢？盛着香蕉的果盘在餐具柜里。没人在那儿（蕾西娅带孩子去找她的妈妈了，已到了上床时间），就是这么回事：永远都是孤零零的一个。那是早在米兰就注定了的，他当时走进房间，看见她们在用剪刀剪麻布的帽样时，就已经命里注定，他永远都是孤零零的一个。

他独自一人，只有餐具柜和香蕉陪着他。他独自一人，裸露在这个荒凉的高原上，平躺着身体——但不是在山顶上，也不是在悬崖上，而是在菲尔默太太客厅里的沙发上。至于那些景象，那些人的脸，那些死者的声音，他们都去哪里了呢？一张屏风在他的面前，上面画着黑色的香蒲和蓝色的燕子。他曾经看到的高山呢，他曾经看到的人脸呢，他曾经看到的美丽呢，只剩下了一张屏风。

"埃文斯！"他喊道。没有声音回答他。一只老鼠在窣窣潜行，还有一幅窗帘在沙沙作响，那就是死人的声音。只有屏风、煤桶和餐具柜还留在这里陪着他。那就让他面对屏风、煤桶和餐具柜吧……可是，蕾西娅突然嚷嚷着闯了进来。

来了一封信。大家的计划都改变了。菲尔默太太毕竟是去不了布莱顿了。没时间通知威廉斯太太了，蕾西娅觉得那真的非常非常烦人，她看着那顶帽子想道，也许……她……也许可以做点小小的……她那心满意足的声音渐渐微弱了下去。

"啊，该死！"她喊道（说骂人话是他们间的一种玩笑方式），因为针断了。帽子，孩子，布莱顿，针。她把这些串联起来：先是这事，再是那事，她把它们串起来，缝起来。

她想要他告诉她，她这么移了移玫瑰花，帽子看上去是不是更漂亮了。她坐在沙发边上。

他们现在真是无比幸福啊，她说着，突然放下了帽子，因为现在可以随便对他说什么了。她可以把脑子里一闪而过的念头告诉他。那几乎就是初次相逢时他给她的第一感觉，就在那天晚上，他和他的英国朋友走进了咖啡厅。他走进来，相当害羞，看了看四周，把帽子挂起来，可帽子又掉了下来。她都记得。她知道他是个英国人，尽管不是她的小姐妹爱慕的那种人高马大的英国人，他向来都很瘦，但他有一种很漂亮很清爽的气色。他的大鼻子，亮眼睛，有点驼背的坐姿，使她觉得，她过去常这么对他说，他像头年轻的雄鹰。那天晚上看到他时，她们正在玩多米诺骨牌，他走了进来——像头年轻的雄鹰，不过和她在一起时，他总是那么温文尔雅。她从没见过他轻狂或醉酒的样子，只是偶尔会因这场糟糕的战争表露出痛苦，但即便如此，只要她来到他的身边，他就会把那些情绪统统赶跑。任何事，这世界上的任何事，哪怕是她工作时碰到的一点点小麻烦，无论想到什么事，她都想告诉他，而且他都会立刻就明白。甚至连她的家人也做不到这么了解她。他比她大几岁，人又那么聪明——还那么严肃，想让她读莎士比亚，而那时她连英语的儿童书都还看不懂！——他的经验如此丰富多彩，他可以帮助她的。而她，也可以帮助他呀。

不过，眼下先对付这顶帽子。接下来（天色越来越暗了），还要对付那个威廉·布莱德肖爵士。

她把手放在头上，等着他来告诉她他是否喜欢这顶帽子。她坐在那儿，等着，眼睛看着下面，他能够感觉到她的心思，像鸟儿在一根根枝丫间飞来飞去，又总能稳稳地落在枝头。他可以跟随她的思路，她坐在那儿，姿势轻松自然，只要他开口说话，她都会立刻笑起来，像一只落在枝头的鸟儿，爪子紧紧地攀住了枝条。

可他记得布莱德肖说过："在我们生病时，我们最在乎的人反倒对我们没有好处。"布莱德肖是这么说的，还说他必须要学会休息。布莱德肖还说过，他俩必须要分开。

"必须"，"必须"，干吗老说"必须"？布莱德肖到底有什么权利可以来这样控制他？"布莱德肖有什么权利对我说'必须怎么怎么的'呢？"他问。

"那是因为你说你要自杀呀。"蕾西娅说。（老天有眼，她现在总算什么都能对塞普提默斯说了。）

看来他是落入了他们的魔掌！霍姆斯和布莱德肖把他控制住了。这个红鼻子的畜生把鼻子伸进了每一个隐秘的角落！它有权说"必须"！他的纸片在哪里？他写过的那些东西呢？

她把他的纸片拿过来，他写过的那些东西，其实是她代他写下来的。她把纸片倒在沙发上。他们俩一起看着那些纸片。图表，设计图，小男人和小女人挥舞着用枝条代替的手臂，身上还长着翅膀——对吗？——在他们的背后；依照一先令和六便士的硬币描下来的大大小小的圆圈——代表日月星辰；曲曲弯弯的悬崖峭壁，登山者绑在一根绳上往上攀登，简直就像刀叉；有几张画着海景，在看上去像是波浪的东西上面有几张小脸在大笑：这些就是世界地图。烧了它们！他大喊大叫。现在来看看他写的东西：死人是如何在杜鹃花丛的后面唱歌的；献给时代的颂歌；与莎士比亚的对话；埃文斯，埃文斯，埃文斯——埃文斯从死神王国带来的消息；不要砍伐树木；要告诉首相大人，普天下的大爱，乃是这个世界的意义所在。烧了它们！他大喊大叫。

但蕾西娅把手压在了它们上面。有些话说得很美呢，她想。她会用一根丝线把它们捆起来的（因为她没有信封）。

即使他们把他带走，她说，她也会跟他一起去的。他们不能违背他俩的意愿硬把他们拆散的，她又说。

她把纸边对齐了，整理好这批文稿，几乎没看一眼就把它们打好了包。坐在她的身旁，他想，就好像她身上的每一片花瓣都在开放。她是一棵开花的树，透过花枝，她看见了一张立法者的脸。她已经来到了一所圣殿，她不用再害怕任何人了，不用怕霍姆斯，也不用怕布莱德肖。最后的，最伟大的，一个奇迹，一场胜利。他看见她步履蹒跚地爬上了让人害怕的楼梯，霍姆斯和布莱德肖如两座大山压在她的心头，这两个体重从来不低于一百六十磅的家伙，这两个把自己的老婆送入了宫廷，一年能赚一万，开口闭口都是要保持平衡之类的家伙。他们俩的意见不一（如果霍姆斯说可以，那布莱德肖一定说不行），但他们都是法官。他们把幻想和餐具柜混为一谈，对什么都看不清，但他们是统治者，也是迫害者。他们说"必须"。可她终于战胜了他们。

"好了！"她说。文稿包好了。不会落入旁人之手了。她会把它们藏起来的。

没有，她说，没有任何东西能拆散他们。她在他的身旁坐下，她把那个家伙叫作老鹰或乌鸦，因为那家伙和这些禽兽一样恶毒，老是糟蹋我们的食粮。没人能拆散他们，她说。

然后，她站起来走进了卧室，准备整理他们的行李，但听见楼下传来人声，想到也许是霍姆斯大夫来拜访了，就急忙跑下楼去阻拦。

塞普提默斯可以听见她和霍姆斯在楼梯上的说话声。

"我亲爱的夫人，我是好意而来呀。"霍姆斯这么说着。

"不。我不允许你去见我的丈夫。"她说。

他看见她像只小母鸡似的，张开了翅膀不让霍姆斯过去。可霍姆斯坚决不让步。

"我亲爱的夫人，请允许我……"霍姆斯说着，把她推开去了（霍姆斯是个体格壮硕的男人）。

霍姆斯正在上楼来。霍姆斯会猛地推开房门。霍姆斯会说"吓坏了吧，嗯？"。霍姆斯会抓住他。可是不！霍姆斯休想，布莱德肖也休想抓住他。他哆哆嗦嗦地站起来，简直是在轮流做着单脚跳，想到了菲尔默太太那把刀柄上刻着"面包"字样的干净漂亮的切面包刀。啊，可是不该糟蹋那东西。开煤气点火？可现在太迟。霍姆斯上来了。他也许可以用剃刀，但蕾西娅把它们都包起来了，她总是爱收拾东西。只剩下窗户一条路了，布卢姆斯伯里公寓房的大窗户，打开窗户跳下去，那是桩无聊、讨厌，还有点闹剧味道的事。他们认为这就是悲剧，但他和蕾西娅不会那么想（因为她是站在他这一边的）。霍姆斯和布莱德肖喜欢那种事（他坐在窗台上）。不过，他会等到最后那一刻的。他不想死。生命是美好的。阳光又多么温暖。只是人类——**他们到底要什么**？从对面楼梯上下来的老人停下脚步，瞧着他。霍姆斯到了门口。"你给我看好了！"他大喊着，奋力跳了下去，重重地跌落在菲尔默太太家的围栏上。

"懦夫!"霍姆斯大夫喊着,一面把门撞开。蕾西娅冲向窗口,她看见了,她一下子明白了。霍姆斯大夫和菲尔默太太撞了个正着。菲尔默太太舞动着围裙,让蕾西娅回到卧室去,别看这惨状。楼梯上不断有人在跑上跑下。霍姆斯大夫进来了——面色苍白如纸,浑身一个劲地哆嗦,手里拿着一个杯子。"你一定要勇敢,喝一点吧。"他说(是什么?甜的东西),因为她丈夫摔得都不成人样了,不可能恢复意识了,她不能去看她丈夫,要尽量让她好过一点,接下来还要经受一番盘问呢,可怜的小女人。谁会想到发生这种事呢?一个冲动,谁也不能怪呀(他对菲尔默太太说)。塞普提默斯为何要做下这件该死的事,霍姆斯大夫百思不得其解。

她喝着那甜滋滋的东西,仿佛觉得自己打开了落地窗,走进了一座花园。可是在哪里呢?钟声响起来——一、二、三:钟声多么理智,比这些嘈杂和窃窃私语声理智多了,就像塞普提默斯本人。她觉得迷迷糊糊的。可钟声依旧在那里响着,四、五、六,摇晃着围裙的菲尔默太太(他们不会把尸体搬到这里来的,对吧?)似乎成了花园里的一个景物,或者说成了一面旗帜。蕾西娅和姑妈住在威尼斯时,曾见过一面旗帜在桅杆上悠悠地飘扬。人们就是那样对战死沙场者表示敬意的,而塞普提默斯也经历了战争。在她的记忆中,大多数都是幸福的。

她戴上帽子,跑过了一片玉米地——那会是在哪儿呢?——跑上了一座山,在大海附近的一座山,因为那儿有船只,鸥鸟,蝴蝶。他们坐在巉岩上。在伦敦,他们也是像这样坐着,在半梦半醒间,透过卧室门溜进她耳朵里的,是下雨声,人们的窃窃私语，干枯的玉米秆发出的沙沙声，大海的轻抚，她这么觉得，拱起的海浪将他们围住，然后再放到海岸上，对着她呢喃低语，她觉得自己飞舞在天上，如坟墓上的飞花。

"他死了。"她说着，对那位可怜的老妇人露出了微笑，老妇人淡蓝的眼睛忠诚地盯住门口，保卫着她。（他们不会把他抬到这里来的，对吗？）可菲尔默太太对这个想法不屑一顾。哦，不，哦，不！他们马上就会把他抬走的。不该先通知蕾西娅吗？结了婚的人应该待在一起的，菲尔默太太想。可他们必须按大夫的吩咐办。

"让她睡吧。"霍姆斯大夫说着，给蕾西娅把了把脉。她看见他站在窗口的黑乎乎的大致轮廓。原来他就是霍姆斯大夫。

文明的一次胜利，彼德·沃尔什想。这是文明的一次胜利，当他听见清脆、尖利的救护车铃声传来时。救护车富有人道精神地迅速载上某个可怜的家伙，迅疾地、利落地向医院飞驰而去：可能是脑袋受伤，也可能是突发疾病，也可能是就在一两分钟前在某个路口被车撞了，这种事也可能发生在自己身上的。这就是文明。从东方回来后，文明给了他很深的印象——伦敦的效率、组织、互助精神。每一辆货车和马车都主动闪到一边，给救护车让路。也许这有点变态，但人们对救护车里的牺牲者所表现出来的尊敬，难道不也令人感动吗——忙碌的人们匆匆往家里赶，但同时也不由得想到会不会是自己的妻子在那车子里面，或者想到他们自己也很有可能变成车子里的那个倒霉蛋，四仰八叉地躺在担架上，医生护士陪在旁边……唉，只要脑子里一出现医生、尸体之类的东西，人们的思绪就会变得多么扭曲，多么伤感啊。由这种视觉刺激出来的快乐的灵光一现，或者说一种欲望，告诫人们从今往后别再去想那些事——对艺术，对友谊，它都是致命的。然而，彼德·沃尔什想，救护车转过街角进入另一条街，尽管依然能听见清脆尖利的铃声，它沿着托特纳姆法院街继续往前，铃声一直闹着，那是孤独的特权，在私下里，一个人会按自己的选择行事。如果没人看见，你也许会流泪。正是他的极度敏感，造成了他在印度的英国人圈子里四处碰壁。他总是不合时宜地哭，或不合时宜地笑。我身上有那毛病，他站在邮筒前想道，此刻就能感动得眼泪汪汪。怎么会这样，真是天晓得。也许是一种美，还有白天的重负，它开始于对克拉丽莎的拜访，炎热与紧张把他折磨得筋疲力尽，各种印象接踵而来，一滴滴地流进了他的内心深处，那里又深又暗，一个永远都没人了解的地方。也许是因为它吧，它既神秘又完整，它不容侵犯。他发现生命是一座神秘的花园，花园里曲径通幽，隐秘的角落星罗棋布，充满了神奇。真的，这样的时刻，可以教人屏住呼吸。他站在大英博物馆对面的邮筒前，感受着这样一个时刻，刹那间，各种事物都聚拢到一起，这辆救护车，生命和死亡。他仿佛被喷薄的激情推上了一个高高的屋顶，而他的那具躯壳，则如一片散布着零星贝壳的洁白海滩，空空如也。这造成了他在印度的英国人圈子里兜不开——他那极度的敏感。

克拉丽莎曾经，在某地和他同乘在一辆巴士的顶层，那时的克拉丽莎真的很情绪化，很容易受感动，一会儿觉得绝望，一会儿又兴高采烈，激动起来会浑身发抖，是个多有趣的伙伴呀。从巴士顶层她能看见各种稀奇古怪的小事、名称和人物，他俩过去常常一起在伦敦街头游荡，从苏格兰市场买回大袋大袋的宝贝。克拉丽莎在那时有这么一个理论——他们有无数的理论，开口闭口都是理论，当时的小青年都这样。这就解释了为什么他们会有不满的情绪——不了解别人，别人也不了解他们。而他们又是怎样彼此了解的呢？他们天天见面，然后是半年不见，再然后是多年不见。这样的状况是不能让人满意的，他们都这么认为，我们对别人的了解是多么有限呀。可她说，坐在巴士上沿着夏夫茨伯里大道而去，她觉得自己无处不在，她不是在"这儿、这儿、这儿"（她轻叩着座位的靠背），而是在任何地方。她挥挥手，沿着夏夫茨伯里大道而去。她就是这个样子的。所以，要了解她，或了解任何人，我们必须要找出帮助她完善了自我的那个人，甚至是那个地方。她和从未交流过的人之间有一种奇特的引力，街上的某个女人，柜台里的某个男人——甚至和树木，和谷仓。最后总结为先验论[1]，她对死亡的恐惧，使她相信，或者说她宣称自己相信（因为她满脑袋的怀疑论），由于我们的灵魂，我们所表露出来的部分，与别的部分（未表露出来的部分）比较起来是那样的一种瞬间存在，而那未表露出来的部分会伸展到极广阔处，它也许能生存下来，能附着在这个那个人身上而恢复过来，甚至死后也能在某些地方流连……也许吧——也许。

　　回顾一下这几乎长达三十年的友谊，她的理论是多么奏效啊。由于他常常缺席和各种因素的干扰（比如今天早上，就在他正准备好好和克拉丽莎谈一谈时，伊丽莎白突然闯进来，像匹长腿的马驹，年轻漂亮，笨嘴拙舌），而他们实际的会面又往往短暂仓促，有时甚至是痛苦的，这对他的生活造成了无法估量的影响。这里面有一种神秘感。这实际的会面，就像是别人给你的一

---

[1] 德国哲学家康德（1724—1804）倡导的一种理论，该理论强调主观直觉的重要性，排斥理性与实践，以下的描述即反映了这种玄虚的观点。

粒坚硬、粗糙、感觉不舒服的稻谷，常常使你感觉痛苦得要命。然而在别离的日子里，在最没有可能的地方，在多年的杳无音信之后，它会盛开出来，吐露着芬芳，开放出花朵，让你抚摸，让你玩味，环顾一下四周，你就能得到对它的完整感受及理解。他就是那样想起她来的：乘在渡船上，在喜马拉雅山上，最离谱的事情都能勾起他的回忆（萨利·西顿，这个热情大方的傻姑娘，也是如此！看见蓝色的绣球花，她就会想起**他**来）。她对他的影响是他认识的任何人都不及的。她总是骤然来到他的面前，完全出乎他的预料，冷冰冰的，像个贵妇，开口就喜欢批评人；或者风情万种，罗曼蒂克，令人联想起英国的田野和丰收的季节。他常常在乡下看见她，而不是在伦敦。在伯尔顿的一幕幕……

他回到了旅馆。他穿过大堂，看见那里摆着许多红椅子和红沙发，还有叶子细长、看上去干巴巴的植物。他从钩子上取下钥匙。那位年轻的侍女递给他几封信。他上楼去——夏末时节，他常在伯尔顿逗留一个礼拜，有时甚至是两个礼拜，当时人们都喜欢去那里避暑，他在那里经常见到她。起初是她站在哪座山的山顶上，双手轻轻地按住头发，她的披肩在随风摇摆，手指着下面，对他们大喊着——她看见塞文河了。或是在一座森林里，在煮开水——她那纤纤玉指实在是不适合劳动啊。烟雾缥缈，在他们脸上缭绕，透过青烟可以看见她那张粉红的小脸；他们问村子里的老婆婆要水喝，老婆婆来到门前欢送他们。他们总是步行，而别人大都开车出行。她讨厌开车，她不喜欢任何动物，除了那条狗。他们沿着大路一走就是好几英里。她会停下来辨认方向，然后带着他穿过田野走回去。他们一路上总是不停地争论，谈论诗歌，谈论别人，谈论政治（那时她是个激进分子）。他们从来不注意周围的景物，除非她停下来对着风景或一棵树诗兴大发，还让他陪她一起欣赏。然后他们继续上路，穿过矮矮的树林，她走在前头，拿着准备献给她姑妈的一朵花，她个子那么纤细，却对步行情有独钟；在薄暮时分，他们回到了伯尔顿。然后，晚饭后，老布莱科普夫会打开钢琴，荒腔走板地唱起来，而他们会窝在扶手沙发里，尽力屏住笑，但最后总还是会笑出来，一笑起来就没法收拾了——没来由的大笑。布莱科普夫想必什么也不会看见的。然后到了早上，他们又会像鹡鸰鸟一般闹哄哄地在房子前面打情骂俏……

哦，那是她来的一封信！这个蓝色的信封，是她的笔迹。他一定要看一看。肯定又要约他会面，注定是痛苦的！读她的来信还真需要魔鬼般的力量。"见到你多好呀，我必须把这告诉你。"就这点内容。

可这封信使他沮丧，使他烦恼。他希望她没有写它。在他心绪不宁时来这么一封信，犹如在他的肋骨上戳了一记。她为什么不能让他消停呢？毕竟，她已经嫁给了达洛维，而且这么多年来一直和达洛维生活在至高的幸福中。

这种旅馆不是让人舒服的地方。远远不是。不知道有多少人曾将帽子挂在这些钩子上面。就连这里的苍蝇，如果你想到的话，也曾经叮在别人的鼻子上。至于说那让他觉得如受打击一般的洁净，它也不是真正的洁净，而是荒凉与冷漠，事情肯定如此啰。因为，呆板的老板娘每天早晨都要做巡视，这里嗅嗅那里瞅瞅，让鼻子冻紫了的女仆擦这个洗那个，整个好像下一位客人是摆在一只干净非常的盘子里端上来的一块肉。一张床，用于睡觉；一张扶手椅，用于落座；一只大玻璃杯，一面镜子，用于刷牙刮胡子。书籍，信件，晨衣，散落在冷漠超然的马毛毯子上，显得很是粗鲁，极不协调。是克拉丽莎的信让他注意到了这一切。"见到你多好呀，我必须把这告诉你！"他叠起信纸，放到一边，无论如何他都不会再读第二遍了！

为了让他在六点钟收到这封信，她一定是在他离开后立即就坐下来写了，贴上邮票，派人去寄掉。如大家说的，她就是这么个人。他的来访给她带来了烦恼。她有了许多感触，有那么一会儿，在她吻他手的时候，她感到遗憾，甚至是嫉妒，也可能（她的表情让他这么觉得）是想起了他说过的什么话——如果她嫁给他，也许他们能大大地改变这个世界。然而，现实并非如此，现实是她已人到中年，依旧一事无成。接着，她用她那不屈不挠的力量强迫自己丢开一切，那是在她体内代表着坚韧和毅力的一条生命线，使她克服障碍，获得胜利，他以前从没在任何人身上看见过这种力量。这简直令人难以置信。不过，他一走出那个房间，她就会有某种反应。她会为他觉得遗憾之至，并且会考虑她究竟能做些什么来使他快乐（这是他向来缺乏的东西），他能看见她泪流满面地跑到书桌前，匆匆地写下那一行安慰他的话……"见到你多好呀！"这是她的心里话。

此时，彼德·沃尔什解开了鞋带。

可他们即使结了婚，也不会成功的。还是另一回事，她嫁给达洛维的那回事，毕竟要自然得多。

多奇怪呀，真的，许多人都这么觉得。彼德·沃尔什，到目前为止所做的事情还算体面，对一般的职务也还能胜任，大家也都喜欢他，不过，大家都认为他有点古怪，喜欢摆谱——奇怪的是**他**居然会有一种心满意足的表情，尤其是如今他的头发都已灰白,脸上还挂着一副矜持的表情。正是这一点使他在女人眼里很有魅力,她们觉得他并非十足的大男子主义。他身上,或身后,有什么与众不同之处。也许因为他是个书呆子——他来看你时,从来不会忘记拿起你家桌子上的书看一看(他此时正在阅读,鞋带拖在地板上);或者因为他是个绅士,那是从他倒烟斗灰的动作里看出来的,当然在他对待女性的态度中也能看出来。这多可爱,又多荒唐呀,没有一点头脑的姑娘都能轻而易举地把他玩弄于股掌之间。不过,这姑娘也有自己的风险。也就是说,尽管他也许向来都很随和,而且确实生性乐观教养良好,跟他在一起令人心旷神怡,但那只是在一定程度上而言。那次,她都说了些什么呀——算了,算了,他看出来了。他受不了那个——算了,算了。随后,他就会和那帮男人为了某个笑话而大喊大叫、摇来晃去、捧腹大笑。他是印度最好的烹饪鉴赏师。他是个男人。但不是那种你一定要尊重他的男人——天可怜见的,比如说,不像西蒙斯少校,一点都不像,戴西想,尽管她有了两个小孩,她还是常常拿他俩做比较。

他脱掉靴子。他掏空口袋。和小折刀一起翻出来的还有一张戴西在阳台上的快照——穿得一身洁白的戴西,膝头趴着一只猎狐犬,非常可爱,黝黑的肤色,他从没见她这么漂亮过。毕竟,一切都显得那么自然,比克拉丽莎要自然得多了。没有吵嘴。没有烦恼。没有吹毛求疵,没有心烦意乱。一切都顺顺利利。那个阳台上的皮肤黝黑、可爱迷人的漂亮姑娘在欢呼着(他能听见)。当然,当然,她会把一切都献给他的!她高喊(她没有谨言慎行的习惯),要给他向往的一切!她高喊着,奔入他的怀抱,全然不顾旁人的目光。她只有二十四岁嘛,已经有了两个孩子。

啧，啧！

都到了这把年纪，他还真把自己投入了一个混乱的局面。他半夜醒来时，这个想法会猛然袭上他的心头。假设他们结婚了呢？对他来说，一切都会很好的，但对她呢？他曾对伯吉斯太太吐露心事，她是个好人，不爱嚼舌头，她认为他这次回英国，表面上是见律师，但实际上也有助于让戴西重新思考，思考一下婚姻的意义。这是她的地位问题，伯吉斯太太说，还有社会风俗的障碍，还要放弃孩子，等等。在不远的将来，她会成为一个往事不堪回首的寡妇，在郊区混日子，也许更有甚者，成为一个人尽可夫之妇（你知道，她说，这种浓妆艳抹的女人最后会变成什么样子）。但是彼德·沃尔什不相信她说的这一切。他还没打算死呢。总之，戴西必须自己拿主意，自己做判断，他想着，穿着短袜在房间里踱来踱去，用手抚平礼服衬衫，因为他也许会去参加克拉丽莎的派对，或者去哪个音乐厅，或者待在房间里，看一本他以前在牛津认识的某个人写的引人入胜的书。如果哪天他真的退休了，那就是他要做的——写作。他会去牛津大学，在博德利恩[1]里面到处转转。那个黝黑可爱的漂亮姑娘跑到阳台尽头，挥舞着她的手，高喊着自己一点不在乎别人说什么。可是这一切是多么徒劳。他在那儿，这个她认为是整个世界的男人，这个完美的绅士，这个迷人又卓越的男人（他的年龄对她来说一点影响都没有），在布卢姆斯伯里的旅馆房间里踱着步子，刮胡子，梳洗一番，提起水罐，放下剃刀，然后继续想着要到博德利恩去转转，去查查他感兴趣的一两件小事的真相。无论跟谁他都会聊上那么

---

[1] 牛津大学里的图书馆。

几句，也因此越来越无视午餐的确切时间，错过约会，当戴西要他吻她或好好地亲热一番时，她常这么要求他，而他的表现总是不尽如人意（尽管他是真心爱她的）——总之，照伯吉斯太太的说法，她应该忘了他，那样也许会更幸福些，或者只记住1922年8月里的他。那时的他就像薄暮时分站在十字路口的一个影子，当双轮马车稳稳地载着坐在后座里的她渐行渐远时，这个影子也越来越遥远，尽管她伸出了手臂，却还是无奈地看着影子越来越小，渐渐消失，但她依旧在那里高喊着她愿意为他做这个世界上的任何事，任何事，任何事，任何事……

　　他从来不知道别人在想些什么。要他集中精力变得越来越困难了。他变得心无旁骛，只为自己的事奔忙；一会儿忧郁，一会儿开心；依赖女性，心不在焉，喜怒无常，越来越无法理解（那是他一边刮胡子一边想到的）为什么克拉丽莎不能简简单单地给他们找个住处，不能对戴西友好些呢，为什么不把她介绍给朋友们呢。那样他就可以做——做什么呢？就可以徘徊逗留（他此刻正在致力于将各类钥匙和文件分门别类），悠然地体验人生，一个人，总之，自给自足。然而，其他人当然没有像他那么依赖别人的（他把马甲纽扣扣上），那是他的致命弱点。他控制不住自己去吸烟室，他喜欢上校，喜欢高尔夫，喜欢桥牌，最喜欢的是有女人陪伴，她们那细腻的友情，她们对爱情的忠贞、无畏与伟大，尽管她也有缺陷，但他却觉得（那张黝黑、可爱的漂亮脸蛋此时正在一摞信封上面）她无比可爱，如开放在人类生活之巅的一朵绚烂的鲜花。然而他的表现不尽如人意，因为他总是能够把事物看穿（克拉丽莎的打击使他永远都缓不过来），而且特别容易对沉默的感情感到疲倦，渴望丰富多彩的爱，虽说要是戴西爱上了别人他一定会暴跳如雷的，暴跳如雷！因为他生性嫉妒，生性控制不了自己的嫉妒心。他受尽了折磨！可他的刀在哪儿呢？还有他的表、图章、皮夹子，还有那封他不会再读却又愿意常常想起的克拉丽莎的来信，还有戴西的相片，都在哪儿呢？现在是晚饭时间了。

人们正在吃饭呢。

人们坐在围绕着花瓶的小桌前，有的穿着礼服，有的穿着便服，披巾和提包摆在身旁，摆出一副故作镇定的样子，其实他们还不习惯一顿晚饭上来那么多道菜，然而，他们自信付得起这顿饭钱；同时，他们因一整天都在伦敦观光购物而觉得疲惫；还有他们那天生的好奇心，因为这个戴着玳瑁边眼镜、相貌堂堂的绅士进来时，他们都回头望着他；还有他们那善良的天性，因为他们都乐意为别人提供一些小小的帮助，诸如给别人一张时刻表啦，告诉别人什么有用的信息啦；还有他们的欲望，在他们的心里搏动着，悄悄地牵引着他们，无论如何都要建立起某种联系，哪怕只是出生地（比如说，利物浦）相同，或者认识某个共同的朋友也好呀。他们偷眼瞄着别人，保持古怪的沉默，然后又突然融入家庭成员间的玩笑中，从而与旁人保持距离。就在他们坐在那里吃晚饭时，沃尔什先生走了进来，在窗帘旁边的一张小桌子前坐了下来。

他没有说什么，因为孤零零一个人，他只得跟侍者搭话。他看着菜单的神情，食指指向一种特别的葡萄酒，在桌子前拉直裤线，严肃地自言自语，而不是贪婪地狼吞虎咽——所有这一切赢得了别人的尊重，不过，这份尊重，在晚饭的大部分时间里并没有表现出来，直到临近尾声时，沃尔什先生说了句"来点巴特莱特梨吧",这句话在莫里斯一家人的餐桌上炸响了。他怎么能说得那么温和又坚定,说得像是个在公正的基础上行使着自己权利的立法人,不论是小查尔斯·莫里斯还是老查尔斯,不论是伊莱恩小姐还是莫里斯太太都不知道。不过当他独自坐在桌边说出"巴特莱特梨"时,他们感觉他是在要求他的合法权利,是在召唤着他们的支持,仿佛他是某项事业的捍卫者,而那事业也立刻成为他们自己的事业,于是他们用同情的目光打量着他。随后他们又一起去了吸烟室,而此时他们之间的交谈已是不可避免的事了。

他们之间并没有什么深刻的话题——无非是讲讲伦敦的人口密集啦,三十年来发生的巨变啦,莫里斯先生更喜欢利物浦,莫里斯太太去看了威斯敏斯特花展,还有,他们全家都见到了威尔士王子,等等。然而,彼德·沃尔什觉得,世界上没有哪个家庭能和莫里斯一家相比,哪儿也没有。而他们一家相互间的关系也很完美,他们对上流社会全不在意,他们的喜好不受他人的影响,伊莱恩正在学习管理家族企业,她儿子获得了利兹[1]大学的奖学金,老夫人(和他年龄差不多)在家里还另有三个孩子。他们有两辆汽车,但莫里斯先生依旧在礼拜天修自己的鞋,太绝了,实在太绝了,彼德·沃尔什觉得,手里拿着酒杯,身体在毛茸茸的椅子和烟灰缸之间前后摇摆,对自己非常满意,因为莫里斯一家都喜欢他嘛。没错儿,他们喜欢一个会说什么"巴特莱特梨"的男人。他们喜欢他,他这么觉得。

他要去参加克拉丽莎的派对(莫里斯一家告辞了,但他们还会再见面的)。他要去参加克拉丽莎的派对,因为他想去问问理

---

1 英格兰北部一城市。

查德：他们将对印度采取怎样的政策——这帮保守的傻瓜。眼下伦敦会有些什么表演呢？有什么音乐会呢……哦，对了，都是些飞短流长罢了。

因为这就是我们灵魂的真相，他想道，我们的自我，如居住在深海中的鱼儿，在昏晦中前进，在连绵的大海藻间闯出一条路来，穿过阳光闪烁的海域，不停地前进，直到进入一个阴沉、寒凉、深邃、神秘的境地。突然之间，鱼儿又蹿出海面，在微风吹皱的浪尖上嬉戏。也就是说，我们有一种积极的需求，我们需要互相挤擦着过活，我们需要点燃自己的激情，我们需要八卦新闻。政府有什么打算呢——理查德·达洛维一定知道——政府准备拿印度怎么办。

这是个极其炎热的夜晚，报童背着用巨大的红色字体写着"热浪来袭"的布告牌走过，旅馆台阶上摆好了几张藤椅，绅士们悠然自得地坐在那里吸烟喝酒。彼德·沃尔什也坐在那儿。你也许会想象白昼，伦敦的白昼，就这么开始了。就像一个脱去了花裙子和白围兜，准备用蓝色的衣装和珍珠项链来装扮自己的女人，白昼已发生变化，褪去了光华，戴上了薄薄的面纱，就此进入了黄昏，发出一声快乐的叹息，宛如女人将衬裙丢在地上时发出的声音，弃绝了尘埃、暑热和色彩。车流稀疏了，汽车，取代了隆隆的货车，叮当作响，疾驶而过。在广场的四处，在茂盛的树木间，竖着明亮的路灯。我退场了，黄昏似乎在这么说着，在旅馆、公寓和成排的商店或方或圆或凸或尖的房顶上；暮色渐渐苍白、褪色，我要隐退了，她这么说着，我要走了。但伦敦就是不答应，硬是将一把刺刀伸向天空，绑住她，强迫她留下来加入这夜的狂欢。

自从彼德·沃尔什上次回英国以来,威利特先生的伟大革命——夏令时,就已经开始了。延长的黄昏对他是桩新鲜事。还相当振奋人心呢。小伙子们拿着公文箱走过去,因获得了自由而欣喜若狂,还傻乎乎地觉得骄傲,为能走在这条著名的人行道上而感到无比快乐,也许是庸俗,是华而不实的虚荣心,如果你想那么说也行,但那欢天喜地的心情,依然在他们的脸上映出了红晕。他们穿得也很考究,淡红的长袜和挺括的皮鞋。他们现在要去电影院消遣两个小时。黄中透蓝的暮色使他们的轮廓分明起来,也使他们显得更为优雅。暮色把广场上的树叶映得一片苍黄青灰——它们看上去仿佛是浸在海水中一般——一座沉没在海底的城市里的树叶。这样的美令他惊骇,也令他鼓舞,因为那些从印度回来的英国人会心安理得地坐在东方俱乐部里(他认识不少这样的人),怒气冲冲地总结着世界的腐败,而他还在这里,还和以前一样年轻。尽管如此,他依然嫉妒年轻人的夏日时光以及别的一切,还从一个姑娘的话语中,从一个女仆的笑声中——这些都是你无法掌握的无形之物——怀疑起在青年时代里觉得不可动摇地堆积起来的那座金字塔型的社会发生了变化。它曾经压在他们的头顶上,把他们压垮,尤其是女性,就像克拉丽莎的海伦娜姑妈的花,她在晚饭后常常坐在台灯下,把它们夹在灰色吸墨纸之间,上面再压上一本利特雷词典。她现在已经过世了。他从克拉丽莎那里听说,她一只眼睛失明了。似乎很合适——简直是大自然的一大杰作——那个老小姐帕里居然会有个玻璃球眼珠。她会像在风雪中紧紧攀住树枝的一只鸟儿那般死去的。她属于另一个世纪,但她是如此完美,如此统一,她永远都会站立在地平线上,如石头一般洁白刚毅,如一座灯塔,在这个充满危险的、无比漫长的旅途上,在这个没有尽头的(他掏出一枚铜板买了份报纸,看一看萨里和约克郡的板球赛——他已经千百万次掏出过铜板了。萨里又一次出局了)——在这个没有尽头的生活中,标志出一段已然逝去的往昔。但板球不仅仅是一种体育运动。板球是很重要的。他总忍不住想看看板球赛的消息。他先看看报纸付印时临时插进去的最新比分,然后再看天气到底有多热,然后再看一桩谋杀案的报道。同一件事做了千百万次会使这事变得意义丰富,尽管也可以说会使之黯然乏味。过去变得丰富,还积累下经验,曾经在乎过那么一两个人,于是具有了年轻人缺乏的力量,化复杂为简单,做自己想做的,不在乎别人的风言风语,凡事不抱太大期望(他把报纸留在桌上跑掉了),不过他也并非完全如此(他去拿自己的帽子和大衣),至少今晚不是,因为他此刻正准备去参加派对,在他这样的年龄,还满怀期待地以为会有什么事情即将发生在自己身上。但会发生什么呢?

总之,是美感。不是眼睛里生涩的美,也不是简单纯粹的美——从贝德福德街到拉塞尔广场。当然,这一段路笔直而空阔,有对称的走廊,但也有灯火闪耀的窗户,一架钢琴,一架放着音乐的唱机。你会感觉到人们在偷偷地寻欢作乐,但时不时也会显露出来,透过拉开帷幔的窗户,窗门打开着,你可以看见一群人围桌而坐,年轻人在翩翩起舞,男人和女人在交谈,女仆懒散地看着窗外(那是她们表示工作已经完成的奇特方式)。长袜晾在顶层壁架上,一只鹦鹉,几株花草。引人入胜,神秘莫测,无限广阔,是这样的生活。在这个宽阔的广场上,出租车呼啸而过,猛然打弯,情侣们在闲荡,躲在树荫下甜言蜜语、卿卿我我，真是感人，如此静谧，如此专注，人们小心翼翼地、不好意思地从他们身边走过，仿佛在出席某种神圣的仪式，任何打搅都是一种亵渎的行为。这真有意思。他继续前行，走入一个灯火辉煌的世界。

微风吹开了他的轻便大衣，他走起路来有一种无法形容的特质，身子微微前倾，磕磕绊绊的，手放在背后，眼睛有点像老鹰。他摇摇晃晃地穿过伦敦，一边朝威斯敏斯特走去，一边观察着。

那么，大家都出去吃饭了吗？有个男仆打开了这里的一扇门，出来一位走路大刀阔斧的老妇人，穿着搭襻鞋，头发上插着三根紫色的鸵鸟毛。另外几扇门也打开了，出来几位头戴鲜花、身裹披巾如木乃伊般的女士，还有没戴头饰的女士。在有着装饰立柱的高档住宅区里，女人们头上插着梳子（她们刚才跑上楼去看了下小孩），穿过门前稍稍修饰过的小花园而来；男人们在等着她们，微风吹开了他们的轻大衣，汽车已经发动好了。大家都要出门。大门一扇扇打开了，人们走下台阶出发，于是乎整个伦敦都出动了，人们仿佛在登上停泊在岸边的一只只小船，小船随着波浪颠簸，仿佛整个地方都在摇摆着过狂欢节呢。白厅如一张银箔，弧光灯闪过，如覆上了道道蛛丝，似乎有一群蚊子在围着弧光灯飞舞。天气这么热，大家站在那里交谈。而在这里的威斯敏斯特，有一个退休的法官，披一件白袍，端端正正地坐在家门口，也许还是个英印混血儿呢。

在这儿，有一群吵吵闹闹、叽叽喳喳的女人，喝醉酒的女人；在那儿，只有一个警察，还有朦胧的房屋，巍峨的大厦，穹顶的房子，教堂，国会，河上传来一艘汽船的呜呜声，一声空洞而神秘的呼号。可这里是她的街道，这条街，有克拉丽莎的居所。出租车沿着街角疾驶，如冲击着桥墩的水流，它们汇集在这里，他这么想，是为了要载上人们去参加她的派对，克拉丽莎的派对。

此时，他已招架不住那视觉印象的寒流，眼睛就如同一只满溢的杯子，任凭所有的一切沿着杯子的瓷壁流下，不留任何痕迹。此时，大脑必须保持清醒。身体必须保持紧绷，走进这所房子，这所灯火通明的房子，门大敞着，汽车停在门前，明艳照人的女士们走下车来。灵魂必须鼓起勇气，来应对这一切。他打开那把折刀的刀片。

露西全速冲下楼梯，她刚刚还飞奔着冲进客厅抻平椅套，摆正一把椅子，停顿片刻，觉得无论是谁进来都会赞叹这里多么干净、多么明亮、收拾得多么漂亮，因为他们会看见那些美丽的银器、黄铜的火炉、崭新的椅套、黄色的印花布窗帘。当她查看每一件东西时，突然听见一阵鼎沸的人声，用完晚餐的客人们已经上楼来啦，她必须开溜啦！

首相大人要来了，艾格尼丝说。她听见人们在餐厅里这么说来着，她说，一边拿着一只摆满酒杯的托盘走了进来。有什么关系吗，多一个少一个首相，又有什么关系呢？在晚上的这个时候，对于置身在盘子、炖锅、滤锅、煎锅、鸡肉冻、冰淇淋机、切下来的面包皮、柠檬、大汤盆、布丁盆之间的沃尔克太太来说，真的是没什么关系。无论人们在洗涤房里如何卖力地洗碗刷碟，这些东西似乎依旧堆叠在她的头顶，堆叠在厨房的桌子椅子上，熊熊的炉火哔剥作响，电灯亮得眩目，还必须准备夜宵呢。此时，沃尔克太太全部的感受就是，多一个少一个首相对她来说，真的是一丁点关系都没有。

女士们正在上楼来，露西说。女士们上来了，一个接一个，达洛维夫人走在最后头，几乎一直在往厨房间里传话，"向沃尔克太太表达我的谢意。"整晚上就这么一句话。等到第二天早上，她们会一起回味昨晚的菜肴——汤，三文鱼，等等。三文鱼，沃尔克太太知道，肯定像往常一样，是半生不熟的，因为她老是担心布丁，就把三文鱼交给詹妮处理了，所以结果就是这样，三文鱼总是烧得半生不熟的。不过，有位金头发、戴银首饰的女士还问了，露西说，那道正菜间的小菜，真的是自家做的吗？可是，三文鱼的问题依旧令沃尔克太太苦恼，她手里拿着盘子不停地转着擦洗，把风门一会儿关上一会儿打开。从餐厅那里传来一阵大笑，一个说话的声音，然后又是一阵大笑——女士们退场后，先生们开始自娱自乐啦。芳香葡萄酒，露西跑进来说，达洛维先生派人去拿芳香葡萄酒了，是帝王酒窖的皇家葡萄酒呢。

葡萄酒从厨房端了出去。露西回过头去汇报说，伊丽莎白小姐看上去多可爱呀，穿着粉色的裙子，戴着达洛维先生给她的项链，使自己忍不住一个劲地盯着她瞧。不过，詹妮一定要记得那条狗，伊丽莎白的那条猎狐犬，因为它咬人，不得不关了禁闭，伊丽莎白想道，也许它需要点吃的。詹妮一定要记得照料那条狗哟。然而，詹妮是不会和那些四处转悠的人们一起上楼来的。门口已经停了辆汽车！门铃响了起来——先生们还待在餐厅里，喝着芳香葡萄酒呢！

那儿，先生们上楼来了，那是第一批上来的，此时他们走得越来越快了，以至于帕金森太太（她是雇来帮忙开派对的）只得把大厅的门敞开着，大厅里满是等待着的先生们（他们站在那里等，把头发打理得光滑平整），而女士们则在靠走廊的衣帽间里脱下披风，巴内特太太在给她们做帮手，老艾伦·巴内特，她已经在达洛维家服侍了四十年，每个夏天都来做女士们的帮手，她还记得那些母亲们少女时的模样呢。尽管如此，她依旧非常谦逊地与大家握手，满含敬意地称她们为"我的夫人"，但她对待年轻小姐时却有一种幽默的风度，但凡洛夫乔伊女士的紧身束腰出了什么麻烦，巴内特太太总是能手脚麻利地替她解围。所以，她们忍不住会这么觉得，洛夫乔伊女士和艾丽丝小姐，由于已经认识巴内特太太——"三十年了，我的太太。"巴内特太太提醒说，所以她们在梳妆打扮上就能得到优先照顾。想当年，在她们过去住在伯尔顿的时候，年轻小姐们是不需要什么胭脂口红的，洛夫乔伊女士说。艾丽丝小姐不必涂胭脂口红了，巴内特太太说，一边怜爱地看着她。巴内特太太就坐在那儿，坐在衣帽间里，抚平毛皮大衣，折好西班牙披肩，把梳妆台整理干净，尽管她们都穿着毛皮大衣和绣花服装，但她心里还是很清楚，她们中谁是良家妇女，谁不是。"亲爱的老婆婆，"洛夫乔伊女士说道，一面爬着楼梯，"是克拉丽莎的老保姆呢。"

　　接着，洛夫乔伊女士挺直了身躯。"洛夫乔伊夫人与小姐。"她对威尔金斯先生（他也是雇来在派对上帮忙的）说。威尔金斯先生的举止风度翩翩，你看他微微躬身再挺直，微微躬身再挺直起来，以不偏不倚的口吻通报说："洛夫乔伊夫人与小姐……约翰爵士与尼达姆夫人……韦尔德小姐……沃尔什先生。"他的态度真好得没话说了，他的家庭生活也一定幸福美满。不过，只是很难想象这样一个嘴唇发青、下巴剃得干干净净的男人会鲁莽地陷进生儿育女这种麻烦事里去。

"见到您多高兴啊！"克拉丽莎说。她对谁都这么说。见到您多高兴啊！这是她最糟糕的表演——夸张、虚伪。来参加派对真是犯了个大错。还不如待在家里看看书呢，彼德·沃尔什想，应该去音乐厅的，或者待在家里的，因为这里他谁都不认识。

哦，老天，这场派对肯定会失败的，彻底地失败，当莱克斯汉姆老勋爵站在她面前，为妻子在白金汉宫的花园会上着凉了一事道歉时，克拉丽莎打骨子里这么感觉。她用眼角的余光扫到了彼德，看见他站在一个角落里，露出了批评的神色。究竟是为了什么，她要举办这场派对呢？为什么不惜身陷火海也要去追求巅峰呢？反正，让火焰把她吞噬掉好了！把她烧成灰烬！什么都好，就是挥舞起火把再将它扔到地上，也总比像埃莉·亨德森那样浑浑噩噩、渐渐凋零要好呀！彼德真是太了不起了，他只要到这里来一下，只要在角落里站一下，就能把她抛入这样的精神状态。他使她看清了自己：夸夸其谈、俗不可耐。可他为什么要来呢，只是为了来批评她吗？他为什么只知道夺取，从不付出呢？为什么不冒险试一试讲明自己的小小观点呢？他好像要开溜的样子，她必须去和他说说话。可她找不到机会。生活就是那样的——羞辱、隐忍。莱克斯汉姆勋爵解释说，他妻子从来不会穿着毛皮大衣去参加花园会的，因为"亲爱的，你们这些女士都这样"——莱克斯汉姆太太至少也有七十五岁了！多妙呀，他们依旧这般恩爱，这对老夫妻。她确实喜欢莱克斯汉姆老勋爵。她确实认为她的派对很重要，所以觉察到一切都不对头，一切都陷入了平庸无聊，心里觉得很难受。无论发生什么事，爆炸也好，恐怖也好，都比人们在那里无目的地荡来荡去强，都比一帮子人懒懒地站在角落里，像埃莉·亨德森那样，甚至连自己的站相都不在乎要强。

黄色窗帘及上面的每一只天堂鸟，都在温柔地舞动，感觉就像无数双翅膀飞进了房间，又立即飞了出去，最后又被吸了回来（因为窗户开着）。是穿堂风吗？埃莉·亨德森心想。她特别容易着凉。但即使她明天生病打喷嚏也没关系的，她担心的是那些裸露着肩膀的姑娘们，她的老父亲一向教导她要多为他人着想，她父亲是伯尔顿教区的前牧师长，身体一直不太好，如今已经去世。她的感冒从来也没有殃及肺部，一次也没有。她担心的是，那些裸着肩膀的姑娘们，而她本人一向是个弱不禁风的人，头发稀疏，身材瘦小。尽管如今她已五十出头，却有一道柔和的光芒开始从她的身上闪耀出来，它是多年来的克己为人净化出的一种卓越品质。但这样的光芒又会再次坠入混沌，永远的混沌，那是由于她那令人难受的繁文缛节，她那不知所措的恐惧感，那来自于她三百英镑的年收入，和她那无依无靠的处境（她连一个便士都挣不到），造成了她的胆怯，年复一年的，她变得越来越不够格和那些衣着考究的贵人们共处一室。在这个季节的每一天晚上，那些贵人们都要忙于赴宴，她们只要吩咐仆人们"我要穿这件那件"就可以了。而埃莉·亨德森却要紧张兮兮地跑出去，买廉价的粉红花，买上半打，然后在她那条黑色的旧裙子上罩上条披巾。由于克拉丽莎是在最后一刻才给她发派对邀请函的，因此她觉得不太高兴。她有这么一种感觉，克拉丽莎今年本不打算邀请她的。

克拉丽莎干吗一定要请她呢？真的没什么理由，她们不过是老相识罢了。实际上，她们是表姐妹。但由于克拉丽莎向来是个炙手可热的人物，她们也就自然而然地疏远了。不管怎么说，参加派对对她来说都是一件大事。只要看看那些可爱的服装，就能大饱眼福啊。那不是伊丽莎白吗，都长这么大了，梳着流行的发型，穿着粉红的裙子。不过，她顶多也就十七岁。她非常非常漂亮。但如今的女孩子初入社交界，已经不像以前那样穿白衣裙了（她要记住这里的一切，好回去告诉伊迪丝）。姑娘们穿直筒上衣，非常紧身，裙子的长度才到脚踝之上。太不得体了，她觉得。

于是，近视的埃莉·亨德森拼命往前伸着脖子，她并不十分在乎没有人和她交谈（这里的人她几乎一个都不认识），因为她觉得光是打量这些人就是件很有趣的事。想必是些政客吧，都是理查德·达洛维的朋友们。但理查德本人却觉得，不该让这个可怜人整个晚上都独自站在那儿。

"喂，埃莉，你日子过得如何呀？"他以亲热的口吻说道，而埃莉·亨德森，紧张得脸都红了，心里觉得他实在是个大好人，能走过来和自己搭话，她慌乱地说什么有许多人其实不怕冷，倒是更怕热呢。

"是啊，是这样的，"理查德·达洛维说，"确实是的。"

可是还能说些什么呢？

"你好，理查德。"有个人说着，抓住了他的手肘，哦，天哪，是老伙计彼德，老伙计彼德·沃尔什。理查德看见他很高兴——看见他多高兴呀！他一点都没变。他们俩一起穿过房间走掉了，还互相轻轻拍着肩膀，就好像他们是久别重逢一般，埃莉·亨德森看着他们走开去，心里想，她一定见过这人的脸。一个高个子，中年人，眼睛很漂亮，黑黑的，还戴副眼镜，神情很像约翰·巴罗斯。伊迪丝肯定知道这人是谁的。

窗帘和天堂鸟又飘拂了起来。克拉丽莎看见——看见拉尔夫·莱昂把它拽了回去，接着又和人攀谈起来。看来，派对毕竟没有搞砸啊！现在开始走上正轨了——她的派对。开始了，已经开始走上正轨了，但还是危机四伏的。她目前必须站在这儿。好像有一大帮人哄过来了。

夏洛德上校和太太……休·惠特布莱德先生……鲍利先生……希尔伯里太太……玛丽·马多克斯女士……奎因先生……威尔金斯拿腔作调地通报说。她和每个客人都寒暄两句，然后看着他们继续往里进，走进房间。进去就有事做了，不会无所事事的，横竖拉尔夫·莱昂已经把窗帘搞定了。

然而，对她自己来说，这一切实在太费劲了。她没有享受到办派对的乐趣。她太像一个——像随便哪个人，站在这儿，这有什么难的，谁都会呀。然而，她对这个缺乏难度的角色，还确实感到了一点得意，她忍不住这样觉得，无论如何，这一切是由她安排的，它标志着派对的一个程序，她感觉自己也能胜任这样的职责。但奇怪的是，她几乎已经记不得自己的长相，只觉得自己成了打进楼梯顶上的一根木桩。她每次办派对都会有这样的感觉，感觉自己已经不是自己，而是成了某件东西，同时又感觉，每个人都在某个方面呈现出不真实的一面，而在别的方面则又显得更为真实。她想，这部分是因为客人们的正装，部分是因为人们脱离了普通的行为方式，部分是因为这特殊的背景，在这样的场合你能说出在平时说不出来的话，或者是说起来很费劲的那种话，但有可能会和别人进行深入交流。但她不能深谈，至少眼下没那工夫。

"看见你多高兴啊！"她说。亲爱的老哈利爵士！他会结识在场的每一个人的。

看着人们一个接一个往楼上爬,你会产生一种多么奇怪的感觉啊,芒特太太和西莉亚,赫伯特·安斯蒂,戴克斯太太——哦,还有布鲁顿女士!

"您能来真是太好了!"她说,她是真心这么觉得——站在这儿看着人们一个个从你身边走过去,这感觉多奇怪啊,一个个走过去了,有的老迈年高,有的……

她叫什么来着?罗塞特女士吗?但这个罗塞特女士究竟是谁呢?

"克拉丽莎!"听那声音!是萨利·西顿呀!原来是萨利·西顿!经过了这么多年!她穿过一团迷雾到来了。她以前可不是这个模样,这个萨利·西顿,克拉丽莎不禁想起从前,那时自己手里还紧紧地抱着热水罐,心里琢磨着她怎么会撞到自己家里来的,怎么会撞到她家里来的!那时的她可不是这般模样!

有点尴尬的,嬉皮笑脸的,一句接着一句的话语,滚滚而出——萨利说她刚巧经过伦敦,从克拉拉·海顿那里听说了这回事,心想这是多好的一次见面机会呀!所以我就这么硬闯进来了——也没有邀请函……

现在,克拉丽莎可以从从容容地把那只热水罐放下了,因为萨利已经失去了当年的风采。然而,能再次见到她毕竟是件奇事,她老了,比以前更快乐了,没以前那么可爱了。她们在客厅的门边亲吻,先亲这边脸蛋,再亲另一边。克拉丽莎转身,握着萨利的手,看见了整个房间,听见了一片喧哗,看见了烛台,看见了飘拂着的窗帘,还有理查德献给她的玫瑰。

"我有了五个大胖小子。"萨利说。

她是那种最单纯的、以自我为中心的人,她的想法毫不隐晦,就是希望人们能在第一时间想到她,克拉丽莎爱她,因为她依旧是这个样子。"我简直难以置信!"克拉丽莎大呼小叫着,回想起过去的一幕幕,浑身焕发出快乐的光芒。

可是,哎呀,威尔金斯,他需要她呢。威尔金斯正在用一种发号施令般的权威口气通报着——就好像他必须警告在场的所有人,必须把女主人从无关紧要的交谈中拖出来——一个名字。

"首相大人。"彼德·沃尔什说。

首相大人?是真的吗?埃莉·亨德森诧异不已。这事一定要讲给伊迪丝听!

你可不能嘲笑他,尽管他看上去很普通。你可以把他想象成一个站柜台的角色,而你正从他手里买饼干呢——一个可怜的家伙,浑身装点着金色的缎带。说句公道话,在他和大家打招呼时,先是由克拉丽莎陪着,后来是理查德,他的举止简直无懈可击。他努力摆出一副贵宾的样子,看他那样实在很有意思。没人盯着他看。大家自顾自地继续闲聊,但显然心里都明白,或者说从骨髓里都感觉得到,这个最高权威正从自己身边经过,他是大家伙所代表的——英国社会——的象征。老布鲁顿女士,她看上去也很精神,穿着花边的华服,显得气宇轩昂,巍然而至。他们俩退进了一个小房间,立刻遭到了人们的窥视,还有人守卫在门那里。一阵激动的喧嚣传染了在场的每一个人,这是再明显也没有的事了:首相大人在此!

天哪,天,势利的英国人!彼德·沃尔什站在角落里,心想。他们是多么喜欢用金色饰带把自己装扮好,来向权贵致敬呀!看哪!那一定是,天哪,真的是休·惠特布莱德,围在伟人身边点头哈腰呢。他发福了，头发也斑白了，这个令人赞赏的休！

他看上去总像是在值班似的，彼德想，一个特权阶层，但又是一个神神秘秘的家伙，仿佛在保守着什么他宁死也不会透露的秘密，尽管这些秘密不过是宫廷仆役们偶尔泄露出来的一点闲言碎语罢了，到了第二天都会见诸各大报刊的。这些就是他的小玩具，他的小摆设，他在玩弄它们的过程中渐渐花白了发丝，渐渐步入了老年的行列，他享受着人们的尊敬与爱戴，因为大家有幸结识了这位出身于英国公立学校的特权人士。对于休，人们总不可避免地会编造出诸如此类的轶事，那是因为他的风格，那就是彼德在几千英里之外的海外，从《泰晤士报》上读到的他那些绝妙书信的风格。感谢上帝，让彼德得以远离这些恶劣的喧嚣，尽管代价就是，从此只能够听见狒狒的支支吾吾和苦力痛打老婆的声音。此时，一个橄榄色皮肤的大学生讨好地站在休的身旁。休会扶持他、启发他，教他该如何起步。因为他最喜欢助人为乐了，他会让那些老妇人的心快乐地悸动起来，虽然她们觉得自己年事已高，觉得苦恼不断，觉得自己被别人遗忘了。然而还有亲爱的休，他会开车过来陪她们聊上个把小时，聊聊过去，回忆回忆往日的琐事，赞美一番她们自家做的蛋糕，尽管休一辈子里不论哪一天都能找到一位公爵夫人一起吃蛋糕的。而且，你看看他，他也许真的在这份愉快的差事里消磨了不少时间呢。审判一切、宽恕一切的上帝啊，您也许会原谅他吧。但彼德·沃尔什可没什么宽容心。这个世界上一定有恶棍存在，可上帝知道，从总体上说，那些在火车上打碎了姑娘的脑壳而被送上绞架的流氓，也不比休·惠特布莱德和他的善行所造成的危害来得大。现在你再瞧瞧他的那副德行,当首相和布鲁顿夫人出现时,他踮起脚尖,快步向前,点头哈腰,向所有的宾客们暗示:在布鲁顿夫人走过时,他拥有特权可以和她说上几句体己话。布鲁顿夫人停了下来,摇了摇她那颗上了年纪的精致脑袋,想必是在感谢他的某次鞠躬尽瘁的效劳吧。她拥有一批谄媚的拥趸,他们是政府部门里的一些芝麻绿豆官,他们会为她去四处操劳一些琐事,作为报答,她会请他们共进午餐。虽然她是一个属于十八世纪的老古董,但她的行为却无可挑剔。

此时,克拉丽莎陪同着首相走过这间房间,她昂首阔步,容光焕发,灰白的头发也透露出一丝威严。她戴着耳环,穿着一条银绿相间的美人鱼式裙子。她仿佛是悠闲地徜徉在波浪之上,梳理着她那披肩长发,依然拥有那份与生俱来的魅力,生活着,存在着,在她走过的瞬间,便对一切了如指掌。她蓦然转身,原来是披肩勾住了某个女人的裙子,她笑着解开,那举止简直可说是潇洒自如,仿佛是一个在自我的天空中自由飞翔的精灵。可是,岁月已经侵蚀了她,即便是一条美人鱼,也会在某个晴朗的黄昏,从她的镜子里看见海面上的夕阳。她身上有种温柔的气质,而她平素的严厉、拘谨、矜持,此刻都已融化。在她对一位衣服上装饰着繁复的金饰带的男人道别时,此人正在竭尽全力——我们祝他好运吧——摆出一副贵客的模样,她浑身上下显露出一种难以言说的尊严,一种优雅的热诚,仿佛是在祝福整个世界一切顺利,而她本人则处在世界的边缘,此刻必须告退了。她给此人的感觉就是如此(但他并没有爱上她)。

真的,克拉丽莎觉得,首相能来实在是赏光。而且,陪着他走过这间房间,萨利和彼德也在场,还有高高兴兴的理查德,所有这些人也许都相当羡慕她呢。她感觉到了此刻的陶醉，血管在扩张，直到心脏都似乎颤抖起来，沉醉而又振奋——是的，但那毕竟是别人的感觉，因为，尽管她爱这一切，感觉到了兴奋与刺激，然而这些表面文章，这些成就（譬如，亲爱的老彼德就觉得她很是出色）毕竟是空虚之物，它们和她之间有一臂之隔，她的内心并没有成就感，也许是因为她渐渐老了，这些东西不再像以前那么吸引她了。突然间，当她看着首相走下楼梯时，那幅约书亚爵士所绘的戴皮手笼的小姑娘的镀金画框使她想起了基尔曼，她的敌人基尔曼。那反而令人满意，因为那是真实的。啊，她有多恨基尔曼呀——泼辣、虚伪、放荡，但又如此精力过人，还居然引诱了伊丽莎白。这个女人偷偷溜进来，偷走、玷污了她的女儿（理查德肯定会说，真是一派胡言！）。克拉丽莎恨她，可也爱她。我们需要的是敌人，而不是朋友——不是达伦特太太和克拉拉、威廉爵士和布莱德肖夫人、特鲁洛克小姐和埃莉诺·吉布森（克拉丽莎看见她们正上楼来）。如果她们有需要，就必定会来找她的。她是派对的女当家呀！

她的老朋友哈利爵士在那儿呢。

"亲爱的哈利爵士！"她说着，走到这个和蔼的老头身旁，他画糟的画要比圣约翰林画院里任意两个画家的失败作品加在一起都多（他的画作上总是有牛，站在日暮的池塘边饮水，或是取抬起一条前肢、牛角上扬的姿态，来代表"有陌生人来到了近旁"，因为他对牛的姿态颇有些研究——他的所有活动，外出吃饭啦，赌赛马啦，都是靠站在日暮的池塘边饮水的牛来实现的）。

"你们笑什么呀？"她问他。因为威利·蒂特科姆和哈利爵士，还有赫伯特·安斯蒂都在大笑。可是，哈利爵士却说，不能告诉克拉丽莎·达洛维（尽管他非常喜欢她，觉得在她那种类型的人中，她可以说是近乎完美，并扬言要给她画像呢）有关音乐会舞台的事。他拿她的派对来取笑她，打趣说这里没有他想喝的白兰地。这个圈子，他说，高出了我的层次。但他喜欢她，尊敬她，尽管她那该死的、难对付的上流礼节使他无法开口要求她坐到自己的大腿上来。此时，一团飘荡的鬼火，一团模糊的磷光，也就是老希尔伯里太太，迎上前来，在哈利爵士的大笑声（他在笑公爵及夫人）中伸出手来。她刚才在房间的另一头听见这笑声，这使她对某个问题似乎更有了确信，有时她一大早起来，但又不想让女仆准备早茶，这个问题就会来打搅她：我们终有一天会死的，那是多么确凿无疑的事啊。

"他们不会把他们的趣事告诉我们的。"克拉丽莎说。

"亲爱的克拉丽莎！"希尔伯里太太喊道。"今晚的你呀，"她说，"看上去跟我第一次看见你母亲时简直一模一样，当时你母亲正戴着灰帽子在花园里漫步呢。"

克拉丽莎的眼睛里真的噙满了泪水。她母亲，在花园里漫步！可是，哎呀，她必须要走了。

因为，布莱尔利教授在那里，他是教弥尔顿[1]的，正在和小吉姆·赫顿说话（即使是参加这么一个派对，他也不会系好领带、穿好西装背心、把头发打理得光滑平整的），即使在离这么远的地方，她也可以看出他们是在吵架，她看得出来的。因为布莱尔利教授是只十足的怪鸟。他拥有那么多的学位、荣誉和讲师资格，所以在他遇见那些三流文人时，会立刻觉得这里

---

[1] 弥尔顿（1608—1674）：英国著名诗人，代表作有史诗《失乐园》和《复乐园》等。

的空气对他那古怪的性格不利：学识渊博，性格却腼腆，有种缺乏诚意的、冷峻的魅力，势利而又天真。如果他从一位女士蓬乱的头发或一个青年人的皮靴中意识到底层社会的存在，毫无疑问，这个底层社会是由那些热情的叛逆青年组成的，他就会发抖：这个社会里尽是些认为自己是天才的家伙，对于他们，他只得晃晃脑袋、抽抽鼻子——哼！——谦虚的美德呢，想要欣赏弥尔顿，就需要一点古典文学的熏陶。关于弥尔顿，布莱尔利教授（克拉丽莎看得出来）与小吉姆·赫顿（他穿着双红袜子，因为黑的那双还在洗呢）话不投机半句多。于是，她赶忙插进去干预。

她说她爱巴赫的音乐。赫顿也一样。这是他们俩之间的纽带，而赫顿（一个糟糕透顶的诗人）老是觉得达洛维夫人是那些对艺术感兴趣的贵妇人中最了不起的一位。她是那么严肃，多奇怪呀。谈到音乐时，她完全不带个人的感情色彩。她是个相当古板的人。但她的样子又多么迷人呀！她把家里布置得那么好，虽说拿来招待这班教授实在有点浪费。克拉丽莎有点想把他拉走，想让他坐到里间的钢琴前面去。因为他弹出来的简直是仙乐。

"可太吵了！"她说，"太吵了！"

"这是派对成功的标志喔。"教授彬彬有礼地点点头，随即步履轻快地走开了。

"他知道弥尔顿的一切呢。"克拉丽莎说。

"真的吗？"赫顿说，他会在汉普斯特德[1]的每个角落模仿教

---

1 伦敦的一个区名。

授的样子:教授谈论弥尔顿,教授谈论谦虚的美德,教授步履轻快地离开。

但是,她必须过去和那一对情侣说两句了,克拉丽莎说,就是盖顿勋爵和南希·布洛。

他们可没有明显地增加派对上的喧闹声。他们肩并肩站在黄窗帘边上,并没有在说话(或者说,即使他们在说话,你也听不见)。他们很快就会一起躲到别处去的,可无论在哪里,他们从来都没有多少话要说。他们喜欢观察,仅此而已,已然足够。他们看上去非常干净,非常健康,她涂脂抹粉,如杏花盛开,而他则洗漱干净了,眼睛像鸟儿一般尖,所以不会错漏一球,没有任何突击会让他吃惊。他击球、跳跃,动作精准,反应敏捷。只要他勒紧缰绳,就连赛马的嘴都会发颤呢。他有荣誉感,祖传的纪念碑啦,在老家教堂里飘扬着的家族旗帜啦。他有他的职责——管理佃户。他有母亲和姐妹。他整天都待在洛兹板球场,达洛维夫人走过去的时候,他们在谈论的正是这些内容——打板球呀,看电影呀,堂表亲们这样那样啦。盖顿勋爵真的非常喜欢达洛维夫人。布洛小姐也是。达洛维夫人的风度多迷人啊。

"你们能来真是太好了——太有劲了!"达洛维夫人说道。她喜欢勋爵。她热爱青年人,还有南希,穿着由巴黎最伟大的艺术家设计出来的天价服装,站在那儿,衣服上的绿花边看上去那么服帖,就像是从她的身体里长出来的呢。

"我原本打算开舞会的。"克拉丽莎说。

因为,如今的青年人不会闲聊。他们干吗非要闲聊呢?他们会大呼小叫,会搂搂抱抱,会跳旋转的舞步,会在拂晓时起床,会拿糖果喂小马驹,会亲吻、爱抚他们那可爱的中国犬的鼻子,会浑身湿哒哒地跳进水里游泳。可是,英语这笔巨大的宝藏,它赋予了人们交流感情的力量(在她和彼德年轻的时候,会彻夜争论不休呢),毕竟不是属于当今的年轻人。语言的力量原本可以充实青年人呀。他们会和自己的家人很好地交流,但独自一人时,他们也许就变得相当沉闷了。

"真可惜!"克拉丽莎说,"我原来想办舞会的。"

他们能来实在是好得无以复加了!不过要说跳舞嘛,所有的房间里都已挤满了人!

披着围巾的老海伦娜姑妈在那儿。哎呀,她不能再陪他们了——盖顿勋爵和南希·布洛。她得去招呼老小姐帕里了,那是她的姑妈呀。

因为海伦娜·帕里小姐还没有死,她还活着呢,已经八十出头了。她拄着拐杖,慢慢地爬上了楼梯。她坐在了一张椅子上(是理查德扶她过去的)。了解七十年代缅甸的人们都被领来见她了。彼德到哪里去了?他和老姑妈以前是很要好的朋友呢。只要一提到印度,甚至是锡兰[1],她的眼睛(不过有一只眼珠是玻璃的)就会慢慢深沉起来,变得湛蓝,眼前浮现出来的,不是人物——她对总督、将军、乱党什么的全无温柔的回忆,也不存骄傲的幻想——而是兰花,和一道道山隘,以及六十年代里苦力们抬着她穿越荒山野岭的情景,或者是下轿去采兰花(令人啧啧称奇的花,以前从没见过),好让她之后画些水彩画。一个不屈不挠的英国女人,尽管不时会受到战争的干扰,譬如,一颗炸弹在她家门口

---

[1] 斯里兰卡的古称。

爆炸,从而打破了她对兰花和自己在六十年代里在印度旅行的情景的沉思,使她感觉烦躁不安——不过,彼德走过来了。

"来和海伦娜姑妈谈谈缅甸吧。"克拉丽莎说。

整个晚上,他还没有和克拉丽莎说过一句话呢!

"我们过会儿再谈。"克拉丽莎说着,把他领到了披着白围巾、拄着拐杖的海伦娜姑妈面前。

"这是彼德·沃尔什。"克拉丽莎说。

这句话没能引起她的丝毫反应。

克拉丽莎邀请了她。对她来说,参加派对实在太累人了,这里也太吵了,但克拉丽莎还是邀请了她。所以她来了。他们住在伦敦实在是遗憾——理查德和克拉丽莎。即便是仅仅考虑克拉丽莎的健康,他们也最好住到乡下去。可克拉丽莎总是喜欢社交活动。

"他去过缅甸。"克拉丽莎说。

啊!海伦娜姑妈禁不住回想起查尔斯·达尔文[1],他曾对她那本有关缅甸兰花的小书做过评论呢。

(克拉丽莎一定要过去和布鲁顿女士聊聊。)

如今,她那本关于缅甸兰花的书,肯定早已被人们遗忘了,但在1870年前它还出了三版呢,老姑妈告诉彼德说。此刻,她想起他来了,他以前在伯尔顿住过(彼德·沃尔什还记得,那晚他和老姑妈一起待在客厅里,后来克拉丽莎招呼他去划船,他连招呼也没和老姑妈打就走人了)。

"理查德非常欣赏您的午餐会。"克拉丽莎对布鲁顿女士说。

---

[1] 达尔文(1809—1882):英国生物学家,进化论的创始人。

"理查德尽力帮助了我，"布鲁顿女士答复说，"他帮我写了一封信。你好吗？"

"哦，好极了！"克拉丽莎说（布鲁顿女士讨厌这些病恹恹的政客夫人们）。

"彼德·沃尔什在那儿呢！"布鲁顿女士说（因为她从来想不出有什么话好跟克拉丽莎说的，尽管她喜欢克拉丽莎。克拉丽莎有许多优点，但她们俩从来没有共同语言——她和克拉丽莎。如果理查德娶的是一个不那么有魅力的女人，也许会更好些，平凡的女人会在工作上给他更多帮助的。他失去了进内阁的机会）。"彼德·沃尔什过来了！"她说着，随即和这个讨人喜欢的坏家伙握手，他是个非常能干的家伙，本该闯出一番显赫的事业，但没有（总是陷入女人方面的麻烦），当然，还有那个老小姐帕里。了不起的老妇人！

布鲁顿女士站在帕里小姐的椅子旁边，像个幽灵投弹手，穿着一袭黑衣，邀请彼德·沃尔什去参加她的午餐会。她很热情，但没有废话，对印度的花草鸟兽之类全无记忆。当然，她去过印度，曾在三位总督家住过，觉得有些印度平民实在是大好人。但印度的状况——真是惨不忍睹啊！首相刚刚告诉她的（老小姐帕里在披肩里缩成一团，首相说过什么她才不在意呢），而且，布鲁顿女士也很乐意听听彼德·沃尔什的意见，因为他刚从这个问题的核心过来，她会安排桑普森爵士和他见面的，因为那里的状况真的令她彻夜难眠。作为一个士兵的女儿，她觉得那里不仅是愚蠢，简直可说是邪恶。如今她年事已高，没有多大用处了。可她的房子，她的仆人，她的好朋友米莉·布拉希——他还记得吗？——都在那儿等着能派上用场呢——总之，只要他们能派上用场就好。虽然布鲁顿女士从来也不提起英国,但这座男人的岛屿,这片至亲至爱的土地,已经融入了她的血液里(虽然她没读过莎士比亚[1])。如果天底下有一个女人会戴上头盔拉弓射箭,会指挥军队冲锋陷阵,用不屈不挠的正义感来统治蛮荒一族,最后被埋葬在教堂里平板的盾牌之下,或者被年代久远的某个山坡上的一堆青草掩埋,那女人就一定是米利森特·布鲁顿。虽说她受到性别的限制,还缺乏严谨的逻辑思维(就连给《泰晤士报》写封信她都觉得力不从心),但她心里总惦记着大英帝国,因为受到了披盔戴甲的女神的感召,她获得了挺拔的身材和干练的作风,所以我们无法想象在她死后肉体会游离到尘世之外,或者以某种虚幻的形式,在大英国旗不再飘扬的国度里独自徘徊。哪怕是到了阴曹地府,要叫她不做英国人——不,不!绝对办不到!

那是布鲁顿女士吗(她过去很熟的那位)?那是两鬓斑白了的彼德·沃尔什吗?罗塞特女士(以前叫萨利·西顿)自问道。那位当然是老小姐帕里啰——她过去住在伯尔顿时,这位老姑妈常对她火冒三丈呢。她永远也不会忘记自己赤身露体在走道上跑的那回事,后来帕里小姐还把她叫去狠狠地训了一顿呢!还有克拉丽莎!哦,克拉丽莎!萨利抓住她的手臂。

克拉丽莎在她们旁边停下来。

"可我这会儿没空啊。"克拉丽莎说。"我过会儿就来。等我哦。"她看着彼德和萨利,说道。他们必须等,她的意思是说,他们必须等到所有人都离开之后。

---

[1] "这座男人的岛屿,这片至亲至爱的土地"等文字转引自莎士比亚的《理查二世》第二幕第四场。

"我会回来的。"她看着老朋友萨利和彼德说道,他们在握手哩,萨利还在笑呢,她一定是想起了往事。

可是,她的嗓音已没有了以前那种引人陶醉的珠圆玉润,她的眼睛也不像以前那么闪闪放光了。想当年,她吸雪茄,她一丝不挂地跑过走廊去拿她的海绵包,那时,埃伦·阿特金斯还问她要是给先生们看见了该如何是好呢。但大家都原谅了她。她在储藏室里偷了一盆鸡,因为她晚上老是觉得腹中空空;她在卧室里抽雪茄;她把一本价值不菲的书忘记在了小船上。但大家都喜爱她(也许只有爸爸不在其列)。是因为她的热情、她的活力——她既会画画,又会写作。村子里的老婆婆们至今仍不会忘记她,会让克拉丽莎代她们问候一下"你那位披着红斗篷、看上去非常阳光的朋友"。她在众人中挑选出休·惠特布莱德(他在那儿,她的老朋友休,正在和葡萄牙大使说话)来攻击,谴责他为了报复她说女人也该有选举权,而在吸烟室里非礼她。只有下流的男人才会干这种事,她说。克拉丽莎还记得,当时不得不劝说她,别在家庭祈祷仪式上公开地指责他——她做得出来的,她是个大胆莽撞、爱出风头、爱生事端的人。克拉丽莎过去常这么想,像她这么风风火火的人肯定会以可怕的悲剧收场的——离奇地死亡,或者殉难。但没想到的是,她非但没有发生悲剧,而且还成了家,嫁给了一个衣冠楚楚、纽孔巨大的光头,据说此人在曼彻斯特拥有多家棉纺厂。而且,她还生了五个小子呢!

她和彼德坐到了一起。他们说着话:一切如此熟悉——他们是该聊聊了。他们要好好聊聊过去。克拉丽莎的过去是和这两个人密不可分的(甚至要超过理查德):老家的花园,树木,老约瑟夫·布莱科普夫提着破锣嗓子唱着勃拉姆斯的歌曲,客厅的墙纸,草席的气味。萨利肯定永远都是这个过去的一部分,彼德也一样。可克拉丽莎没空陪他们。布莱德肖夫妇来了,她不喜欢他们。她必须去布莱德肖夫人(她穿着灰白相间的衣服,像只在水池边上摇摇摆摆的海狮,叫嚣着要别人邀请她,要结识公爵夫人,这个典型的成功男人的贤内助)那里,她必须去布莱德肖夫人那里寒暄几句……

但布莱德肖夫人抢在了她的前头。

"我们来得实在太晚了,亲爱的达洛维夫人,我们几乎都不好意思进来了。"布莱德肖夫人说。

还有威廉爵士,他头发灰白,眼睛碧蓝,看上去十分高贵,他也说来得实在太晚了,但他们无法抵御派对的诱惑。他也许正在和理查德谈论那项议案,他们都希望下议院能够通过。为什么看到他,看到他和理查德说话,她会觉得恶心呢?他看上去仪表堂堂,完全符合名医的身份。一个在他那一行里绝对是数一数二的人物,大权在握,可也显得很疲惫。只要想一想找他看病的都是些什么人,就不难理解了——净是些处在悲惨地狱的最底层的人,精神濒临崩溃的人,濒临崩溃的夫妇,等等。他必须解决那些极为棘手的问题。然而——她的感觉是,你不会愿意让威廉爵士看出你不快活来的。不,不能让那家伙看出来。

"你在伊顿念书的儿子好吗?"她问布莱德肖夫人。

因为得了腮腺炎,布莱德肖夫人说,他没能参加十一岁考[1]。他父亲甚至比他还急呢,她这么觉得,她说:"他自己也不过是个大孩子而已。"

---

[1] 英国的一项考试制度,类似于小学会考,现已基本废除。

克拉丽莎看着威廉爵士，他正在和理查德说话。他看上去可不像是个孩子——一点都不像。她有次陪某人去他那里看病。他的医疗方法绝对正确，完全合理。可是老天爷啊——从他那里出来，重新走到大街上，会给人多大的安慰呀！有个可怜的病人在候诊室里淌眼泪，她还记得。可是，她也说不清楚是怎么回事——威廉爵士到底哪里不对劲，她到底讨厌他什么地方。不过，理查德倒和她意见一致，"不喜欢他的品位，也不喜欢他的气味。"但他毕竟是个能力超强的人。他们在商量那个议案。威廉爵士压低了声音，讨论起某个病例。他所说的和什么弹震症的延迟发作有关。应该把相应的条款写进议案里去。

布莱德肖夫人（可怜的傻瓜——但人们并不讨厌她）这会儿放低了声音，把达洛维夫人拖入了一个具有共同女性特征的——一方面对丈夫们的优秀品质感到无比自豪，另一方面对他们劳累过度的可悲倾向又无比担忧——庇护所内，轻声细语地说道："我们刚准备出门时，我丈夫接到了一个电话，一个很惨的病例。一个小青年(威廉爵士正在告诉达洛维先生的，也是这件事)自杀了。他曾参过军。"哦！克拉丽莎想道，我的派对还在进行中呢，死亡就这么闯进来了，她想道。

克拉丽莎继续往里走，走进了首相和布鲁顿女士刚才进去的那间小房间。也许有人在那里吧。可是一个人也没有。椅子上还留着首相和布鲁顿女士刚才坐过的痕迹，布鲁顿女士恭恭敬敬地侧过身坐，而他则正襟危坐，气宇轩昂。他们刚才还在谈论着印度。可现在这里没人了。派对的华彩已灰飞烟灭，穿着华服独自走进这房间，感觉多么奇怪噢。

布莱德肖夫妇有什么权利在她的派对上谈论死亡呢？一个小

伙子自杀了。他们就在她的派对上谈论这种事——这对夫妻，谈论着死亡。他自杀了——可怎么死的呢？每当她在突然间听到什么事故时，总觉得像亲身经历过一般：如果是火灾，她会觉得衣服起火了，身体烧着了。那个小青年从窗口纵身跳下去了。大地闪耀着白光，生锈的栏杆尖刺穿了他，伤痕累累的，真是不巧。他躺在地上，脑子里响起砰、砰、砰的声音，然后是一片令人窒息的黑暗。她看到了如此景象。可他为什么要那么做呢？那对布莱德肖夫妇居然在她的派对上讲这种事情！

她有次往蛇湖里扔了一枚先令，后来就再没扔过任何东西。可是那青年却把自己的生命扔了进去。生活总还要继续（她一定要回到派对上去了，房间里依旧人头攒动，还不断有人进来）。这些客人们（她一整天都在想着伯尔顿，想着彼德，想着萨利），他们都会慢慢变老的。有一件很重要的东西，而这件东西，在她自己的生命中，往往被喋喋不休所淹没，所毁伤，所失色，在堕落、谎言和八卦之中，这件重要之物就一天天地流失了。但那个青年却保存了这件珍宝。死亡就是他对人世的挑战。死亡是渴望沟通的一种努力，人们却感觉无法深入事物的核心，因为它总是神秘地回避着我们，近在咫尺又似乎远在天涯，欢宴之后，留下的是孤零零的一个人。死亡之中，却有着拥抱的暖意。

可这个自杀了的小伙子——他是怀揣着珍宝跳下去的吗？"如果此刻就能奔赴黄泉，那么此刻就是最幸福的。"她有次穿着一袭白衣走下楼时，曾对自己这么说过。

或许诗人和哲人也这么想吧。假设他有过那样的激情，并且去找了威廉·布莱德肖爵士看病，他是个伟大的医生，然而在她眼里他总有股说不清楚的邪恶感，他似乎没有性别也没有欲望，对女人总是礼貌有加，但又能干下某种难以言说的恶行——对你的灵魂横加干涉，就是这回事——如果这个小伙子去找他看病，而威廉爵士用他的权利如此这般地对那小伙子施压，那么他也许会这么说（她现在真的这么觉得），生活实在叫人忍无可忍啊。正是像威廉爵士那样的人，使生活变得忍无可忍，难道不是吗？

另外（她今天早上才感觉到的），还有生命的恐怖感：父母们将生命交付到我们的手中，并期望我们平平安安地一路走到生命的终点，但我们却倍感无奈。在她的内心深处，感觉到一种骇人的恐惧。即使是现在，她也会感到生命里到处都是磕磕绊绊，烦恼接连不断，如果不是有理查德常在她身边看《泰晤士报》，使她得以如小鸟般蜷缩一旁，一点一点地恢复生机，从而自心底里唱出一首欢乐之歌，她一定早就夭折了。可那个小伙子自杀了。

无论如何，这都是她的灾难——她的耻辱。这是对她的惩罚，让她在黑暗的深渊里，看见这儿有个男人倒下去，那儿有个女人殒殁了，而她却被迫穿着晚礼服，站立在这里。她曾经用诡计陷害过别人，也曾经顺手牵羊过。她从来不像旁人看来的那般可敬可爱。她也曾渴望成功，渴望成为像贝克斯伯罗女士那样的人。她还曾在伯尔顿的露台上散过步呢。

一切都归功于理查德，她从没感觉那么幸福过。没有任何事物进展得过于缓慢，也没有任何事物会久久地原地踏步。没有任何一种快乐能与之相比拟，她想着，扶正了椅子，把书架上的一本书往里推一推，青春的辉煌已成为往事，在生活的洪流中失去了自我，而现在，在惊喜中，她重新发现了生活的滋味，正如日出和日落，每个时刻都有不同的乐趣。在伯尔顿，在人们都在那儿说话时，她却老是喜欢去眺望天空，或者在晚饭时，透过别人的肩膀眺望苍穹。如今，在她失眠的时候，她依旧会去眺望伦敦的夜空。此时，她走到了窗前。

这片乡村的天空，威斯敏斯特上方的天空，与她生命里的什么东西交织在一起呢，这种想法真够傻的。她拉开窗帘，眺望天空。哦，可怎么也想不到啊！——对面房间里的老妇人在直直地瞪着她呢！那妇人正要上床去。至于那天空嘛，她原本以为，它会藏起那柔美的脸颊，以一种肃然而昏暗的面貌示人。可是你瞧——苍茫的天空里，有大团的细云在飞快地掠过。这样的景象对她来说倒蛮新鲜的。一定是起风了。对面房间里的那个老太太，正准备上床去。她看着老太太在那里四处走动，穿过房间，走到窗前，真是一道迷人的风景。老太太会看见她吗？看着那个老太太，非常平静地上床去，实在是太感人了，而客厅这边的人们还在欢声笑语、大呼小叫的。稍后，她拉起了百叶窗。钟声响起来。小伙子自杀了，可她并不同情他。钟声敲响了，一下，两下，三下，一切还在进行中呢，她并不同情他。瞧！老太太关灯了！派对还在进行中呢，可那幢房子却漆黑一片了，她反复说道，话语自动地来到她嘴边，别再害怕灼热的太阳。她一定得回去招呼客人们了。但这是一个多么辉煌的夜晚呀！无论如何，她感觉自己和那个人很像——那个自杀了的小伙子。她为他抛弃了一切而感到高兴，他甚至抛弃了生命。钟声响了。沉重的声浪在夜空中融化了。他使她感觉到了美丽，使她体会到了快乐。可她必须回去了。她必须回到人群中去了。她必须到萨利和彼德那儿去。她从小房间出来，走进了客厅。

"可克拉丽莎去哪儿了呢？"彼德问道。他和萨利一起坐在沙发上(经过了那么多年,他真的无法把她叫作"罗塞特夫人")。"这个女人,上哪儿去了呀?"他问,"克拉丽莎在哪儿呀?"

萨利猜想,彼德原来也是那么想的,一定是来了许多他们俩都不认识的要人和政客,除非碰巧在报纸上看见过他们的照片,克拉丽莎不得不去照应他们,不得不去和他们寒暄一番。她和他们很熟。然而,理查德还是没能进内阁。他没有取得成功,萨利是这么猜想的,至于她自己嘛,她几乎从来不看报。她有几次看见报上提到理查德的名字。可那又怎么样呢——好吧,她过着一种孤陋寡闻的生活,生活在荒野中,克拉丽莎会这么说,但她的生活里却有不少大商人和大工厂主呢,反正都是些干实事的人。她自己也是干实事的!

"我有五个儿子!"她告诉彼德。

天哪,天哪,她的变化多大呀!温柔的母性,为儿子沾沾自喜呢。彼德记得,他们最后一次的见面,是在月光下的花椰菜丛中,她当时还说了菜叶"如粗糙的青铜",她很有些文学修养。那晚,她还摘了一朵玫瑰。在那个糟糕的夜晚,在发生了喷泉旁的一幕之后,她还领着他不停地走来走去呢,而他还要去赶午夜的火车。天晓得,他当时居然还哭了!

那是他的老把戏了,打开他的小折刀,萨利想,在他激动的时候,他总是打开又合上那把折刀。他们那时是多么亲密无间呀,她和彼德·沃尔什,当时他还爱着克拉丽莎。还有那次午餐,为了理查德·达洛维而发生的那场可怕又荒唐的争吵。就为了她把理查德叫作"威克姆[1]"。为什么不能叫他"威克姆"呢?

---

[1] Wickham,字面意思是坏蛋。

克拉丽莎顿时就发了飙。她们从此就没再见面，她和克拉丽莎，在过去的十年中，她们最多也就见过五六次面。而彼德·沃尔什就此去了印度，她还似乎听别人说起过，他在那里结了婚，但婚姻不幸福，不知道他是否有了小孩，她也不好直接问他，因为他已经不是从前的那个彼德了。他看上去有点憔悴，不过比以前更和蔼了，她觉得，她真的很喜欢他，因为她的青春是和他联系在一起的，她至今保存着他当年送给她的一本艾米莉·勃朗特的薄薄的书，他一定是打算写作吧？当时，他确实打算写作呢。

"你后来写作了吗？"她问他，一面张开手来，她那双漂亮又有力的手放在了膝盖上，他还记得她的这个习惯姿势。

"一个字也没写过！"彼德·沃尔什说。她笑了起来。

她依旧很迷人，依旧是个了不起的人物，这个萨利·西顿。可是这个罗塞特，又是何许人呢？他在结婚那天别了两朵山茶花——这就是彼德对他的全部了解。"他们家有数不清的仆人，绵延几英里的温室。"克拉丽莎在信中告诉他。情况大致如此吧。萨利哄然大笑，承认那确实是事实。

"是的，我的年收入有一万镑。"——至于这收入是税前还是税后，她也记不清了，因为一切都由她的丈夫替她操心。"你一定得见见他。"她说，"你一定会喜欢他的。"她接着说。

而过去的萨利，常常穿得像个叫花子呢。为了去伯尔顿，她还当掉了她奶奶的戒指，那还是玛丽·安托瓦内特送给她曾祖父的呢。

哦，是的，萨利想起来了，她把它赎回来后一直保存着，这枚玛丽·安托瓦内特送给她曾祖父的戒指。在当时，她名下真可说是一文不名，想去一趟伯尔顿总是意味着要伤透脑筋。但是去伯尔顿对她来说意义重大——能够使她保持心智健全，她相信，在家里时她是多么不幸啊。但那都是陈年往事了——如今一切都过去了，她说。帕里先生已经过世，而帕里小姐仍健在。他这辈子还从没听过比这更惊人的消息！彼德说。他一直以为她已经去世了呢。萨利猜想，克拉丽莎和达洛维的婚姻一定很成功吧？就在那边，在窗帘旁边，穿着红衣服的，那位非常漂亮、镇定自若的年轻姑娘，就是伊丽莎白。

（她宛如一株白杨，宛如一条河流，宛如一朵风信子，威利·蒂特科姆心想。哦，待在乡下有多好啊，她可以随心所欲地过日子呢！她听见那条可怜的狗又在吠叫了，伊丽莎白敢肯定。）

她一点也不像克拉丽莎，彼德·沃尔什说。

"哦，克拉丽莎！"萨利说。

萨利有这么一种强烈的感觉，她觉得自己欠克拉丽莎很大一个人情。她们曾是好朋友，不只是熟人，更是好朋友，她还能看见穿着一袭白衣的克拉丽莎，捧着满满一束鲜花在宅子里穿梭——烟草的味道至今仍会令她回想起伯尔顿。可是——彼德明白吗？——克拉丽莎是有欠缺的。可她欠缺什么呢？她有魅力，而且魅力无边。可老实说（此刻她觉得彼德是一个老朋友，一个真正的朋友——久未见面有什么关系呢？距离又有什么关系呢？她过去常想给他写信，可结果又总是把信纸撕掉，然而她还是觉得他能理解的，因为人们就是不用语言也能相互理解嘛，就像人们会意识到自己的逐渐衰老，她真的老了，那天下午她还去伊顿看望了儿子呢，小家伙们得了腮腺炎），那么老实说吧，克拉丽莎怎么能做下那件事呢？——怎么能嫁给理查德·达洛维？一个爱好运动的人，一个只关心小猫小狗的人。每当他走进房间，你就能闻到他身上有股马厩的气味,一点不假。还有这种派对,有什么意思呢?她不屑地挥挥手。

那是休·惠特布莱德,他穿着白马甲溜达过去了,大腹便便,目光茫然,对一切都视而不见,只看见自己的骄傲和心满意足。

"他不会认出**我们**来的。"萨利说,而她也真的没有勇气——那真的是休!那个令人赞赏的休!

"他现在是干什么的?"她问彼德。

他为国王擦皮靴,或者在温莎宫里数老酒瓶,彼德对她说。彼德还是那么出言不逊!但萨利,你一定要向我坦白,彼德说。就现在,说说那个吻到底是怎么回事,就是休的那个吻。

他吻了她的唇,她向彼德保证,事情发生在那天晚上的吸烟室。她怒气冲冲地径直去找克拉丽莎告状。休不会干出那种事来的!克拉丽莎说,他是令人赞赏的休嘛!就说休穿的袜子,无一例外都是她所见过的最漂亮的——此时他穿着一身晚礼服,近乎完美!他有孩子了吗?

"这间屋子里的每个人都有六个儿子在伊顿。"彼德告诉她,除了他自己。他,谢天谢地,没有孩子。没有儿子,没有女儿,也没有妻子。好吧,他似乎并不介意,萨利说。她觉得,他看上去比他们中的任何人都更为年轻。

但从方方面面来看,那样的婚姻都是愚蠢的,彼德说。"克拉丽莎真是个十足的傻瓜,"他说,但是他又说,"我们有过一段美好的时光。"可是那怎么可能?萨利寻思,他是什么意思?虽说认识他,却对他的经历一无所知,真是奇怪透顶。他是因为骄傲才说出这番话来的吗?很有可能,因为这事毕竟令他苦恼不已（尽管他是个怪胎，一个妖魔鬼怪般的人物，跟普通人截然不同），到了他这把年纪还没有自己的家，没有自己的归宿，一定会陷入寂寞孤独的。但他一定要上他们家去住上几个礼拜。他当然会的，他会喜欢住在她家的，归根结底就是这么回事。这么多年来，达洛维夫妇一次也没去她家玩过。他们也不知邀请过多少回了。克拉丽莎（当然是克拉丽莎的主意啰）就是不肯去。因为，萨利说，克拉丽莎在骨子里是个势利鬼——我们必须承认，她是个势利鬼。而这正是她们间的隔阂所在，萨利确信。克拉丽莎觉得萨利的婚姻门不当户不对，她老公是个——萨利本人却以此为荣——矿工的儿子。他还是个小毛孩的时候（她的声音颤抖着），就扛过大麻袋呢。

（彼德觉得，她能这样一直讲下去，讲它个把小时：矿工的儿子啦，人们觉得他配不上她啦，她有五个儿子啦，还有些什么来着——花花草草、绣球花、紫丁香，还有极为稀有的木槿百合，这种花在苏伊士运河以北从来养不活，可是她却在曼彻斯特的郊区，和一个花匠一起栽培了好几花坛，真的是好几花坛哦！而克拉丽莎回避了所有这一切，她本来就不是个贤妻良母型的女人。）

克拉丽莎是个势利鬼吗？是的，各方面都是。都过去这么长时间了，她人在哪儿呢？时候不早了。

"然而，"萨利说，"当我听到克拉丽莎要办派对，我就觉得我非来不可——一定要再见她一面（我住在维多利亚大街，几乎就在她家隔壁嘛）。所以我就不请自来了。""喔唷，"她低声说，"你一定要告诉我。那人是谁呀？"

是希尔伯里太太，正在寻找出口。因为时间已经很晚了！她嘟哝着，天越晚，在人们都告辞后，你就越能找到老朋友，在每一个寂静的角落，都有最动人的风景。他们知道吗，她思忖，他们知道自己住在一个迷人的花园里吗？灯火、树木，还有那闪着微光的湖泊与天空，多么神奇。不过是后花园里的几盏花灯罢了，克拉丽莎·达洛维如此说过！可希尔伯里太太是个魔术师呢！这里简直就是个公园……她不知道这些客人的名字，但她知道他们都是朋友，不知道姓名的朋友，不知道歌词的歌曲，总是最好的。但这里的门实在是太多了，简直是座神秘莫测的迷宫，她找不到出口啦。

"希尔伯里老太太。"彼德说。但那人又是谁呢？那个整晚上都站在窗帘边上一言不发的女士。他认识这张脸，她和伯尔顿有关系。她一定是那个常在窗口的大桌子上剪裁内衣的女士吧？戴维森，大概叫这个名字吧？

"哦，那是埃莉·亨德森。"萨利说，克拉丽莎对她实在是太刻薄了。她们还是表亲呢，尽管她人很穷。克拉丽莎对人**真的**是太刻薄了。

她确实是的，彼德说。然而，萨利激动地说——彼德以前很喜欢萨利这副热情洋溢的样子，可现在却觉得有点害怕，害怕萨利变得过于情绪化——克拉丽莎对待朋友是多么慷慨啊！那是一种多么难能可贵的品质呀，有时候在晚上，抑或在圣诞节，萨利思量着自己是个多么幸运的人时，总会把克拉丽莎的友谊放在首位。她们当时多年轻啊，克拉丽莎又心地纯洁，就是这个缘故。彼德会认为，克拉丽莎太多愁善感了。她确实如此。因为，萨利终于认识到，唯有一个人的感觉，才值得一谈。不要聪明反被聪明误啊。我们应该老老实实地说出自己内心的感受。

"可我不知道,"彼德·沃尔什说,"自己有什么感受。"

可怜的彼德,萨利想。为什么克拉丽莎还不来和他们聊聊呢?他盼望着和她好好地聊上一聊,萨利知道的。他一门心思只想着克拉丽莎,所以他不停地耍弄他那把折刀。

他觉得生活不会简单,彼德说。他和克拉丽莎的关系就不简单。这毁了他的生活,他说(他们曾那么亲密无间——他和萨利·西顿,没有道理不承认呀)。一个人不能两次陷入爱河,他说。而她又能说些什么呢?不过,爱过总比从没爱过要好(但他会以为她太多愁善感——他过去老是那么尖刻的)。他一定要去曼彻斯特和他们住上一阵。就这么讲定了,他说。他非去不可。他很乐意去她家做客,等他在伦敦办完要办的事后,他会即刻就去的。

与理查德比,克拉丽莎更喜欢他呢。萨利很肯定这一点。

"不对,不对,不对!"彼德否认说(萨利不该这么说的——她太过分了)。那个老好人——瞧他正待在房间的另一头,侃侃而谈,一如既往,依旧是那个亲爱的老理查德。他在和谁说话呢?萨利问,那个仪表堂堂的男人是谁呀?像她这种一直住在荒野里的人,总是有不知餍足的好奇心,总想结识陌生人。但彼德也不认识此人。他不喜欢此人的模样,他说,想必是个内阁大臣吧。在这些人中,他觉得理查德是最好的,他说——理查德最公正无私。

"可他做了些什么呢?"萨利问。她猜,也许是公益事业吧。他们在一起幸福吗?萨利又问(她自己可是幸福得要死),因为,她承认说,她对他们的婚姻生活一点不了解,只是瞎下结论而已,大家都这样,即使是那些每天和我们生活在一起的亲人,我们对他们又有多少了解呢?她问。我们难道不都像是囚徒吗?她曾读过一个很好的剧本,写一个人在牢房的墙上胡乱涂鸦,她感觉那就是生活的真相——每个人都在墙壁上胡乱涂鸦。她对人际关系失去了信心(人都是那么复杂),她常常跑到自家的花园里,在花花草草中寻找无论是男人还是女人都不能给她的平静。可是不,他可不喜欢卷心菜什么的,他更喜欢和人打交道,彼德说。诚然,青春是美丽的,萨利看着伊丽莎白穿过房间,说道。和少女时期的克拉丽莎简直相差十万八千里哦!彼德能搞懂这个小姑娘吗?她不会轻易说话的。了解不多,还不怎么了解,彼德承认说。她就像一朵百合,萨利说,一朵开在池塘边的百合。但彼德不同意她的说法:我们一无所知。不对,我们了解一切,他说,至少他了解的。

可这两个人,萨利低语道,现在正走来的这两个人(她真的要走了,如果克拉丽莎不快点过来的话),这个相貌堂堂的男人和他那个长相平庸的老婆,刚才就是这一对在和理查德说话——像这样的一对,你又能了解多少呢?

"他们是一对该死的伪君子。"彼德不经意地瞟了他们一眼,说道。他的话把萨利逗乐了。

正在那时,威廉·布莱德肖爵士在门口停下了脚步,驻足观赏起一幅版画。他在画的角落里仔细寻找着雕刻师的签名。他的老婆也在看。威廉·布莱德肖爵士对艺术真有兴趣啊。

在一个人年轻的时候,彼德说,总是容易激动,所以不能很好地去了解别人。现在他已经老了,确切地说是五十二岁了(我五十五岁了,萨利说,那只是表面上的年龄而已,她的内心还像个二十岁的姑娘家呢），现在他可说是真正成熟了，彼德说，他能够观察，能够理解，也不会丢失感情的力量。不错，确实如此，萨利说。年复一年，她觉得自己的感情变得越来越深沉，也越来越强烈了。喔唷，他说，也许会越来越强烈吧，不过我们应该为此高兴才是——按照他的经验，一个人的感情会随着年龄的增长而变得越来越强烈。他在印度认识了那么一个人。他很愿意和萨利谈谈她。他愿意让萨利了解这个女人。她是个有夫之妇，他说，她有两个孩子。你一定要叫他们来曼彻斯特玩哦，萨利说——在他们分手前，他必须答应她的这个提议。

伊丽莎白在那儿，他说，我们感受到的，她连一半都还没感受过呢，至少现在还没有。不过，萨利看着伊丽莎白向她的父亲走去，说道，能够看出他们父女情深哩。在伊丽莎白走向她父亲的步履中，萨利能够感觉到这一点。

因为，她父亲在和布莱德肖夫妇说话时，还一个劲地瞅着她，还在心里琢磨着，这个可爱的姑娘是谁呀？然后，他突然意识到，那正是他的伊丽莎白，他刚才没有认出她来呢，她穿着条粉红色的裙子，看上去多美啊！伊丽莎白正在和威利·蒂特科姆说话，感觉到了她老爸在瞧着她。于是她走过去，和他站在了一起。此时，派对已接近尾声，你瞧，人们纷纷离去了，房间里变得越来越空了，地板上凌乱地散落着各种杂物。连埃莉·亨德森都准备走了，她几乎是最后一个了，尽管一晚上没有人和她说过话，但她毕竟见识了这一切，这样她回去后，就有故事可以说给伊迪丝听了。派对就要结束了，理查德和伊丽莎白觉得很高兴，可理查德更为自己的女儿感到骄傲。他本不想告诉她自己刚才没有认出她，但他还是忍不住对她讲了。他刚才一直在看着她，他说，心里还寻思，这可爱的姑娘是哪家的呀？原来是他自己的女儿哦！他的这番话听得她心头美滋滋的。可是，她那条可怜的狗在吠叫着呢。

"理查德进步不少，你说对了，"萨利说，"我要过去和他聊上几句，然后和他说再见。""与心灵相比，"罗塞特夫人站起来，说道，"头脑有什么用呢？"

"我马上就去。"彼德说，可他依旧在那儿坐了一会儿。这份恐惧究竟是怎么回事？这份陶醉又是从何而来？他在心里思忖道，究竟是什么使我变得如此激动呢？

是因为克拉丽莎，他说。

因为她已来到了他的面前。